AF304338

Caro Stein ist 1988 geboren und lebt in Salzburg. Sie ist Kaffee-Junkie, leidenschaftliche Tee-Trinkerin, Bücherwurm, Historikerin, Tagträumerin, ein kleiner Fantasy- und Comic-Nerd und wenn es sein muss, auch ein bisschen sportlich. Die Autorin schreibt Geschichten zum Wohlfühlen. Freundschaft, Vertrauen und Familie stehen dabei immer im Mittelpunkt.

CARO STEIN

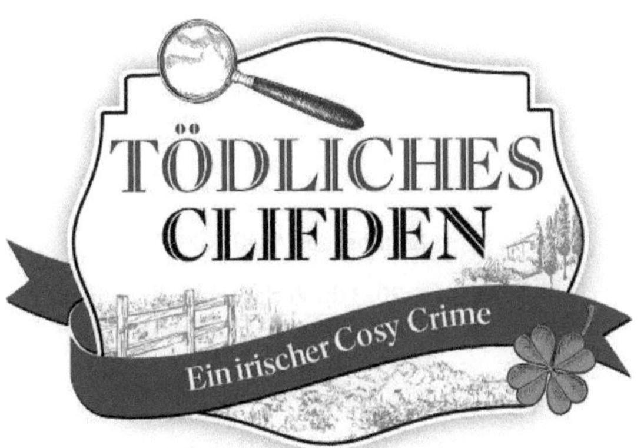

Erstausgabe April 2023

Copyright © 2023 dp Verlag, ein Imprint der
dp DIGITAL PUBLISHERS GmbH
Made in Stuttgart with ♥
Alle Rechte vorbehalten

Tödliches Clifden

ISBN 978-3- 98778-341-8
E-Book-ISBN 978-3- 98637-224-8

Covergestaltung: Anne Gebhardt
Umschlaggestaltung: ARTC.ore Design
Unter Verwendung von Abbildungen von
elements.envato.com: © PixelSquid360
stock.adobe.com: © mubus, © Lotharingia, © Maryia Bahutskaya
shutterstock.com: © Fedor Selivanov, © MoreVector, © Phatthanit,
© de-focus, © Tartila, © alyona-sergiy
Lektorat: Manuela Tengler
Satz: dp DIGITAL PUBLISHERS GmbH
Druck und Bindung: Books on Demand GmbH, Norderstedt

Kapitel 1

Eine Limousine fuhr die Auffahrt zu dem Anwesen der Familie Glück hinauf. Marleen saß auf der Rückbank und zählte die Laternen, die sich am Weg entlang reihten. Als sie bei der siebten angelangt war, fuhr der Wagen einen Bogen und blieb schließlich stehen.

Lloyd, ihr Chauffeur, stieg aus und öffnete ihr kurz darauf die Tür. Kühle Nachtluft strömte ihr entgegen und minderte den pochenden Schmerz hinter ihrer Stirn. Trotz ihrer Müdigkeit – und dem leichten Schwips – schwang sie die Beine elegant nach draußen, wie sie es bei Grace Kelly gesehen hatte. Aus einem Reflex heraus kontrollierte sie mit einer raschen Handbewegung ihre Frisur. Dank des großzügig verteilten Haarsprays saß sie weiterhin wie frisch vom Friseur gestylt. Es gab keine Ausrede dafür, unordentlich auszusehen. Nicht einmal um vier Uhr morgens, nachdem man die letzten acht Stunden auf einer Wohltätigkeitsgala verbracht und Spenden für Waisenkinder gesammelt hatte. Okay, sie war nur zwei Stunden auf der Gala gewesen. Dann hatte sie sich mit großen Gesten verabschiedet und war mit Diane, Patricia, Lawrence, Howard und Alan in die Spätvorstellung gegangen. Danach hatten sie im *The French* Hummer gegessen.

Die ersten Schritte zur Eingangstür legte Marleen schwankend zurück, was sich in den hohen Schuhen kombiniert mit dem Kiesweg als schwieriges Unterfangen entpuppte. Es gelang ihr dennoch, die wenigen Stufen zur Tür hinaufzugehen. Sie hatte bereits den Finger an der Klingel, als sie bemerkte, dass es hinter den meisten Fenstern dunkel war. Lediglich im Waschraum und in der Küche brannte Licht und dort hatten sie bestimmt Besseres zu tun, als ihr die Tür zu öffnen. Ebenso wenig wollte sie jemanden im Haus aufwecken. Sie hasste es selbst, aus dem Schlaf gerissen zu werden.

Also kramte sie in ihrem Handtäschchen nach dem Schlüssel. Sie benötigte mehrere Anläufe, bis sie den Verschluss geöffnet hatte. Währenddessen hörte sie, wie Lloyd die Limousine in der nahe gelegenen Garage parkte, wo eine ansehnliche Sammlung an Sportwagen, Cabrios und Motorrädern aufbewahrt wurde.

Nachdem ihr Lippenstift, Handspiegel und die Kinokarten herausgefallen waren, fand sie endlich den Schlüssel.

»Nie wieder Champagner«, murmelte sie und betrat das Foyer. Es roch nach Möbelpolitur, Zitronen und Jasmin. Schwaches Mondlicht fiel durch die hohen Fenster herein und ließen das Nötigste erkennen. Direkt neben dem Eingang standen zwei große Vasen mit Rosen und Lilien, den Lieblingsblumen ihrer Mutter. Auf einer Kommode stapelten sich Einladungskarten zu den bevorstehenden Veranstaltungen in Manchester. Sie und ihre Mutter musterten die Einladungen stets sorgfältig und entschieden dann gemeinsam, welche davon sie annahmen, ablehnten oder erst gar nicht beantworteten. Marleen nahm einen Stapel der Karten und verstaute sie in ihrer Tasche.

Dann ging sie unsicheren Schrittes die Treppe hinauf. Die Luft und die wenigen Schritte hatten ihr Schwindelgefühl weitestgehend vertrieben, sodass sie sich klarer im Kopf fühlte. Trotzdem hielt sie eine Hand sicherheitshalber über dem Geländer. Sie hatte wahrlich keine Lust, rückwärts nach hinten zu stolpern und sich am Treppenabsatz den Schädel einzuschlagen. Das Blut würde ihr Make-up ruinieren und der Sturz würde ihre Haare in Unordnung bringen. So wollte sie den Menschen keinesfalls in Erinnerung bleiben.

Oben angekommen, wandte sie sich nach links, vorbei an den gemalten Porträts von sich und ihrer Familie im Stile Ludwigs XIV., eine seltsame Leidenschaft ihres Vaters. Also, dass er die Gemälde anfertigen ließ, nicht das Malen selbst. Marleen bevorzugte hingegen die Fotografien, die sie und ihre Eltern samt Belegschaft vor dem Anwesen zeigten oder am Strand von Cornwall. Ihr persönlicher Favorit war allerdings jenes Foto, auf dem sie mit ihrer Familie in Festtagskleidung vor dem Buckingham Palace stand. An diesem Abend waren sie bei König George VI. – er ruhe in Frieden – zum Abendessen eingeladen gewesen.

Der Weg zu ihrem Zimmer kam ihr länger vor als gewöhnlich, was wohl auf ihre Müdigkeit zurückzuführen war. Sie legte eine Hand auf die Klinke und wollte bereits erleichtert ausatmen, als sie plötzlich ein Rascheln hörte. Sie wandte sich ruckartig um, wodurch sich kurzfristig der Flur um sie herum drehte. Sobald die Welt wieder stillstand, lauschte sie mit angehaltenem Atem. Es raschelte erneut. Das Geräusch kam aus dem Ankleidezimmer ihrer Mutter.

Marleen näherte sich der Tür, die wenige Schritte entfernt war, und beugte sich vor. Da bemerkte sie das flackernde Licht unter dem Türspalt. Sie atmete schwer aus. »Nicht schon wieder.« Beinahe lautlos drückte sie die Klinke hinunter.

Der Raum wurde von einem Kerzenhalter erhellt, der in der Mitte auf einem Tischchen stand, möglichst weit weg von den teuren Kleidungsstücken. Vor dem hohen Spiegel erkannte sie die Umrisse einer Frau, die sich ein Kleid vor den Körper hielt und damit sanft hin und her schwang. Sie summte leise *Longing for you* von Theresa Brewer.

Marleen betätigte den Lichtschalter neben der Tür. Sie musste einige Male blinzeln, bis sie wieder etwas sah.

Olivia hatte die plötzliche Helligkeit offenbar weitaus mehr überrascht, denn sie schnappte hörbar nach Luft und wirbelte herum. Sie presste die dunkelblaue Abendrobe von Abigail Glück fest an sich, als könne sie sich dahinter verstecken. Sobald sie Marleen erkannt hatte, atmete sie erleichtert aus. »Miss Glück«, stieß sie hervor. »Ich äh ... wollte nur das Kleid auslüften.« Sorgsam strich sie den Stoff glatt und hängte das Kleid zurück an seinen Platz.

»Und den Lippenstift gleich dazu?« Marleen tippte sich an den Mundwinkel.

Ertappt rieb Olivia die Lippen aneinander, wodurch sie die Farbe über den äußeren Lippenrand verschmierte. Sie sah betreten zu Boden. »Es tut mir leid«, murmelte sie und knetete die Hände. »Ich kann nichts dagegen machen. Die Kleider, das Make-up, der Schmuck ...« Olivia hob den Blick.

Marleen erkannte, wie es in ihren Augen zaghaft aufleuchtete.

»Trotzdem hast du in diesem Zimmer nichts verloren. Stell dir vor, was passiert, wenn nicht ich dich erwische, sondern eines der anderen Hausmädchen ... oder meine Mutter.« Marleen rieb sich mit den Fingerspitzen über die Stirn. Die Kopfschmerzen kehrten zurück. »Das kostet dich deinen Job. Und zwar mit absoluter Sicherheit.« Sie warnte Olivia nicht zum ersten und vermutlich auch nicht zum letzten Mal, wie sie sich eingestehen musste.

»Es ist ja keine Absicht, sondern ...«

»Ich bezweifle, dass die Diagnose ›Kleptomanie‹ eine ausreichende Entschuldigung dafür ist, dass du die Schminke von den Leuten trägst, die dich bezahlen ... und wenn wir schon einmal davon sprechen ...« Sie machte eine auffordernde Geste.

Olivia wurde blass. »Ich habe nichts eingesteckt«, sagte sie mit erstickter Stimme. »Wirklich nicht. Ich habe es inzwischen viel besser unter Kontrolle.«

»Wenn du nichts dagegen hast, würde ich die Sache gern abkürzen.« Marleens Augen brannten vor Müdigkeit. Sie wollte endlich ins Bett.

Gehorsam griff Olivia in die Seitentaschen ihres Rockes. Da formten sich ihre Lippen auch schon zu einem stummen »Oh.« Sie zog einen Ring mit eingefasstem Smaragd, Perlenohrringe und eine silberne Halskette hervor. »Mir ist nicht aufgefallen, dass ... also, der Arzt sagt, mein Unterbewusstsein ...«

»Leg die Sachen einfach zurück, ja?«

Olivia nickte knapp und legte den Schmuck in das dafür vorgesehene Kästchen, das auf einem niedrigen Regal stand.

Sicherheitshalber trat Marleen näher und sah ihr über die Schulter, damit Olivias Unterbewusstsein nichts Neues einsteckte. Dabei fiel ihr Blick auf die silberne Kette, die im Gegensatz zu den anderen Schmuckstücken nicht sonderlich wertvoll aussah. »Was ist das?« Sie nahm die Kette. Angelaufenes Silber und ein beschädigter Verschluss. Seltsam. Für gewöhnlich achtete ihre Mutter sorgsam auf ihre Sachen und ließ jeglichen Makel sofort beheben. »Hast du die Kette aus der Schatulle?«

Für einen Moment wirkte Olivia unschlüssig. Sie sah zur Seite und verschränkte die Hände ineinander. Dann nickte sie.

Marleen musterte das Schmuckstück erneut. Sie hatte ein kleines Herz als Anhänger, der weder mit Steinen noch mit Ornamenten verziert worden war. Auf der Rückseite erkannte sie die dünnen Linien einer Gravur, die sie nicht genauer identifizieren konnte. Dafür hätte man die Kette reinigen müssen. »Danke«, sagte sie schließlich zu Olivia, ohne den Blick von dem silbernen Herz zu heben. »Du kannst gehen. Sie werden dich in der Küche brauchen.«

»Sehr wohl.« Olivia machte einen tollpatschigen Knicks.

Irgendwann musste sie dem Mädchen klarmachen, dass sie keine Adeligen waren und sie sich die Knickserei sparen konnte. Es fehlte bloß, dass sie Marleen mit »Mylady« ansprach. Wobei, an ihrem ersten Tag hatte sie das getan. »Und nimm den Kerzenhalter mit. Wo hast du das alte Ding eigentlich ausgegraben?«

Ohne auf ihre Frage zu antworten, huschte Olivia aus dem Zimmer.

Marleen hörte kaum, wie die Tür ins Schloss fiel. Sie hielt den Anhänger ins Licht und versuchte vergeblich, die Gravur zu entziffern. Die Kette kam ihr vertraut vor. Allerdings wusste sie nicht, woher.

Der Wecker hatte um sieben Uhr geklingelt. Eine unmenschliche Uhrzeit, wenn man keine drei Stunden zuvor ins Bett gefallen war. Aber Selbstbeherrschung und Disziplin gehörten nun mal zu den Eigenschaften, die den Menschen vom Tier unterschieden. Zumindest hatte man ihr das beigebracht. Und deswegen saß sie in ihrem Morgenmantel vor ihrer Schminkkommode und trug die Grundierung ihres Make-ups auf. Obwohl sämtliche Modezeitschriften darauf beharrten, sparsam damit umzugehen, verteilte sie an diesem Morgen eine dickere Schicht als gewöhnlich. Ihre Haut wirkte so schrecklich fahl. Diesen Anblick konnte man niemandem zumuten.

Es klopfte an der Tür.

»Herein.« Ihre Stimme klang kratzig. Sie räusperte sich mehrmals, ohne das trockene Gefühl loszuwerden. Auf ihrer Zunge klebte der Nachgeschmack des Champagners. Ihre Haare stanken nach Rauch. Das hatte man davon, wenn man Alan und Patricia die Lokalwahl überließ. Das nächste Mal würde sie das Restaurant aussuchen. Sie griff nach dem Flakon von Chanel N°5 und sprühte sich großzügig damit ein. Später musste sie dringend ein Bad nehmen. Bis dahin hoffte sie, dass ihre beste Freundin Coco die Sache für sie regeln würde.

Über den Spiegel sah sie, wie Olivia zaghaft durch den Türspalt spähte. Als sie Marleen entdeckte, trat sie ein und schubste mit ihrem Fuß die Tür wieder zu. Vor sich balancierte sie ein silbernes Tablett mit einer Teekanne, einem Milchkännchen und einer Tasse. Oliva trug einen knöchellangen Rock aus Baumwolle mit einem breiten Bund, der ihr hervorragend stand. Erst vor Kurzem hatte Marleen die neue Garderobe für das Personal in Auftrag gegeben. Die Angestellten nahmen ihrer Familie viel unliebsame Arbeit ab und sie fand, dass dies gelegentlich in kleinen Geschenken honoriert werden sollte.

Sie lächelte Olivia aufmunternd zu. »Du bist meine Rettung.« Dann konzentrierte sie sich wieder auf ihr Spiegelbild und verzog den Mund. »Ach, du meine Güte.« Marleen beugte sich vor und rieb sich über die dunklen Schatten unter ihren Augen. »Ich sehe aus, als hätte ich die halbe Nacht nicht geschlafen.«

»Na ja, das entspricht auch der Wahrheit«, erwiderte Olivia. Sie stellte das Tablett neben Marleen und goss Tee in die Tasse. Als wäre ihr eben erst bewusst geworden, was sie da gesagt hatte, färbten sich Olivias Wangen rot. Rasch setzte sie die Kanne mit einem leisen Scheppern ab.

»Die Wahrheit lässt sich mit simplen Mitteln manipulieren.« Wie um ihre Worte zu betonen, tupfte sie sich mit den Fingerspitzen eine hellere Grundierung unter die Augen. »Und wir sollten diese Mittel nutzen, wenn sie uns zur Verfügung stehen.«

Olivia neigte den Kopf zur Seite. »Man soll doch nicht lügen.«

»Das kommt auf die Situation an.« Marleen legte das Make-up beiseite und nahm stattdessen die Teetasse. Sie pustete darauf, trank dann vorsichtig und seufzte dankbar. Der herbe Geschmack von Schwarztee war genau das, was sie um diese Uhrzeit benötigte.

Während sie Lidschatten auftrug, schaltete Olivia wie jeden Morgen das Radio ein, das auf einem Tischchen neben einem gemütlichen Ohrensessel stand. Nach kurzem Rauschen war Doris Day mit ihrem neuesten Song *A Guy is a Guy* zu hören.

Olivia kämmte sorgfältig Marleens Locken durch. Sie war sehr geschickt darin, jeden Frisurentrend umzusetzen. Marleen redete sich ein, dass dies der Grund war, weshalb sie Olivias nächtliche Ausflüge in das Ankleidezimmer ihrer Mutter für sich behielt. In Wahrheit gehörte das junge Hausmädchen zu den wenigen Personen, denen sie tatsächlich vertraute. Ja, sie hatte einen großen Freundeskreis in der gehobenen Manchester Gesellschaft. Und wenn sie einige Tage in London verbrachte, fand sich jederzeit eine Freundin, bei der sie übernachten oder mit der sie sich treffen konnte. Sie war ein gern gesehener Gast auf jeder Soiree, jeder Abendveranstaltung und im Golfclub. Dennoch hatte sie immer den Eindruck, in diesen Kreisen nicht sie selbst zu sein, sondern stets eine Rolle zu spielen. Sie hatte diese Rolle perfektioniert, indem sie keine Unsicherheit, Schwäche oder schlechten Modegeschmack zeigte. Aber war das die Marleen Glück, die sie sein wollte? Diese Frage tauchte gelegentlich in ihrem Kopf auf.

Wie auch immer. Bei Olivia konnte sie sich entspannen. Sie musste nichts vortäuschen oder jemanden beeindrucken. Sie konnte mit Olivia offen reden, ohne zu befürchten, dass diese tratschte.

Ein Ziepen an ihrer Kopfhaut holte sie zurück in die Gegenwart. Olivia frisierte eine Haarpartie zu einer seitlichen Tolle. Eine Haarnadel steckte zwischen ihren Lippen. »Angenommen«, begann sie, nachdem sie die Haare befestigt hatte. »Man kennt die Wahrheit zu ... einer bestimmten Sache. Oder man glaubt sie zu kennen ... oder besser gesagt: Man ist sich sicher, dass ...«

»Komm bitte auf den Punkt.«

»Die Kette ...«

Marleens Blick huschte zu der Schublade, in die sie besagtes Schmuckstück gelegt hatte. Sie konnte nicht sagen, weshalb sie die Kette mitgenommen und nicht zurück zu den anderen Sachen ihrer Mutter getan hatte. Sie glaubte zu wissen, worauf diese Unterhaltung hinauslief. Energisch nahm sie die Kappe von einem Lippenstift und zog sich die Lippen nach. »Mach dir keine Sorgen, Olivia. Ich werde nichts verraten.« Sie betrachtete ihr Gesicht von allen Seiten im Spiegel. »Trotzdem musst du dich besser unter Kontrolle halten.« Dann hielt sie wieder still, damit Olivia die letzten Handgriffe an ihrer Frisur vornehmen konnte.

Olivia erwiderte nichts darauf, sondern nahm eine weitere Haarnadel aus der entsprechenden Schachtel und fixierte ihre Haare im Nacken.

»Au.« Marleen fasste sich an den Hinterkopf und wandte sich zu Olivia um. »Es reicht völlig aus, wenn du die Haare befestigst und mir nicht die Nadel in den

Schädel jagst.« Was war heute mit dem Mädchen los? Ansonsten stellte sie sich nicht so ungeschickt an.

Olivia weitete erschrocken die Augen und faltete die Hände vor dem Mund. »Oh, das tut mir leid ... es ist nur ...«

Marleen zog an der Nadel und riss sich dabei ein einzelnes Haar aus. Sie verzog das Gesicht. »Wie gesagt, du musst dir keine Sorgen ma...«

»Das ist es nicht.« Olivias Stimme klang viel zu hoch.

Marleen schürzte die Lippen. Sie war es nicht gewohnt, dass ihr jemand widersprach. Geschweige denn, dass sie unterbrochen wurde. Sie sah Olivia an und wartete darauf, ob das Hausmädchen jemals wieder ein Wort herausbringen würde. Bisher öffnete und schloss Olivia lediglich den Mund mehrmals und starrte auf die Haarnadel in ihren Händen.

Doris Day hatte inzwischen aufgehört zu singen, stattdessen berichtete der Nachrichtensprecher über die neuesten Entwicklungen in Irland. Die Nachbarinsel war seit 1949 unabhängig von Großbritannien, abgesehen von Nordirland, und versank seither in einer wirtschaftlichen Katastrophe.

Als die Wetterprognose verkündet wurde, schluckte Olivia schwer und brachte endlich wieder einen Ton heraus. »Die Kette habe ich im untersten Fach von Mrs. Glück gefunden. Sie ist recht gut unter dem anderen Schmuck versteckt gewesen.«

Marleen hatte mit vielem gerechnet. Mit einer spontanen Kündigung oder einem Mordgeständnis. Aber das? Sie zog die Brauen zusammen und öffnete die Schublade ihrer Kommode. »Du sprichst von dieser Kette?« Marleen betrachtete den Anhänger und wischte darüber, ohne die Gravur lesen zu können. Dann zuckte sie mit den Schultern. »Womöglich hat Mum sie mal geschenkt bekommen und vergessen. Oder sie mag sie nicht.« Sie wollte die Halskette schon weglegen, doch hielt sie irgendetwas davon ab. Stattdessen wog sie das Schmuckstück in der Hand. »Sie scheint nicht besonders wertvoll zu sein.«

Olivia nickte und schüttelte gleich darauf den Kopf. »Es ist nicht die Kette von Mrs. Glück.«

»Ich gebe es auf.« Sie rieb sich über die Stirn. »Wem gehört sie denn dann?«

»Ich habe die Kette schon einmal in der Schatulle gesehen«, flüsterte Olivia. »Vor einem Jahr. Damals war die Gravur besser zu erkennen.« Sie senkte die Stimme weiter, sodass sie über *Lonely Boy* von Ray Charles kaum zu hören war. »Es stand Euer Name darauf, also der Vorname, und Euer Geburtsdatum.«

Marleen lachte trocken auf. »Das ist alles?« Sie ließ die Kette zwischen ihren Fingern gleiten. Erst jetzt fiel ihr auf, dass das Band viel kürzer war als üblich. Probeweise legte sie die Kette um den Hals. Wäre der Verschluss nicht kaputt gewesen, hätte sie sie mit Mühe und Not schließen können. Der Anhänger lag eng an ihrer Kehle, sodass er sich beim Schlucken spürbar bewegte. »Vielleicht habe ich sie als Kind getragen.« Allerdings konnte sie sich nicht daran erinnern.

»Hmmm«, machte Olivia. Sie packte die Haarnadeln zurück in die Schachtel und verschloss den Deckel sorgfältig.

Marleen atmete schwer aus. »Okay. Ist sonst noch etwas auf dem Anhänger eingraviert?«

Olivia murmelte unverständlich vor sich hin.

»Bitte, was?«

»Clifden.«

»Klingt nach einem Ortsnamen ... Sagt dir das etwas?«
Olivia verneinte.

Es dauerte einen Moment, bis sie bemerkte, dass sie
die Kiefermuskeln anspannte. Ihre Finger waren auf
einmal kalt, obwohl die Sonne warm ins Zimmer
schien. Um das Hausmädchen nicht länger zu beunru-
higen, fügte sie sich in ihre alte Rolle ein. Sie setzte eine
neutrale Miene auf und legte die Kette zurück auf die
Kommode, ohne sie weiter zu beachten. »Könntest du
mir den hellbraunen Bleistiftrock und die weiße Bluse
aus dem Ankleidezimmer bringen? Ich komme sonst
zu spät zum Frühstück.«

Sofort eilte Olivia in den angrenzenden Raum, sichtlich erleichtert darüber, aus ihrer Nähe verschwinden
zu können.

Marleen betrachtete eindringlich den Anhänger. Ein
mulmiges Gefühl machte sich in ihr breit. »Das hat bestimmt nichts zu bedeuten«, murmelte sie, als müsse
sie sich selbst davon überzeugen.

Kapitel 2

Das Anwesen der Familie Glück war das ehemalige Heim einer Grafenfamilie, deren Linie um die Jahrhundertwende erloschen war. Das Haus aus der Blütezeit des viktorianischen Zeitalters war hingegen erhalten geblieben. Dementsprechend groß war der Speisesaal, in dem es nach gebratenen Eiern, frisch gebackenen Brötchen und Kaffee roch.

Wie jeden Morgen war ein Tisch zur Selbstbedienung gedeckt. In den Alutöpfen befanden sich Bohnen mit Speck und Rührei, daneben standen je ein Korb mit Brot und Gebäck sowie mit Obst. Ihr war bewusst, dass diese großzügige Auswahl keine Selbstverständlichkeit darstellte. Ihre Eltern hatten ihr früh beigebracht, ihren Luxus nicht nur zu genießen, sondern das Geld auch zu nutzen, um sich wohltätig zu engagieren.

Walter Glück saß bereits an dem langen Tisch, wo um die fünfzehn Personen Platz fanden, und blätterte in der *Times*. Vor ihm stand ein Teller mit Vollkornbrot, Erdbeermarmelade und Rührei. Wie fast jeden Sonntag trug er sein Golfer-Outfit. »Du bist gestern spät nach Hause gekommen«, begrüßte er sie, ohne von der Zeitung aufzusehen. Obwohl er seit über zwanzig Jahren in Manchester lebte, hörte man seinen deutschen Akzent nach wie vor deutlich heraus. Vielleicht war es auch Absicht, damit man ihn sofort mit den preußischen Tugenden in Verbindung brachte. Möglicherweise war das dies einer der Gründe, weshalb er den Posten als stellvertretender Geschäftsführer bei Ford erhalten hatte.

Sie blieb den Bruchteil einer Sekunde im Türrahmen stehen und fasste sich seitlich an ihren Rock. In der Seitentasche verbarg sich die Halskette. Anstelle einer Antwort ging sie zum Buffet und nahm eine Schüssel mit Porridge und eine halbe Grapefruit. Danach setzte sie sich ihrem Vater gegenüber an den Tisch. »Ich habe die Zeit übersehen«, behauptete sie beiläufig und goss sich aus einer silbernen Kanne Earl Grey in eine Tasse und fügte einen Schuss Milch hinzu.

Walter Glück grunzte amüsiert. »Natürlich.« Er nahm seinen Blick von der Zeitung. In seinen Augen blitzte es auf.

»Wo ist Mama?« Aus irgendeinem Grund wollte sie die Angelegenheit nicht mit ihrem Vater besprechen. Davon abgesehen hatte er wohl kaum eine Ahnung, welchen Schmuck Abigail in ihrer Schatulle aufbewahrte.

Ihr Vater war gerade in einen Artikel über die aktuellen Grundstückspreise in London vertieft. Deswegen dauerte es einen Moment, bis sie eine Antwort erhielt. »Trifft sich mit diesen Wichtigtuerinnen aus dem Frauenverein zum Brunch oder so.«

»Papa!« Marleen unterdrückte ein Lachen, wodurch sie sich fast an ihrer Grapefruit verschluckte.

Schließlich faltete ihr Vater seine Zeitung zusammen und bestrich sein Vollkornbrot mit Marmelade. »Ich bin nachher zum Golf verabredet ... Was hast du heute vor?«

Augenblicklich schlug ihr Herz schneller. »Ich weiß nicht.« Die Unsicherheit in ihrer Stimme war deutlich herauszuhören. Ihr Vater hielt mitten in der Bewegung inne und sah sie mit hochgezogenen Augenbrauen an. Sie atmete einmal durch. »Vielleicht treffe ich mich am Nachmittag mit Diane im *Bonbonniere Café* oder ich mache einen Abstecher nach Clifden. Ich kann mir dafür sicher den Taunus ausleihen, oder?« Dieses Mal gelang es ihr, völlig unbekümmert zu klingen.

Ihrem Vater rutschte das Brot aus den Fingern. Es landete mit der bestrichenen Seite nach unten, halb auf dem Tisch und halb auf dem Teller. Er schenkte dem Malheur keine Beachtung, sondern betrachtete sie eindringlich. »Wie kommst du denn darauf?«

»Na ja, Lloyd musste meinetwegen bis spät in die Nacht wach bleiben, damit er mich nach Hause fahren kann. Ich möchte ihn heute nicht schon wieder in Anspruch nehmen.«

»Ich meine, wie kommst du auf die Idee mit Clifden?« Er klang ungewöhnlich ernst.

»Ist mir so in den Sinn gekommen.« Als wäre dies ein belangloses Gespräch über das Wetter, tauchte sie ihren Löffel in das Porridge und schob ihn in den Mund. Normalerweise schmeckte der Brei nach Honig und Rosinen, aber nun erschien er ihr staubtrocken. Sie bewegte sich auf dünnem Eis.

Ihr Vater mahlte mit dem Unterkiefer, wie er es immer tat, wenn er nachdachte. Schließlich schob er den Teller von sich weg und stand auf. »Ich muss los, sonst komme ich zu spät. Wir sehen uns heute Abend. Und dann sprechen wir über Clifden, ja?«

Die Art, wie er das sagte, hinterließ in ihr ein beklemmendes Gefühl, so als würde sie jeden Augenblick vom Tod eines geliebten Menschen erfahren. »Warum können wir nicht gleich darüber reden?«

»Weil ich deine Mutter gern dabei hätte.« Er verließ den Speisesaal, ohne einen Bissen gegessen zu haben. Sogar seine Kaffeetasse war noch halb voll.

Es schnürte ihr plötzlich die Kehle zu, als hätte sich die Kette fest um ihren Hals geschlungen.

Der Vorteil eines ehemaligen Herrenhauses lag definitiv in der weitläufigen Gartenanlage, die Teil des Grundstücks war und in der man die Kieswege auf und ab laufen konnte wie ein unruhiges Pferd. Früher war Marleen auf die Eichen und Buchen geklettert. Sie hatte sich im Geäst versteckt und hinter vorgehaltener Hand gekichert, wenn ihr Kindermädchen an dem Baum vorbeilief und ihren Namen rief.

Sie betastete erneut den Anhänger in ihrer Rocktasche. Ihr Name war in einem alten Schmuckstück eingraviert. Zusammen mit einem Ort, von dem sie zuvor nie etwas gehört hatte. Ein Ort, der ihren Vater veranlasste, auf sein Frühstück zu verzichten.

Zum wiederholten Male erreichte sie den kleinen Saal, ging von dort aus weiter in den großen Saal, ins Billardzimmer, ins Kaminzimmer, ins Foyer und zurück in den kleinen Saal. Ihre Schritte hallten durch die Räume, was vor allem an den Absätzen ihrer Schuhe lag. Sie wollte sie bei der nächsten Spendengala für Waisenkinder tragen und musste sie noch einlaufen.

Wenn sie schon ziellos herumlief, konnte sie diese Zeit auch sinnvoll nutzen.

Wo zur Hölle befand sich Clifden? Für einen Moment blieb sie im Foyer neben einer Marmorfigur von Athena stehen, die ebenso groß war wie sie selbst. Sie schien eine Augenbraue hochzuziehen und Marleen zu fragen, weshalb sie nicht endlich ihren Kopf benutzte anstelle ihrer Füße.

Eine Eingebung schoss durch ihre Gedanken. »Du hast absolut recht.« Sie klopfte Athena auf die Schulter und eilte dann die ersten Stufen hinauf.

»Miss Glück, Sie wissen, was Ihr Vater dazu sagt, wenn Sie in Stöckelschuhen über die Treppe laufen.«

Auf halber Strecke hörte sie Mrs. Thompsons Stimme hinter sich. Sie hatte die Aufsicht über die Dienstmädchen und gehörte seit zwanzig Jahren zum Haushalt.

Marleen lächelte entschuldigend »Ja, ja. Ich weiß«, gab sie atemlos zurück. Ihr Puls raste vor Aufregung. Rasch streifte sie sich die Schuhe von den Füßen und lief barfuß weiter.

Mrs. Thompson rief ihr etwas hinterher, aber da hatte sie bereits den Treppenabsatz erreicht und die Tür zur Bibliothek aufgerissen.

Bücherregale, die bis an die Decke reichten, flankierten den Raum von allen Seiten. Die Bibliothek war von den Vorbesitzern eingerichtet worden, weshalb es unzählige verstaubte Werke auf Griechisch, Latein und Altenglisch gab. In den obersten Regalen sammelten sich Aufzeichnungen über die Erträge der ehemaligen Pächter, Grundstücksgrenzen und Rechnungsbücher über die Einkäufe, die die Grafenfamilie getätigt hatte.

Im Laufe der Jahre hatten ihre Eltern den Bestand mit Romanen, wissenschaftlichen Abhandlungen und Reiseberichten ergänzt. Allerdings hatte sich nie jemand die Mühe gemacht, die Bibliothek zu ordnen oder das Verzeichnis ihrer Buchsammlung zu aktualisieren.

Marleen atmete den Geruch von Staub, altem Papier und kalter Holzkohle ein. Diesen Duft verband sie unweigerlich mit ihrer Kindheit. Sie hatte viel Zeit hier verbracht, als sie zu jung gewesen war, um an Bällen und Gala-Abenden teilzunehmen.

Die schweren Vorhänge waren zugezogen, damit das Sonnenlicht den Einbänden nicht schadete. Sie betätigte den Lichtschalter neben der Tür. Unwillkürlich hatte sie das Gefühl, einen alten Freund zu besuchen, den sie viel zu lange vernachlässigt hatte.

Die Bibliothek war ihr Rückzugsort. Sie hatte mit den Fingern über die Buchrücken gestrichen, war mit der auf Schienen befestigten Leiter die Regale entlang gesaust und hatte sich auf dem Lesesessel vor dem Kamin zusammengerollt. Damals blätterte sie besonders gern in Reiseberichten. Die darin enthaltenen Bilder und Zeichnungen entführten sie zum Taj Mahal in Indien oder zu den Pyramiden und Sarkophagen in Ägypten. Und sie lernte Gürteltiere und die Genlisea, eine fleischfressende Pflanze aus Südamerika kennen. Damals hatte sie sich nichts sehnlicher gewünscht, als selbst die Welt zu bereisen. Eine kühne Vorstellung für ein Mädchen, dessen größtes Abenteuer bislang darin bestanden hatte, in den schottischen Highlands Hirsche zu beobachten.

Der Wunsch nach fernen Reisen geriet jedoch in Vergessenheit, sobald sie in die Gesellschaft eingeführt wurde. Fortan gab es für sie Wichtigeres, als alte Bücher durchzublättern und den muffigen Geruch von vergilbten Seiten einzuatmen. Stattdessen galt es, die Erwartungen und Ansprüche jener Kreise zu erfüllen, in denen sie sich bewegte. Die Ansichten, wie sich eine junge Dame aus gutem Haus zu benehmen hatte, gehörten womöglich für den Rest der Welt der Vergangenheit an, aber die Manchester High Society interessierte es nicht, was die Welt dachte.

Wie früher strich sie mit den Fingern über die Buchrücken, als könnte sie die Bücher so aus einem Schlaf aufwecken, damit sie ihr Dinge verrieten, von denen sie nichts geahnt hatte. Wie zum Beispiel die Tatsache, dass ihre Eltern Geheimnisse vor ihr hatten.

Am gegenüberliegenden Ende des Raumes angekommen, schob sie den Vorhang ein Stück zur Seite, um das letzte Tageslicht hereinzulassen und öffnete das Fenster. Warme Sommerluft strömte ihr entgegen, begleitet von einer Brise, die ihr sanft über die Haut streifte.

Sie lehnte sich gegen das Fensterbrett und ließ den Blick über die Bücher schweifen. Womöglich verriet ihr eines davon, was es mit der Halskette auf sich hatte. Und sie wusste auch, wo sie mit ihrer Suche beginnen musste.

Sie ging zu dem Regal, wo sich die Reiseberichte, Seekarten und Atlanten befanden. Einen Moment lang musterte sie die Titel auf den Buchrücken. Schließlich entschied sie sich für den dicksten Atlas, der auf einem der unteren Bretter stand. Er war schwerer als vermutet, weshalb sie in die Knie gehen musste, um ihn hochhieven zu können. Mit einem Keuchen legte sie den Atlas auf den massiven Tisch in der Mitte des Raumes. Staub wirbelte auf und kitzelte ihr in der Nase.

In ihrem Bauch breitete sich ein aufgeregtes Kribbeln aus und versetzte sie erneut zurück in ihre Kindheit. Es war immer spannend gewesen, ein unbekanntes Buch aufzuschlagen.

Dieses Mal stürzte sie sich jedoch in keine neue Abenteuergeschichte, sondern in das Verzeichnis im hinteren Teil des Atlas. Auf jeder Seite befanden sich vier Spalten mit Ortsnamen und den jeweiligen Seitenzahlen. Die Schrift war so klein, dass sie sich weit vornüberbeugen musste, um sie zu entziffern. Sie fuhr mit dem Finger über das Papier, bis sie schließlich Clifden entdeckte.

Augenblicklich schlug ihr Herz schneller. Mit angehaltenem Atem blätterte sie auf die angegebene Seite ... und landete bei einem Kartenabschnitt von Irland. Marleen zog die Augenbrauen zusammen. Die Aufregung in ihr wich der Enttäuschung. Clifden war kein geheimnisvoller Ort in einem weit entfernten Land, sondern ein Dorf in Connemara an der irischen Westküste. Die nächstgrößere Stadt war Galway.

Mit der Nachbarinsel verband sie ausschließlich schlechte Erinnerungen. Als Kind hatte sie mit ihren Eltern ein Wochenende in Belfast auf einem Reiterhof verbracht. Allerdings war ihr erster Ausritt nicht so verlaufen, wie sie es sich vorgestellt hatte. Unwillkürlich berührte sie die feine Narbe an ihrer Schulter und ein kalter Schauer lief ihr über den Rücken.

Sie blinzelte mehrmals, um die aufsteigenden Bilder loszuwerden, und zwang ihre Gedanken zurück auf den Atlas. Mit zusammengekniffenen Augen starrte sie den Punkt an, der Clifden darstellte, als könnte sie ihm so entlocken, in welcher Verbindung sie zu diesem Ort stand.

Da waren auf einmal Schritte zu hören, die sich allmählich näherten. Erschrocken schlug sie den Atlas zu und fuhr herum, als hätte man sie bei etwas Verbotenem ertappt. Ihr Herz pochte stark gegen ihre Brust und in ihren Ohren rauschte es.

Olivia hatte soeben eine Hand nach einem der Bücher ausgestreckt. Sie verharrte mitten in der Bewegung und sah Marleen mit großen Augen an, als wäre sie selbst überrascht darüber, in dieser Position ertappt worden zu sein.

Marleens Puls beruhigte sich. Dann fiel ihr die Lücke im Regal neben Olivia auf. Sie atmete seufzend aus. »Stell das Buch zurück.«

»Ich habe nichts ...«

»Ich sehe die Umrisse unter deiner Bluse«, erwiderte sie mit einem Seufzen. Offensichtlich war es dem Mädchen gelungen, innerhalb eines Atemzugs die Bluse aus dem Rock zu ziehen und das Buch halb in den Bund zu stecken.

Mit betretenem Gesichtsausdruck zog es Olivia wieder hervor. »Es tut mir leid. Aber der Titel glänzt so schön.« Sie hielt es in die Höhe, damit Marleen die verschlungenen indischen Buchstaben erkennen konnte. »Schimmert beinahe so golden wie der Schmuck von ...« Olivias Wangen färbten sich rot. Sie zog den Kopf zwischen den Schultern ein und presste die Lippen aufeinander, als wollte sie verhindern, dass weitere Worte ihren Mund verließen.

»Stell es einfach zurück.« Sie wandte ihr den Rücken zu und klappte den Atlas wieder auf. Sollte Olivia den Haushalt ihrer Eltern jemals verlassen, wäre es nur eine Frage der Zeit, bis sie bei einem Ladendiebstahl ertappt wurde. Am Ende landete sie deswegen noch im Gefängnis. Da war es besser, sie blieb in ihrer Obhut.

»Also ich ...«, setzte Olivia zögerlich an. Sie kam zwei, drei Schritte näher, bis sie Marleen über die Schulter spähen konnte.

»Was ist denn?« Ihr fehlte momentan die Geduld, sich mit irgendjemanden zu unterhalten.

»Ihre Eltern sind zurück«, antwortete Olivia so schnell, dass sie nach Luft schnappen musste. »Sie wollen mit Ihnen reden.«

Das genügte, um Marleens Kehle mit einem Schlag trocken werden zu lassen. Sie schluckte mehrmals, wurde aber den Kloß, der sich dort gebildet hatte, nicht los. Anstelle einer Antwort nickte sie Olivia lediglich zu.

Früher hatte Marleen so getan, als wäre das Teezimmer ein tropischer Dschungel und sie eine Entdeckerin, die nach jenen exotischen Tieren suchte, die sie in den Büchern gesehen hatte. Dafür war nicht allzu viel Fantasie nötig gewesen. Die Tapete, die Sitzkissenbezüge und selbst die Tischdecke waren nämlich mit Farnen, großen Blättern und bunten Vögeln bedruckt. Sie hatte keine Ahnung, wo ihre Mutter die Teetassen und dazugehörigen Tellerchen mit den Elefanten und Giraffen aufgetrieben hatte. Dennoch wusste sie, dass dieses Zimmer oftmals ein Streitthema zwischen ihren Eltern gewesen war.

Inzwischen verstand sie die Ansicht ihres Vaters besser, dass man von dem Teezimmer optisch erschlagen wurde. Dennoch gehörte es neben der Bibliothek zu ihren Lieblingsräumen.

Nicht nur wegen ihrer Kindheitserinnerungen, sondern auch, weil pünktlich um fünf Uhr der Nachmittagstee aufgetischt wurde. Eine Tradition, auf die ihre Mutter bestand und die ihr Vater aus Liebe zu ihr täglich zelebrierte.

Ihre Eltern saßen bereits an dem Tisch, als sie hereinkam. Ihr Vater stand zur Begrüßung halb auf, während ihre Mutter lediglich ein knappes Nicken zustande brachte. Sie hatte einen Fleck von ihrer Wimperntusche unter dem Auge, was Marleen viel mehr beunruhigte als die Stoffserviette, die sie offensichtlich zu erwürgen versuchte. Abigail hatte ihr stets gelehrt, dass ein einwandfreies Äußeres zugleich die stärkste Waffe als auch die beste Verteidigung einer Frau war. Das verschmierte Make-up ihrer Mutter bestätigte diese Aussage. Abigail Glück hatte noch nie so verletzlich gewirkt wie in diesem Moment.

»Setz dich bitte, Marleen.« Ihr Vater deutete auf den Stuhl, wo sie für gewöhnlich saß. Von dort hatte man den besten Blick auf die Tapete und Linkerhand sah man aus dem Fenster auf den rückläufigen Park.

Marleens Hand krampfte sich um die Kette in ihrer Rocktasche. Die Kanten des Anhängers stachen ihr scharf in die Haut.

Sie setzte sich und platzierte umständlich die Stoffserviette auf den Schoß. Aus den Augenwinkeln musterte sie die beiden Etageren vor sich, auf denen sich Sandwiches mit Vollkorntoast, Gurken, Lachs, Ei und

Kresse und Frischkäse sowie Scones mit Clotted Cream und Marmelade türmten. Daneben stand ein Teller mit Victoria-Sponge-Kuchen, der aus zwei Schichten Konfitüre und Sahne bestand und oben mit Erdbeeren belegt war.

Erst jetzt bemerkte Marleen, dass sie seit dem Frühstück nichts mehr gegessen hatte. Ihr war flau, was vermutlich nichts mit ihrem leeren Magen zu tun hatte.

Es war ungewohnt still. So still, dass sie befürchtete, ihre Eltern würden ihr Herzklopfen hören. Normalerweise plauderten die beiden darüber, was sie tagsüber erlebt hatten. Vor allem, wenn Walter beim Golfen gewesen war und Abigail von einer Sitzung des Frauenvereins zurückkam. Die Diskussionen gingen fließend von der Politik über zur jungen Königin, bis hin zum Automarkt und der Frage, was beim nächsten Empfang als Vorspeise serviert werden sollte.

Nervös rückte sie die silberne Kuchengabel von links nach rechts. Sie unterdrückte den Drang, sich mehrere Küchlein von der Etagere auf ihren Teller zu schaufeln. In Stresssituationen neigte sie dazu, unnötig viel Süßkram zu essen. Eine Schwäche, die es unter Kontrolle zu halten galt, wenn sie weiterhin in ihre Kleider passen wollte. Davon abgesehen wäre es ein Zeichen von mangelnder Selbstdisziplin gewesen. Deshalb nahm sie sich schließlich ein Gurkensandwich anstelle der Scones, rührte es aber nicht an.

Ihre Mutter griff mit zitternden Fingern nach der Teekanne und gleich darauf plätscherte der Tee in die Tassen. Dann stellte Abigail die Kanne mit einem dumpfen Geräusch zurück auf den Tisch.

Sie sah zwischen ihren Eltern hin und her, jedoch schienen sie vollends damit beschäftigt zu sein, sich für ein Sandwich zu entscheiden und ihren Blicken auszuweichen. Nach längerem Warten hielt sie es nicht mehr aus. »Was ist so besonders an Clifden?«

Abigail verschluckte sich an ihrem Tee. Sie hustete und sah hilfesuchend zu Walter. Dieser hob die Schultern, als wüsste er nicht, wovon die Rede war. »Nun, nichts Nennenswertes ... Es ist ein Dörfchen an der irischen Westküste.«

»Und was hat es dann damit auf sich?« Sie zog die Kette aus ihrer Tasche und hob sie in die Höhe, sodass der Anhänger matt unter dem elektrischen Licht schimmerte. »Anscheinend steht darauf mein Name und ...«

Walter nahm das silberne Herz und wischte mit dem Daumen darüber. »Ich erkenne da gar nichts.« Er streckte Abigail die Kette hin. »Gehört das dir?«

»Also ...« Der Blick ihrer Mutter wanderte von der einen Ecke des Zimmers zur anderen, als läge irgendwo dazwischen die Antwort.

»Papa, deine Ohren sind rot.« Ein untrügliches Zeichen dafür, dass er log. Das letzte Mal war ihm das passiert, als er Marleen weismachen wollte, dass Santa Claus tatsächlich existierte. Damals war sie dreizehn gewesen.

Die Anspannung, die bisher in der Luft gelegen hatte, löste sich mit einem Mal auf. Sie hätte nicht sagen können, woran es lag. Möglicherweise an dem resignierenden Gesichtsausdruck ihres Vaters und dem schiefen Lächeln, das er Abigail zuwarf. »Man kann ihr eben nichts vormachen.« Er hob die Hand, um ihr über den

Kopf zu streichen, wie er es früher getan hatte. Aber dieses Mal stockte er mitten in der Bewegung. Womöglich war ihm bewusst geworden, dass sie inzwischen zu alt für so eine Geste war. Oder dass hinter ihrer Frisur viel Arbeit steckte.

»Sie ist eben kein kleines Mädchen mehr«, sagte ihre Mutter mit wehmütigen Tonfall. Sie kniff die Lippen zusammen und blinzelte mehrmals.

»Willst du behaupten, sie sei erwachsen?«

»Könntet ihr bitte damit aufhören?« Nun griff sie doch nach dem Gurkensandwich und nahm einen großen Bissen, sodass die Hälfte mit einem Schlag weg war. »Ich bin hier«, sagte sie kaum verständlich.

»Stopf nicht so, Darling.« Ihre Mutter tätschelte ihr den Unterarm. Bei der Berührung stiegen Abigail Tränen in die Augen, was Marleen verwirrte ... und noch nervöser machte. »Du musst wissen, dass wir dich lieben. Vergiss das bitte nicht.«

»Deine Mutter hat recht. Es war ein Segen, dass du zu uns gekommen bist ... ist es nach wie vor.«

Die Formulierung erschien ihr seltsam. Sie würgte den Bissen hinunter. Das Sandwich verwandelte sich augenblicklich in einen harten Klumpen, der ihr schwer im Magen lag. »Was soll das bedeuten?« Sie trank einen Schluck Tee, das trockene Gefühl in ihrem Mund blieb jedoch.

»Du bist unsere Tochter.« Abigail rieb sich die Nasenspitze und schniefte undamenhaft. »Daran ändert sich auch nichts.«

»Ich verstehe nicht ...« Marleen brach die Stimme weg. Sie bereute es inzwischen, das Sandwich so hastig hinuntergeschlungen zu haben.

Ihre Eltern wechselten einen weiteren Blick, der ihr Sorgen bereitete. Abigail presste die Lippen aufeinander, wodurch der Lippenstift über den Rand verwischte.

Walter griff nach ihrer Hand und drückte sie fest. »Du bist ... wir haben ...«, er holte tief Luft, »wir haben dich 1930 adoptiert. Du warst im Waisenhaus der Barmherzigen Schwestern untergebracht.«

»Wir ... Wir wissen nicht, weshalb du dorthin gekommen bist. Du bist noch ein Baby gewesen.« Ihre Mutter nahm die Halskette vom Tisch. »Die hattest du um den Hals. Ich schätze, sie ist der einzige Hinweis auf deine Vergangenheit.« Sie legte Marleen die Kette in die freie Hand und schloss ihre Finger darum.

Es dauerte mehrere Sekunden, bis die Worte ihrer Eltern Sinn ergaben. Sie zog die Augenbrauen zusammen und schüttelte kaum merklich den Kopf. »Das ist ... nicht euer Ernst?« Sie hatte das Gefühl, ins Bodenlose zu fallen. »Wollt ihr mir sagen, dass ich nicht eure Tochter bin?«

Der Druck von Walters Hand verstärkte sich. Es hatte etwas Beruhigendes, so als würde er dadurch ihren Sturz in die Tiefe bremsen. »Nicht unsere leibliche Tochter, aber das macht keinen Unterschied.«

Marleen mahlte mit dem Kiefer. Sie starrte auf die Krümel, die neben ihrem Teller gelandet waren. Ihre Ohren rauschten so laut, dass ihr schwindlig wurde. Es machte sehr wohl einen Unterschied, allerdings wollte sie ihnen diese Auffassung nicht vor die Füße knallen. Ihre Eltern ... Adoptiveltern waren auch so schon völlig durch den Wind. Tausend Fragen schossen ihr ohne Zusammenhang durch den Kopf.

»Darling, ist alles in Ordnung mit dir?« Die Stimme ihrer Mutter drang mühsam durch ihre Gedanken.

Ruckartig zuckte ihr Blick hoch. Ihre Eltern sahen sie an, als hätten sie ihr eine Frage gestellt, auf die sie längst hätte reagieren müssen. Sie öffnete den Mund, schloss ihn wieder und nickte, um gleich darauf den Kopf zu schütteln.

»Ich verstehe, dass das sehr verwirrend für dich ist.« Abigail zog sie zu sich heran und drückte sie an ihre Brust, wie sie es getan hatte, als sie noch ein Kind gewesen war. »Aber denk bitte daran, dass wir dich immer lieben werden. Du bist unsere Tochter.« Den letzten Satz murmelte sie unermüdlich in ihren Haaransatz wie die Beschwörungsformel eines Voodoo-Zauberers.

Aus den Augenwinkeln sah sie ihren Vater, der sichtlich schwer schluckte und sich mit einer fahrigen Bewegung über das Gesicht fuhr. Schließlich stand er hastig auf und ging hinüber zum Fenster. Er wandte ihnen den Rücken zu, die Hände fest ineinander verschränkt.

Sie verharrte in der Umarmung ihrer Mutter, ließ die tröstenden Worte wie Regentropfen über sich fallen. Trotzdem fühlte sie sich, als wäre sie kilometerweit von ihr entfernt. Ihre Gedanken rasten, ohne dass sie einen davon zu fassen bekam.

Es dauerte eine Weile, bis sich eine Idee in ihrem Kopf zusammengesetzt hatte, die sich mit jedem Atemzug zu einem festeren Entschluss entwickelte.

Kapitel 3

Der Ford Zephyr gab ein spuckendes Geräusch von sich und erstarb schließlich ganz. Marleen drehte den Schlüssel energisch im Zündschloss herum, aber der Wagen gab kein Lebenszeichen von sich.

Sie hatte die Fähre von Holyhead nach Dublin genommen, war mehrere Stunden quer über die Insel nach Galway gefahren, nur um auf dem letzten Stück ihrer Strecke irgendwo an der Küste liegen zu bleiben. Sie unterdrückte den Impuls, die Stirn auf das Lenkrad zu legen. Das hätte lediglich einen unschönen Abdruck auf ihrer Haut hinterlassen.

Stattdessen stieg sie aus. Sofort erfasste der Wind ihren Rocksaum und zerrte daran, als wollte er sie weiter ins Landesinnere befördern. Ihre Schuhe versanken halb in der feuchten Wiese, sodass ihre Absätze mit jedem Schritt ein schmatzendes Geräusch von sich gaben.

Sie öffnete die Motorhaube, woraufhin ihr heiße Luft entgegenströmte und ihre Sonnenbrille beschlagen ließ. Marleen zog den Knoten ihres Kopftuches fester, das sie sich um die Haare gebunden hatte. Einen Moment lang starrte sie den Motor an, obwohl sie keinerlei Ahnung von der Technik hatte. Ihr Wissen beschränkte sich darauf, wie man die Rushhour auf den Straßen umging und Kurven so schnell nahm, dass die

Beifahrer erstickt nach Luft schnappten. Trotzdem war sogar ihr klar, dass es nichts Gutes bedeutete, wenn der Motor gurgelnde Geräusche von sich gab.

Sie hatte keine Ahnung, weshalb der Wagen auf einmal den Geist aufgegeben hatte. Lag es daran, dass sie die mehrstündige Fahrt zwischen Dublin und Galway ohne Pause durchgezogen hatte? Womöglich wäre der Comète aus der französischen Fabrik die bessere Wahl für diese Reise gewesen. Allerdings bot der Sportwagen keinen Platz für ihr Gepäck. Dennoch hätte sie sich von einem Zephyr, einem der neuesten Modelle aus der oberen Mittelklasse, wahrlich mehr Durchhaltevermögen erwartet.

Na schön, die Straße war nicht asphaltiert, sondern bestenfalls von Wanderern und Pferdekutschen plattgetretene Erde, aber trotzdem.

Zu allem Überfluss entdeckte sie einen Ölfleck, der sich stark von dem Mintgrün ihres Rockes abhob. »Mist.« Instinktiv versuchte sie, ihn wegzuwischen, erreichte damit jedoch nur, dass sich der Fleck nun auch auf ihrem Wildlederhandschuh befand.

Nervös spielte Marleen mit dem Anhänger, der sie hierher geführt hatte. Sie hatte ihn an einer neuen Kette befestigt, um das Schmuckstück tragen zu können, ohne davon erdrosselt zu werden. Sie sah sich hilfesuchend um, entdeckte aber keine Spur einer menschlichen Zivilisation. Nicht einmal Schafe, obwohl diese doch ebenso zum Landschaftsbild gehören sollten wie die sanften Hügel und die grünen Wiesen.

Die Sonne stand tief in ihrem Rücken und wärmte sie durch ihre Bluse hindurch. Gleichzeitig war dies allerdings auch ein Zeichen dafür, dass es bald dunkel werden würde. Und sie verspürte keine Lust, die Nacht im Auto zu verbringen. Ganz zu schweigen davon, dass sie zwischen ihren fünf Reisekoffern auf der Rückbank ohnehin kaum Platz gefunden hätte.

Entschlossen schlug sie die Motorhaube zu und ging zur Beifahrerseite, wo die Straßenkarte lag. Sie hatte die vergangene Nacht in einem Bed & Breakfast in Galway verbracht und sich von der Pensionsleiterin den Weg nach Clifden erklären lassen. Die Dame hatte sich erstaunt darüber gezeigt, dass sie die Strecke von Manchester bis hierher allein bewältigt hatte. Es war unüblich, als Frau ohne Begleitung zu reisen, und womöglich auch ein Risiko. Aber seitdem Marleen von ihrer Adoption wusste, hatten sich ihre Gedanken ausschließlich darum gedreht, wie sie die Gründe dafür herausfinden konnte. Ihr Vater konnte seine Arbeit nicht so einfach liegenlassen und mit einem Bekannten den Weg auf sich zu nehmen war skandalöser, als eigenständig zu fahren.

Mit angestrengter Miene fuhr sie mit dem Finger die Linie nach, die sie eingezeichnet hatte und der sie eigentlich strikt gefolgt war. Marleen hob den Kopf, um irgendeinen Orientierungspunkt zu finden, um herauszufinden, wo auf der Strecke sie sich befand. Allerdings gab es keinen Anhaltspunkt. Weder ein Ortsschild noch einen Leuchtturm. Nicht einmal eine Burgruine.

Schließlich seufzte sie. »Es hilft nichts.« Sie hängte sich ihre Handtasche in die Ellenbeuge, richtete ihr Kopftuch und marschierte mit der Karte in der Hand los. Die Stadt sollte nicht mehr allzu weit entfernt liegen. Vielleicht eine Stunde Fußmarsch und sie wäre dort.

Sie wagte kaum, zu ihren Schuhen hinunterzusehen. Die Stiefelspitzen waren bereits mit Schlamm bespritzt. Wenn sie in den kommenden Tagen jedes Mal ihre Kleidung ruinierte, sobald sie auf die Straße trat, würde sie sich demnächst mit einer neuen Garderobe eindecken müssen. Sie bezweifelte jedoch, dass Harrods eine Filiale in dem irischen Dorf eröffnet hatte.

Das schwache Licht der Laterne erschien Marleen wie ein Leuchtturm auf hoher See. Der Weg war länger ausgefallen als vermutet, sodass die Sonne inzwischen lediglich ein abnehmender Schimmer am Horizont war.

Marleen hatte inzwischen ihr Kopftuch in die Handtasche gesteckt, einzelne Strähnen hingen ihr ins Gesicht, die sie sich regelmäßig hinters Ohr strich. Und das Einzige, was sie von ihren Füßen noch spürte, war ein pochender Schmerz. Sie fühlte sich erschöpfter als nach einem Shoppingtag in der Oxford Street mit Patricia, die sich für gewöhnlich keinen Schritt zu viel bewegte. Außer wenn es darum ging, den neuesten Petticoat und die schickste Perlenkette zu finden. In dieser Disziplin hätte Patricia bei den Olympischen Spielen antreten können.

Das quadratische Ortsschild im Schein der Laterne war das erste Zeichen menschlicher Zivilisation, wenn man von den Weiden absah, die mit niedrigen Steinmauern voneinander getrennt waren. Auf ihrem Weg war sie keiner einzigen Person begegnet. Sie hatte gewusst, dass dieser Teil des Landes nur wenige Einwohner zählte, aber diese Abgeschiedenheit hatte sie nicht erwartet.

Als Erstes bemerkte sie den gälischen Ausdruck *An Clochan* auf dem Schild, mit dem sie allerdings nichts anfangen konnte. Direkt darunter stand in etwas kleinerer Schrift *Clifden*, was Marleen beinahe vor Erleichterung in die Knie gehen ließ. Sie hatte sich nicht im irischen Niemandsland verirrt. In der vergangenen Stunde hatte sie unterschiedliche Horrorszenarien in ihrem Kopf durchgespielt, die damit endeten, dass sie mit Matsch im Gesicht und halb erfroren unter einer Eiche aufwachte.

In der Ferne erkannte sie erleichtert die Umrisse von Häusern. Bestimmt gab es dort auch einen Pub, wo sie eine ordentliche Mahlzeit bestellen konnte. Vorhin hatte ihr Magen noch geknurrt, inzwischen hatte sie allerdings Bauchschmerzen.

Dennoch blieb sie einen Moment länger unterhalb der Laterne stehen, um ihren Taschenspiegel aus ihrer Handtasche zu holen und ihr Make-up zu überprüfen.

Sie sah furchtbar aus.

Mit geübten Bewegungen wischte sie sich die Flecken der Wimperntusche unter den Augen weg und tupfte Lippenstift auf ihre spröden Lippen. Die losen Strähnen fixierte sie notdürftig mit den wenigen Haarnadeln, die sie stets in ihrem Schminketui aufbewahrte.

Immerhin war der erste Eindruck das Wichtigste, wenn man neuen Menschen begegnete. Kam sie daher wie eine zerlumpte Straßenbettlerin, würde ihr niemand Beachtung schenken. Und sie war auf die Hilfe der Leute angewiesen, wenn sie mehr über ihre leiblichen Eltern erfahren wollte. Davon abgesehen brauchte sie jemanden, der ihren Wagen abholte und reparierte. Ihr halbes Leben befand sich darin ... na schön, ihre halbe Garderobe. Aber lief das letzten Endes nicht auf dasselbe hinaus?

Zum Schluss hüllte sie sich in eine frische Chanel-Wolke ein. Marleen überprüfte ihre Erscheinung erneut im Spiegel, wechselte ihre Tasche von einer Hand in die andere und ging dann entschlossen weiter. Die Schultern nach hinten gedrückt, den Kopf hoch erhoben.

Sobald sie das Ortsschild passiert hatte, sah sie sich aufmerksam um. Beinahe hoffte sie, dass ihr ein Gebäude, ein Straßenname, ein Gesicht, völlig egal was, bekannt vorkam. Ein Hinweis auf ihre Vergangenheit, von der sie bis vor wenigen Tagen nichts geahnt hatte.

Auf der Fahrt nach Irland hatte sie sich ausgemalt, wie es sein würde, ihren leiblichen Eltern zu begegnen. Allerdings hielten sich ihre Vorstellungen sehr vage. Würde sie ihrer Mutter weinend in die Arme fallen? Endlich das Gefühl haben, dort zu sein, wo sie hingehörte? Oder würde sie lediglich zwei Fremden gegenüberstehen, mit denen sie nichts verband?

Was auch immer geschehen mochte: Sie musste unbedingt herausfinden, weshalb ihre Eltern sie zur Adoption freigegeben hatten.

Der Weg unter ihren Schuhen ging abrupt von einem besseren Trampelpfad in eine gepflasterte Straße über. So, als hätte jemand beschlossen, dass die Natur ab hier weichen musste. Noch nie war Marleen dankbarer für Kopfsteinpflaster gewesen.

Am Straßenrand reihten sich wenige große Häuser aneinander, die mit ihren Vorgärten und den ordentlich gemähten Wiesen an der irischen Küste völlig fehl am Platz wirkten. Marleen entdeckte sogar zwei, drei Autos, was sie verblüffte. Sie hatte gedacht, dass sich die Menschen hier ausschließlich mit Pferdekutschen fortbewegten.

Obwohl sie sich dem Stadtkern zu nähern schien, begegnete ihr nach wie vor keine einzige Person. Um Himmels willen. Wie spät war es denn? Oder gingen die Leute hier um acht Uhr ins Bett?

Sie kam an einem Laden mit grüner Fassade vorbei, über der Tür stand mit gelben Buchstaben *Wilson & Sons* geschrieben. Im Halbdunkel einer weiteren Laterne erkannte Marleen Schaufensterpuppen und Schuhe. Unter anderen Umständen hätte sie sich das Schaufenster genauer angesehen, aber sie war inzwischen viel zu erschöpft, um sich noch mit Mode zu beschäftigen. Und das stellte ein eindeutiges Warnsignal dar.

In der Nähe hörte sie die Glocken einer Kirche schlagen. Marleen blieb stehen und rieb sich fröstelnd die Oberarme. Sie sah sich nach allen Seiten um. Das hier war Irland. Musste es nicht an jeder Ecke einen Pub geben?

Die Kirchenglocken verklangen. Ihr Echo hing einen Augenblick lang in der Luft, wurde aber dann von Musik abgelöst. Marleen reckte den Kopf.

In der Hoffnung auf eine warme Mahlzeit folgte sie den fröhlichen Klängen einer Geige und einer Flöte. Es kam ihr vor, als wäre sie kilometerweit durch die Sahara gelaufen, von der sie in ihren Büchern gelesen hatte. Falls man sich tatsächlich so fühlte wie sie in diesem Augenblick, würde sie die Wüste von ihrer Reiseliste entfernen.

Endlich erreichte sie einen Pub, der in einem kräftigen Blau gestrichen worden war. Darüber stand *O'Malleys*. Über der Tür wehte ein Holzschild, auf dem eine Harfe mit Besteck abgebildet war. Sie roch bereits den Duft von gebratenen Kartoffeln und Zwiebeln, was ihr erneut bewusst machte, wie hungrig sie war.

Ohne länger zu zögern, schob sie die Tür auf.

Augenblicklich verstummten die Gespräche. Ein Dudelsack gab ein Geräusch von sich, als hätte ihm jemand die Luft ausgelassen.

Mehrere Gesichter drehten sich in ihre Richtung. Es waren hauptsächlich Männer mittleren bis höheren Alters. Die meisten nippten an ihrem Bier und schielten verstohlen zu ihr hinüber. Einer der Gäste sah sie jedoch direkt an. Mit dem gestutzten Bart und der Kappe wirkte er wie ein ehemaliger Seemann. Er kratzte sich im Nacken und wechselte einen Blick mit einem Mann in Latzhose, der mit ihm am Tisch saß.

Neben dem Essensduft bemerkte Marleen nun auch den penetranten Geruch von Tabak und Alkohol.

»Okay, Jungs. Ihr habt sie lange genug angestarrt.« In der Verbindungstür zwischen Küche und Gastraum erschien eine Frau, die etwa in Marleens Alter war. Sie trug ein Tablett, auf dem zwei Teller mit gebratenem Fleisch, Kartoffeln und Gemüse lagen. »Macht einfach da weiter, wo ihr aufgehört habt.« Die letzten Worte richtete sie an die Gruppe von Musikern, die zusammen in einer Ecke auf einer Holzbank saßen. Langsam setzten sie ihr Spiel fort, so als hätten sie den Faden verloren und müssten sich erst wieder neu orientieren.

Die Bedienung lächelte Marleen aufmunternd zu. »Setz dich doch. Ich bin gleich bei dir.« Damit brachte sie die Teller zu einem der hinteren Tische, wobei ihr schlichter Rock sanft an ihren Knöcheln hin und her schwang.

Marleen umfasste den Henkel ihrer Handtasche etwas fester. In welche Spelunke war sie hier bloß geraten? Der Duft nach Bratensoße hinderte sie allerdings daran, auf der Stelle kehrtzumachen. Vermutlich würde sie auf der Suche nach einem anderen Pub – sofern es einen anderen Pub in Clifden gab – vor Hunger in Ohnmacht fallen und reglos auf der Straße liegen bleiben. Und es war wirklich nicht nötig, dass ihr Kleid weitere Flecken abbekam.

Also setzte sie sich an einen Tisch, der sich direkt neben der Tür befand, um einen möglichst großen Abstand zwischen sich und den anderen Gästen halten zu können. Zögerlich legte sie die Hände auf das blank polierte Holz. Sie hatte erwartet, dass die Oberfläche klebrig sein würde, was jedoch nicht der Fall war. Möglicherweise hatte sie ihr erster Eindruck über den Pub getäuscht. Es fehlte ihm lediglich an Dekoration. Eine Tischdecke, Kerzen, vielleicht ein paar Blumen, um den ... rustikalen Charme zu mildern.

Marleen griff nach der Karte, die auf dem Tisch lag. Sie war handgeschrieben, wodurch es ihr schwerfiel, die Worte zu entziffern. Das schummrige Licht war dabei auch nicht sonderlich hilfreich.

»Du bist nicht aus der Gegend, oder?« Die junge Frau stand vor ihr, das leere Tablett an die Taille gedrückt.

Sie trug keinerlei Make-up. Marleen konnte sich nicht erinnern, jemals einer Frau begegnet zu sein, die nicht die Spur von Schminke im Gesicht hatte.

Es fiel Marleen schwer, eine Antwort auf ihre Frage zu finden. Streng genommen war sie hier geboren. Zumindest lautete so ihre Vermutung. Zählte das? Sie sah auf die Karte. »Was kannst du denn empfehlen?«

Die Kellnerin legte den Kopf schief. »Du bist wirklich nicht von hier.«

»Tut das irgendwas zur Sache?« Allmählich verlor Marleen die Geduld. Sie war es nicht gewohnt, dass man so mit ihr umging.

Allerdings schien ihre Gefühlslage die Kellnerin nicht weiter zu beirren. Sie ließ sich auf den gegenüberliegenden Stuhl sinken und stützte das Kinn in die Hände. »Bist du aus der Stadt? Galway?« Sie schnappte hörbar nach Luft. »Dublin? Ich war noch nie in Dublin, aber dort soll es großartig sein. Warst du schon mal in Dublin?« Mit jedem weiteren Wort wurden ihre Augen größer vor Begeisterung.

»Die kommt von England. Das hört man doch!«, rief der alte Seemann quer über den Gastraum zu ihnen herüber. Er legte einen Arm auf die Lehne seines Stuhls und hob das Kinn. »Wahrscheinlich so eine piekfeine Dame aus London.« Er wollte wohl den britischen Akzent nachahmen, jedoch klangen seine Worte eher nach näselndem Französisch. Die Männer an seinem Tisch lachten.

Marleen mahlte mit dem Kiefer. So offen entgegengebrachte Abneigung war ihr fremd. Vor allem die raue Art und Weise, wie sie der Mann vorgebracht hatte, fand sie irritierend. Sie griff nach ihrer Handtasche, um den Pub zu verlassen.

Da machte die Kellnerin eine beschwichtigende Geste. »Lass dich von Padraig nicht ärgern.« Sie drehte sich halb auf ihrem Stuhl um und rief laut genug, damit es jeder hören konnte: »Für ihn ist jetzt ohnehin Sperrstunde.«

Padraig schob seine Mütze aus der Stirn. »Das kannst du nicht machen.« Er lehnte sich mit verschränkten Armen zurück, als wollte er so demonstrieren, dass er sich auf keinen Fall vom Fleck bewegen würde.

»Wem gehört der Laden hier?«

»Deinen Eltern.«

Die Kellnerin warf einen frustrierten Blick an die Decke. Offenbar führten sie dieses Gespräch nicht zum ersten Mal. »Wer übernimmt den Laden?«

Anstelle einer weiteren Erwiderung trank Padraig sein Bier in einem Zug leer und knallte das Glas auf den Tisch. Die Kellnerin musterte ihn lediglich mit hochgezogener Augenbraue. Die Musiker spielten um einiges leiser als zuvor, womöglich um nichts von der Auseinandersetzung zu verpassen, die sich vor ihren Augen abspielte.

Schließlich gab Padraig ein unzufriedenes Brummen von sich und stapfte hinaus, nicht ohne die Tür lautstark hinter sich zuzuziehen.

Sobald er weg war, sah die Kellnerin in die Runde. »Möchte sich sonst noch jemand über zahlende Kundschaft beschweren?« Die meisten Gäste schauten in ihre Gläser oder schüttelten zaghaft den Kopf. Aber niemand sagte ein Wort. Die Musik wurde wieder lauter, nun, da der spannende Teil vorüber war.

Damit drehte sich die Kellnerin zu Marleen um. Sie beugte sich weit über den Tisch zu ihr vor. »Du kannst doch bezahlen?«

Marleen sah die junge Frau verwundert an. Sie fand ihr Verhalten beeindruckend. Sie hatte zwar gelernt, ihren Willen durchzusetzen, wenn auch wesentlich dezenter. Schließlich wollte man niemanden vor den Kopf stoßen.

Die Kellnerin riss die Augen auf, als wäre ihr soeben etwas eingefallen. »Oh, tut mir leid«, sie streckte ihr die Hand entgegen, »ich bin Faye Brennan.«

Marleen erwiderte den Gruß.

Bevor sie weiter miteinander sprechen konnten, erschien ein rundlicher Mann mit Halbglatze und Schnurrbart in der Tür zur Küche. Der weißen Schürze nach zu schließen handelte es sich um den Koch. Er ließ den Blick über den Gastraum schweifen und blieb letztlich bei Faye hängen. »Mädchen, das Essen trägt sich nicht von allein raus.« Er sagte es in einem Tonfall, als würde er nicht zum ersten Mal auf sie warten.

»Ich bin gleich da!«, rief Faye ihm zu. Sie stand auf. »Hast du Hunger? Ich bring dir das Tagesgericht. Absolut empfehlenswert.«

Marleen musterte die Karte. »Hier steht nichts von einem Tagesgericht.«

»Ach, die ist ohnehin nicht aktuell.« Faye machte eine abwertende Handbewegung. »Die Speisekarten hat mein Großvater geschrieben. Paps ist nostalgisch. Deswegen liegen die seit Jahren hier rum.«

Marleen gab ein Lachen von sich, von dem sie hoffte, dass es überzeugend klang. Nachdem Faye in der Küche verschwunden war, legte sie die Karte zurück auf den Tisch und schob sie möglichst weit von sich weg.

Die Musiker waren vor etwa einer Stunde gegangen und ihnen folgte ein Großteil der Gäste. Durch die Stille wurde Marleen allmählich schläfrig. Sie legte das Besteck auf den leeren Teller und lehnte sich zurück. Zufrieden verschränkte sie die Hände über ihrem Bauch. Der Geschmack der würzigen Bratensoße lag ihr noch auf der Zunge.

Ihr fielen die Augen zu, dann fuhr sie aber gleich wieder hoch. Ein beklemmendes Gefühl machte sich in ihr breit. Wo sollte sie heute Nacht schlafen? Sie bezweifelte, dass es in der Kleinstadt ein Hotel gab, wo sie unterkommen könnte.

»Du hast noch immer nicht gesagt, woher du kommst.« Faye wischte den Tresen mit einem feuchten Tuch sauber und sah neugierig zu ihr hinüber.

Marleen richtete sich auf. Es war unhöflich, so herumzulungern, wenn man sich mit jemandem unterhielt. »Manchester.«

Faye zog die Augenbrauen zusammen. »Noch nie gehört. Ist das bei London?«

»So ungefähr.«

Abgesehen von Marleen befanden sich zwei weitere Gäste im Pub. Einer schielte in sein halb leeres Bierglas und der andere schnarchte laut in einer Ecke. Dennoch empfand es Marleen als unpassend, ihr Anliegen quer durch den Gastraum zu schreien. Also stand sie auf und ging hinüber zu dem Tresen, wo sie sich auf einem der

Hocker niederließ. Die Polsterung fühlte sich durchgesessen an. »Gibt es hier eine Autowerkstatt?«

Faye lachte leise. »Dafür musst du schon nach Galway. Wieso?«

Marleen erklärte ihr in wenigen Worten, dass ihr Auto irgendwo an der Küste liegen geblieben war.

»Mach dir deswegen keine Gedanken.« Faye wrang das Tuch über der Spüle aus und lehnte sich dann auf den Tresen. »Wir können morgen rausfahren und deinen Wagen abschleppen. Ich kenne jemanden, der sich mit Autos auskennt. Er kann sicher mal einen Blick darauf werfen ... slán leat, Marty. Gute Nacht.«

Die letzten Worte richtete Faye an den Gast, der soeben hinaus schwankte. Ein kalter Luftzug streifte Marleens Gesicht, als er die Tür öffnete.

Ein Problem war damit gelöst. Blieb also lediglich eine Sache ... Marleen stützte das Kinn in eine Hand. »Da wäre noch etwas.«

»Wir haben oben ein Zimmer frei. Das kannst du gerne haben.«

Marleen fuhr überrascht hoch. »Wirklich?«

Faye zuckte mit den Schultern. »Na ja, Clifden ist zwar kein Touristenort, aber wir haben trotzdem zwei Gästezimmer. Manchmal verirrt sich doch jemand zu uns.« Sie nannte ihr den Preis für eine Nacht.

»Ernsthaft?«

»Ja, ich weiß.« Faye wog verlegen den Kopf hin und her. »Aber wir können nichts verschenken. Die Wirtschaftskrise seit der Unabhängigkeit ...« Sie hob die Schultern. »Dafür bekommst du Rabatt, wenn du hier isst. Und das Frühstück ist inkludiert.«

Marleen öffnete ihre Handtasche und zog ihren Geldbeutel heraus. »Kann ich gleich für eine Woche bezahlen?« Sie legte einige Scheine des britischen Pfunds auf den Tresen. Obwohl der Großteil von Irland nicht mehr zu Großbritannien gehörte, akzeptierte man dennoch die hiesige Währung.

Faye starrte die Scheine mit großen Augen an, nahm das Geld dann aber dankend an. Danach musterte sie Marleen. »Ich leihe dir etwas zum Anziehen. Du kannst ja schlecht in diesen Sachen schlafen.«

Marleen winkte ab. »Nicht nötig ... nein, wirklich.« Allein die Vorstellung, von jemand anders die Kleidung zu tragen, verursachte ihr Gänsehaut.

»Wie du willst ... Dann bringe ich dich mal auf dein Zimmer.« Sie deutete Marleen an, ihr zu folgen.

Marleen sah hinüber zu dem Mann, der weiterhin auf der Holzbank schlief.

»Das ist Harold. Er übernachtet öfter hier.«

»Und das ist kein Problem?« Marleen rutschte von ihrem Hocker. »Könnte er nicht ... na ja, etwas stehlen oder so?«

Für einen Moment blinzelte Faye sie an, als hörte sie zum ersten Mal so eine absurde Idee. »Selbst wenn, wüssten wir, dass er es gewesen ist.« Das Mädchen öffnete eine Tür, die ins Treppenhaus führte. »Davon abgesehen trifft es sich gut, dass Harold schon hier ist. Wir brauchen ihn nämlich morgen.«

»Wieso?«

»Er repariert dein Auto.«

Kapitel 4

Rückblickend betrachtet wäre es eine gute Idee gewesen, sich Kleidung von Faye zu leihen. Marleen wickelte sich das Handtuch fester um ihre Brust. Ihre eigenen Sachen von gestern hingen ordentlich über einem Stuhl. Allerdings waren sie schmutzig und rochen unangenehm nach Staub und Schweiß. Also nichts, was man nach einer morgendlichen Dusche anziehen wollte. Auch wenn diese Körperpflege nur kurz gedauert hatte. Das Bad befand sich nämlich auf dem Gang und wurde mit dem zweiten Gästezimmer geteilt. Und obwohl Marleen momentan der einzige Gast im *O'Malleys* war, hatte sie sich unwohl bei dem Gedanken gefühlt, dass womöglich jemand nach ihr das Bad benutzen könnte. Oder noch schlimmer: dass bereits jemand vor ihr dort gewesen ist.

Es klopfte. Überrascht fuhr Marleen herum. Hatte sie die Tür abgeschlossen? Sie hatte vorhin nicht darauf geachtet. Zu Hause war das nie nötig gewesen.

»Frühstück«, hörte sie Faye auf der anderen Seite der Tür.

»Ich komme gleich.« Marleen schielte erneut zu dem Rock und der Bluse. Es widerstrebte ihr, die Sachen anzuziehen. Andererseits wollte sie Faye nicht ausschließlich in einem Handtuch bekleidet die Tür öffnen. Selbst Olivia gegenüber wäre ihr das unpassend erschienen. Und Olivia kannte sie ungeschminkt.

Bevor Marleen eine Entscheidung treffen konnte, kam Faye auch schon unaufgefordert herein. Anscheinend interpretierten die Menschen hier Höflichkeit und Anstand anders als in England.

Beim Anblick des Frühstückstabletts, das Faye mit sich trug, verzieh sie ihr aber diesen Fauxpas. Darauf befanden sich eine Schüssel mit Porridge, ein Spiegelei mit gebratenem Speck in einer kleinen Pfanne, Baked Beans und zwei Scheiben Vollkornbrot. Und eine Teekanne, die hoffentlich Schwarztee enthielt.

Faye schien ihren Blick falsch zu deuten, denn sie hob entschuldigend die Schultern. »Ich wusste nicht, was du frühstücken möchtest, also hab ich eine Kleinigkeit zusammengestellt.«

Marleen dachte an das Buffet, das es jeden Morgen bei ihnen zu Hause gab. Vermutlich hätte Faye über diese Auswahl gestaunt. Sie betrachtete den Speck, der verführerisch in der noch heißen Pfanne brutzelte. Irland hatte mit wirtschaftlichen Schwierigkeiten zu kämpfen. Da war es nicht selbstverständlich, Wurst und Fleisch serviert zu bekommen. Sie erinnerte sich daran, dass es auch am Vorabend nach Braten geduftet hatte.

Faye stellte das Tablett auf der Schminkkommode ab. »Wir haben gute Kontakte. Im Grunde gibt es nichts, das wir nicht organisieren können«, antwortete sie sichtlich stolz auf die unausgesprochene Frage.

Da fiel Marleen wieder ein, dass lediglich ein Handtuch ihre Blöße bedeckte. Wasser tropfte von ihren

Haaren zwischen ihren Schulterblättern nach unten, woraufhin sie schauderte.

Faye hatte ihr Zittern bemerkt. »Wenn wir schon vom Organisieren sprechen …« Bevor Marleen reagieren konnte, schnappte sich Faye die schmutzige Kleidung. »Ich bin gleich wieder da.« Schon huschte sie aus dem Zimmer.

Für einen Moment starrte Marleen die Tür an. Als sich mehrere Sekunden lang nichts rührte, seufzte sie resignierend. Sie setzte sich an die Kommode und goss Tee in die Tasse, auf der das Bild einer Harfe aufgemalt war und atmete den Duft ein. Es war tatsächlich Schwarztee. Faye hatte sogar an ein Kännchen Milch gedacht.

Zufrieden lehnte sie sich zurück und nippte an der Tasse. Wenn man von Fayes unorthodoxer Art und der eingeschränkten Frühstücksauswahl absah und davon, dass das Gästezimmer nicht einmal halb so groß war wie ihr Ankleidezimmer, war es doch beinahe so wie in Manchester.

Okay, Olivia hätte es niemals gewagt, sich neben Marleen zu setzen und ihr beim Frühstücken zuzusehen, aber vielleicht gehörte das ja zur irischen Gastfreundschaft. Faye hatte Marleen vorhin ein schlichtes schwarzes Kleid mit ausgestelltem Rock gebracht. Ein Petticoat hätte dem Outfit gutgetan, jedoch war es besser als ihre Kleidungsstücke vom Vortag. Es roch ungewohnt nach Kernseife, aber der Stoff fühlte sich angenehm weich an. Trotzdem kam sie sich vor, als wäre sie in eine falsche Haut geschlüpft. Davon abgesehen war Schwarz einfach nicht ihre Farbe.

Es kam ihr unpassend vor, allein zu essen, während Faye offensichtlich auf spannende Geschichten aus der Stadt wartete. Deshalb schob sie ihr die kleine Pfanne mit dem Spiegelei und dem Speck hin.

»Oh nein, das ist für dich.« Faye wedelte abwehrend mit den Händen.

Marleen deutete auf ihre Schüssel mit dem Porridge. Es war nicht so süß wie jenes, das ihre Köchin zubereitete, dennoch schmeckte es gut. »Das reicht mir völlig.«

Faye zögerte einen Augenblick. Sie sah zwischen Marleen und der Pfanne hin und her, als müsste sie mehrere Dinge gleichzeitig abwägen. Schließlich griff sie nach der Gabel und spießte drei, vier Baked Beans auf. Sie seufzte genüsslich. »Man kann sagen, was man will, aber Máthair macht das beste Frühstück in ganz Connemara.«

Bei dem unbekannten Ausdruck blickte Marleen von ihrem Porridge auf.

»Máthair«, wiederholte Faye langsam. Es klang nach *Moheir.* »Mama.«

Ohne einen Ton von sich zu geben, formte Marleen das Wort mit den Lippen nach. Hätte sie ihre leibliche Mutter auch so bezeichnet, wenn sie hier aufgewachsen wäre? Wären sie und Faye von klein auf Freundinnen gewesen? Sie ließ den Löffel in die Schüssel sinken und beobachtete ihr Gegenüber heimlich von der Seite, während diese die Reste des Spiegeleis aus der Pfanne kratzte.

Da gab Faye ein Geräusch von sich, als wäre ihr soeben etwas eingefallen. »Papa ist übrigens vorhin gemeinsam mit Harold losgefahren, um dein Auto zu holen.«

Marleen hatte ihr gestern noch auf der Karte gezeigt, wo der Wagen ungefähr stehen musste. Sie hoffte, dass er sich nach wie vor dort befand und nicht gestohlen worden war.

Das brachte Marleen wieder zurück in die Gegenwart und den Grund, weshalb sie in Clifden war. Sie rührte in ihrem Porridge herum. »Angenommen«, begann sie in beiläufigem Tonfall, »ich möchte etwas über jemanden herausfinden, der hier mal gelebt hat ... Wen könnte ich danach fragen?«

Faye legte den Kopf schief. »Nach wem suchst du denn?«

Nach mir selbst wäre wohl die richtige Antwort gewesen. Aber das hätte weitere Fragen aufgeworfen, auf die sie nicht näher eingehen wollte. Marleen sah zur Seite. Ihr Blick streifte ihr Spiegelbild. So wie sie aussah, hatte sie dringend etwas Foundation, Rouge, Lippenstift und eine Haarbürste nötig. Zum Glück trug sie die wichtigsten Utensilien dafür stets in ihrer Handtasche mit sich, obwohl diese dadurch furchtbar schwer wurde. Aber Eitelkeit hatte eben ihren Preis.

Ihr fiel auf, dass sie viel zu lange geschwiegen hatte. Unbehaglich kratzte sie die letzten Reste aus der Schüssel. »Das möchte ich vorläufig für mich behalten, wenn es dir nichts ausmacht«, beantwortete sie schließlich die Frage. Sie bemerkte selbst den Tonfall, den sie für gewöhnlich Bediensteten gegenüber anschlug.

Auch Faye blieb dies nicht verborgen. Sie rückte kaum merkbar ein Stück von ihr ab, spießte eine Bohne auf und musterte diese von allen Seiten. »Im Pfarrhaus gibt es Unterlagen. Geburten, Todesfälle, Hochzeiten ... solche Dinge eben.« Sie schob sich die Bohne in den

Mund. Keine Sekunde später stand sie ruckartig auf und stapelte mit geübten Bewegungen das Geschirr auf das Tablett. »Ist nicht zu verfehlen. Das Haus neben der Kirche.« Faye drückte die Zimmertür mit dem Ellbogen auf. »Ich gebe dir Bescheid, wenn dein Auto hier ist.« Damit fiel die Tür auch schon mit einem leisen Klicken hinter ihr ins Schloss.

Marleen vergrub das Gesicht in den Händen. »Das hast du ja großartig gemacht. Vergraulst die erste Person, die nett zu dir ist.« Sie spähte zwischen den Fingern ihr Spiegelbild an. Um Faye würde sie sich später kümmern. Zuerst musste sie ihr Aussehen in Ordnung bringen. Immerhin war sie mit einem Ziel nach Clifden gekommen. Also nahm sie das Täschchen mit ihren Schminkutensilien und begann mit der Arbeit.

Kapitel 5

Sobald Marleen einen Fuß vor die Tür gesetzt hatte, schnappte der Wind nach dem Saum ihres Kleides und wirbelte ihn wenige Zentimeter hoch. Sie tastete nach dem Kopftuch, das sie sich um den Hals gebunden hatte, um das triste Outfit etwas aufzulockern. Außerdem fühlte es sich gut an, ein vertrautes Kleidungsstück zu tragen.

Bei ihrer Ankunft in Clifden am vorangegangenen Abend hatten die Kirchenglocken geläutet, wodurch Marleen in etwa wusste, in welche Richtung sie sich wenden musste. Dieses Mal begutachtete sie die Geschäfte genauer, an denen sie vorbeikam. Die Gebäude waren in unterschiedlichen Farben gestrichen worden, was den Eindruck vermittelte, man würde sich in einer bunten Spielzeugstadt bewegen. Womöglich gehörte ihren leiblichen Eltern einer der Läden. Bei dieser Vorstellung schlug ihr Herz unwillkürlich schneller. Vielleicht begegnete sie ihnen sogar, ohne zu wissen, dass sie es waren.

Sie spähte ins Innere der Bäckerei, der beiden Cafés und in den Blumenladen, musterte die Gesichter der Menschen, die den Pub verließen und die in der kleinen Bücherei aus- und eingingen. Allerdings blieb die erhoffte – wenn auch äußerst unwahrscheinliche – Zufallsbegegnung aus.

Nach einigen Minuten kam die Kirchturmspitze in Sicht. Marleen ging die *Galway Road* entlang und versuchte dabei möglichst nicht so auszusehen, als wäre sie eine Fremde. Aber das schien ein vergebliches Unterfangen. Im Vergleich zum Vortag kamen ihr nun mehrere Menschen entgegen, die sie alle ausnahmslos neugierig ansahen. Eine junge Mutter steuerte ihren Kinderwagen beinahe über den Bordstein, weil sie sich den Hals nach Marleen verrenkte. Ein älterer Herr tippte sich zum Gruß an die Hutkrempe und eine Gruppe Frauen mit Einkaufskörben unterbrach ihr Getratsche, sobald Marleen an ihnen vorbeikam.

Sie war es nicht gewohnt, von allen Seiten angestarrt zu werden. Zumindest nicht in einem so schlichten Outfit und ohne eine entsprechende Frisur. Trotzdem hielt sie den Kopf oben und ignorierte die Menschen um sich herum. Wodurch sie nur knapp einem Zusammenstoß mit dem Postboten entging, der gerade so mit seinem Fahrrad um sie herumfuhr. Er rief ihr eine Entschuldigung zu und radelte dann weiter.

Marleen hielt den Blick weiterhin auf die Kirchturmspitze gerichtet, als wäre diese ein Leuchtturm, der ihr den Weg wies. Je näher sie kam, desto stärker wuchs die Nervosität in ihrem Inneren. Ihre Finger zuckten ab und zu und ein flaues Gefühl setzte sich in ihrem Magen fest.

Trotzdem blieb sie vor dem Schaufenster einer Konditorei stehen. Ein Bissen von den Scones oder ein Stückchen Apfelkuchen hätte ihre Nerven wohl beruhigt. Sie wandte sich entschieden von den süßen Köstlichkeiten ab. »Selbstdisziplin unterscheidet den Menschen vom Tier«, flüsterte sie. Ein Mann kam aus dem

Laden und trug den Duft von warmen Kuchen mit sich. Er lächelte Marleen zu, aber sie drehte sich rasch um und eilte weiter.

Ein Schild kündigte die *Saint Joseph's Church* an. Die Straße stieg ein Stück an, sodass Marleen ihren Schritt verlangsamen musste, wenn sie nicht völlig außer Atem oben ankommen wollte.

Schließlich erreichte sie die Kirche. Sie befand sich etwas erhöht neben dem Gehweg. Der schlichte Bau aus grauem Stein wirkte, als hätte ihn jemand in die Länge gezogen. Womöglich lag es an dem Kirchturm, der zu einem spitzen Dach zusammenlief und den hohen Fenstern.

Ein Sonnenstrahl brach zwischen den Wolken hindurch und erleuchtete das Kirchentor mit dem gotischen Bogen. Sollte das vielleicht ein Zeichen sein? Ihre Eltern … Adoptiveltern waren wenig religiös, weshalb auch sie selbst kaum etwas mit Glauben anfangen konnte. Aber wenn hier die Antworten zu ihrer Vergangenheit verborgen lagen, dann würde sie sich an Ort und Stelle taufen lassen.

Vermutlich war der Dorfpfarrer ein alter Mann mit Halbglatze, der sogar beim Schlafen ein Kreuz um den Hals trug und großen Wert auf Tradition und Frömmigkeit legte. Marleen würde wohl kaum seinen Vorstellungen einer jungen Dame entsprechen. Es würde ihr schon gelingen, ihn für sich zu gewinnen. Immerhin hatte sie es auch geschafft, die MacAndrews von einer großzügigen Spende für das Invalidenheim ehemaliger Soldaten zu überzeugen. Und jeder wusste, wie geizig die Schotten waren. Da würde sie wohl mit einem Geistlichen fertig werden.

Mit diesem Gedanken ging sie mit weit ausholenden Schritten zu dem Kirchentor. Es war geschlossen.

»Falls du zu Pfarrer Abernethy möchtest, musst du ins Pfarrhaus.«

Marleen fuhr herum. Unweit von ihr entfernt stand eine Frau, deren Haar zum Großteil mit grauen Strähnen durchzogen war. In der Ellenbeuge trugt sie einen Korb, über dem ein Tuch lag. Ein Bündel Karotten lugte darunter hervor.

Die Frau runzelte die Stirn. »Das ist doch das Kleid von Faye Brennan.«

»Ja.« Verlegen strich Marleen über den Stoff. »Ich hatte Probleme mit ... meinem Gepäck. Faye war so freundlich und hat mir etwas zum Anziehen geliehen.«

Daraufhin hellte sich die Miene der älteren Dame auf. »Du bist die Britin. Ich hab vorhin im Laden gehört, dass wir angeblich Besuch haben, aber ich wollte es nicht so recht glauben.« Sie wechselte den Korb auf die andere Seite und streckte Marleen die Hand hin. »Erin Dunne, die Haushälterin des Pfarrers. Ich bin auf dem Weg zu ihm. Wenn du möchtest, kannst du mich begleiten.«

Marleen nahm das Angebot dankend an. Mit Erin als mögliche Unterstützerin ihres Vorhabens hätte sie bessere Chancen, dass ihr der Geistliche half, ohne zuvor eine Taufe abhalten zu müssen.

Das Pfarrhaus befand sich lediglich wenige Meter weiter die Straße hinauf. Es war cremeweiß gestrichen, wovon sich das Blau der Tür deutlich abhob. Eine hüfthohe Steinmauer umzäunte das Grundstück. Ein knallroter Briefkasten verriet, dass hier ein »Seamus Abernethy« lebte.

Erin öffnete die Gartentür mit einem leisen Klicken. »Ich bin seit bald vierzig Jahren die Pfarrhaushälterin. Angefangen habe ich mit sechzehn. Es ist wunderbar, in der Gemeinde tätig zu sein«, sagte sie über die Schulter.

Marleen überschlug grob im Kopf, wie alt der hiesige Geistliche sein mochte, wenn Erin bereits so lange für ihn arbeitete. Sie widerstand dem Impuls, Erin direkt zu fragen. Es erschien ihr ungalant, das Alter ihres Arbeitgebers zu besprechen. Also folgte sie Erin schweigend den kurzen Weg über die Steinplatten, bis sie an der Tür ankamen.

Die Haushälterin trat ein und tauschte ihre Schuhe in einer routinierten Bewegung gegen Pantoffeln. Dann holte sie ein weiteres Paar aus einem Spiegelschrank hervor und legte sie Marleen vor die Füße. »Ich habe erst gestern gewischt.«

Marleen wusste, welche Arbeit hinter einem frisch gewienerten Boden steckte. Nicht aus eigener Erfahrung, aber sie hatte die Dienstmädchen oft genug dabei beobachtet, wie sie sich seufzend die Haare aus der Stirn gestrichen haben, während sie den nassen Mopp über das Parkett gleiten ließen. Deshalb kam sie der unausgesprochenen Aufforderung nach und folgte Erin durch den Flur.

Im Haus wehte ihr der Duft von Lavendel, Minze und Äpfeln entgegen. Marleen hatte damit gerechnet, an jeder Ecke ein Kruzifix und Heiligenbilder zu sehen. Jedoch unterschied sich das Pfarrhaus nicht von einem gewöhnlichen Haus.

Sie erreichten eine große Küche, die wohl den Lebensmittelpunkt des Hauses darstellte. Marleen entdeckte einen modernen Herd und einen Kühlschrank. Kochlöffel und -schöpfer waren ordentlich nebeneinandergereiht, Messer steckten in einem dafür vorgesehenen Block und ein Geschirrtuch hing an einer Halterung an der Wand.

Erin atmete mit einem zufriedenen Geräusch ein, als wäre sie soeben zu Hause angekommen. Sie ließ den Korb neben der Tür sinken, woraufhin das leise Klirren von Glas zu hören war, und deutete Marleen an, am massiven Esstisch Platz zu nehmen, der in einer Ecke stand. »Ich mache uns Tee. Damit lässt es sich gleich viel besser unterhalten, findest du nicht auch?« Sie stützte sich mit einer Hand am Türstock ab. »Seamus, hier ist Besuch für dich!«, rief sie lautstark in den Flur, sodass sie wohl bis unters Dach zu hören war. Danach setzte sie mit raschen Handgriffen einen Kessel mit Wasser auf die Herdplatte.

Währenddessen überprüfte Marleen mit den Fingerspitzen, ob ihre Haare halbwegs ordentlich saßen. Ohne Olivia brachte sie keine aufwendigen Frisuren zustande und das Haarspray befand sich in einem ihrer Koffer.

Gemächliche Schritte näherten sich der Küche.

Marleen richtete sich auf und faltete die Hände auf dem Tisch, um einen möglichst frommen Eindruck zu erwecken.

Im nächsten Augenblick hatte sie jedoch Mühe damit, dass ihr der Mund nicht aufklappte.

Pfarrer Abernethy wirkte wie jeder andere Mann in seinem Alter ... einem Alter, das dem vom Marleen nicht weit entfernt war. Er trug Jeans und einen Pullover und sah nicht annähernd so aus wie der Gottesmann in ihrer Vorstellung.

Sein Blick fiel auf sie, als hätte er genau gewusst, wo in der Küche sie sich befinden würde. Er lächelte sie an und streckte ihr die Hand entgegen.

Marleen bemerkte, wie sich seine Lippen bewegten, hatte allerdings keine Ahnung, was er zu ihr sagte. Sie war viel zu sehr von ihren Gedanken abgelenkt, die ihr mehrere Fragen zugleich entgegenwarfen. Unter anderem, ob Abernethy womöglich eine Perücke trug, um seine Halbglatze zu verbergen.

Ihr fiel aber schnell wieder ein, dass gute Manieren ebenso wichtig waren wie ein einwandfreies Äußeres. Gerade noch rechtzeitig, um nicht als unhöflich zu gelten, ergriff sie seine ausgestreckte Hand und stellte sich vor.

Im selben Augenblick platzierte Erin eine Teekanne, Tassen und Dessertteller auf den Tisch. »Es müsste eigentlich Apfelkuchen da sein«, sagte sie zu niemand Bestimmtes. »Ich seh schnell in der Vorratskammer nach.« Damit schnappte sie sich den Korb und spähte hinter eine unscheinbare Tür, die sich wenige Schritte neben der Küchenzeile befand und die Marleen bislang nicht bemerkt hatte.

Abernethy nahm ihr gegenüber Platz und goss ihnen Tee ein. Der würzige Duft von Kräutern strömte Marleen entgegen und erinnerte sie an grüne Weiden und kühle Sommermorgen.

»Also, Mrs. ... Miss? Miss Glück, was kann ich für Sie tun?« Der Pfarrer sah sie erwartungsvoll über den Rand seiner Tasse an.

Unruhig spielte Marleen mit ihren Händen. Sie wusste, dass es kein besonders schönes Bild abgab, wenn sie ihren kleinen Finger so weit nach hinten bog. Ihre Adoptivmutter hatte sie mehrfach deswegen ermahnt. Dennoch konnte sie nicht anders. In wenigen Minuten würde sie möglicherweise mehr über ihre eigene Vergangenheit erfahren, sofern der Pfarrer tatsächlich Unterlagen zu ihren Eltern besaß. Es war beinahe, als würde sie eine völlig neue Person kennenlernen. Nämlich die Marleen, die sie hätte sein können.

Abernethy schien ihre Nervosität zu bemerken, denn er trank unbekümmert seinen Tee und sah aus dem Fenster, wo sich ein Stück blauer Himmel zeigte.

Endlich faltete Marleen die Hände ordentlich in ihrem Schoß und drückte die Schultern zurück. Aus den Augenwinkeln hielt sie Ausschau nach Erin, die sich weiterhin in der Vorratskammer zu schaffen machte. Gelegentlich drangen ein dumpfes Scheppern und das klirrende Aneinanderstoßen von Glas zu ihnen herüber. Wie lange dauerte es, einen Apfelkuchen zu finden? Sie brauchte dringend etwas Süßes. »Erst einmal vielen Dank, dass Sie mich so spontan empfangen, Pfa...«

»Seamus reicht völlig.«

Erin schubste die Tür zur Speisekammer mit einem Fuß zu, sodass diese mit einem Scheppern zufiel. Von einem Kuchen fehlte jedoch jede Spur. Die Haushälterin bemerkte wohl Marleens enttäuschten Blick, denn sie machte eine beschwichtigende Geste. »Der Kuchen ist im Kühlschrank. Ich habe mich noch nicht an die modernen Geräte gewöhnt.« Sie lachte, als hätte sie einen Witz gemacht, den ausschließlich sie selbst verstand.

Marleen wusste, dass es vermutlich missverstanden wurde, wenn sie den Pfarrer so lange anschwieg, aber ihre Gedanken standen still. Wie eine ausgehungerte Wildkatze beobachtete Marleen, wie Erin eine Schüssel mit süßer Sahne und einen Teller mit einem halben Apfelkuchen darauf aus dem Kühlschrank holte und beides auf den Tisch stellte. Erin schnitt ein großzügiges Stück vom Kuchen ab. »So, einmal für unseren Gast ... ein bisschen Sahne? Solange man jung ist, darf man sich etwas mehr Sahne vergönnen, nicht wahr?« Sie klang wie eine fürsorgliche Großmutter.

Erin schob Marleen den Teller hin. Der süße Duft nach Äpfeln, Zimt und Puderzucker war so verführerisch, dass Marleen ihre Portion wohl mit drei Bissen verschlungen hätte. Trotzdem riss sie sich zusammen. Es gehörte sich nicht, vor dem Gastgeber mit dem Essen zu beginnen, geschweige denn sein Dessert wie ein Fabrikarbeiter hinunterzuschlingen.

Marleen hatte angenommen, unter vier Augen mit Abernethy sprechen zu können. Doch Erin setzte sich auf einen weiteren Stuhl und spießte ein Stück Kuchen von ihrem Teller auf die Gabel. Sie machte nicht den Eindruck, als würde sie sich in nächster Zeit vom Fleck bewegen. Stattdessen kaute sie langsam und sah Marleen neugierig an.

Für einen Augenblick war Marleen völlig überrumpelt. Die Angestellten zu Hause wussten, wann sie sich zurückziehen sollten. Sie wollte Erin darauf hinweisen, dass dies ein persönliches Gespräch sei. Da fiel ihr jedoch ein, dass es nicht ihr Haus war und sie Seamus dadurch vielleicht vor den Kopf stoßen könnte. Deswegen hielt sie sich zurück. Obwohl es ihrem Naturell und den Dingen, die sie im Umgang mit Personal gelernt hatte, widersprach. »Ich möchte … mehr über jemanden herausfinden, der vermutlich einmal hier gelebt hat, also in Clifden.« Mit jedem Wort schlug ihr Herz schneller, sodass es ihr die Luft abschnürte. Rasch nahm sie einen Bissen vom Kuchen und schluckte ihn hinunter, bevor sie etwas über den Geschmack hätte sagen können. Lediglich der Zimt prickelte beruhigend auf ihrer Zunge.

Seamus legte den Kopf schief. »Ich verstehe. Um wen handelt es sich denn?« Er klang höflich interessiert, aber nicht neugierig. Im Gegensatz zu seiner Haushälterin, die wahrscheinlich die Luft angehalten hatte, um bloß kein Wort zu verpassen.

Hitze stieg in Marleen auf. Sie zupfte nervös an ihrem Halstuch. Am liebsten hätte sie es abgenommen, allerdings wusste sie nicht, ob diese Geste in der Gegenwart eines Geistlichen als frivol interpretiert werden könnte. Sie schielte zu Erin hinüber, die bereits die Hälfte ihres Kuchens verputzt hatte und scheinbar konzentriert damit beschäftigt war, auch den Rest zu vertilgen.

»Wärst du so nett und würdest uns allein lassen?«, fragte Seamus seine Haushälterin. Er hatte Marleens Unbehagen wohl bemerkt.

Erin spitzte missmutig die Lippen. »Eigentlich wollte ich mich um das Mittagessen kümmern. Ich trinke nur schnell meinen Tee aus.«

»Das ist äußerst lobenswert von dir.« Seamus lächelte verständnisvoll. »Trotzdem. Bitte.« Die letzten Worte sagte er mit Nachdruck.

Sichtlich widerwillig stand Erin auf, wobei der Stuhl über den Boden quietschte, und ging hinaus in den Flur.

»Mach die Tür bitte ganz zu!«, rief Seamus ihr in freundlichem Ton hinterher.

Ein leises Schnauben war zu hören, gefolgt von einem Klicken, als die Tür ins Schloss fiel.

Marleen atmete erleichtert aus. Sie öffnete schon den Mund, um etwas zu sagen, aber da legte Seamus den Zeigefinger an die Lippen.

»Du bist also aus England hergekommen?« Während er sprach, schob Seamus lautlos seinen Stuhl zurück. Dann ging er zur Tür.

Marleen verstand, worauf er hinauswollte. »Neuigkeiten scheinen hier ja schnell die Runde zu machen«, sagte sie laut und deutlich.

»Na ja, das ist ein kleiner Ort. Manchmal glaube ich, die Menschen hier sehen und hören mehr als Gott selbst.« Schwungvoll riss er die Tür auf.

Erin stolperte herein und wäre Seamus vor die Füße gefallen, wenn er sie nicht rechtzeitig aufgefangen hätte.

»Oder wie siehst du das, Erin?«

Marleen hielt sich die Hand vor den Mund, um ihr Kichern zu unterdrücken.

Erin rappelte sich auf und zupfte ihre Strickweste zurecht. Ihr Gesicht war rot angelaufen. »Reiner Zufall. Ich wollte nur ...« Mit weit ausholenden Schritten holte sie sich den Rest ihres Kuchens und ihre Tasse. Sie hob beides demonstrativ in die Höhe, als wäre damit alles gesagt und huschte anschließend wieder hinaus.

Seamus schloss die Tür hinter ihr. Er grinste, als wäre ihm soeben ein Streich gelungen. Womöglich lag es an der fehlenden Pfarrerskluft, jedenfalls konnte sich Marleen nicht vorstellen, wie er an der Kanzel stand und eine Predigt hielt.

»Die Leute hier sind im Grunde sehr nett, aber eben auch äußerst neugierig. Das musste ich selbst erfahren, als ich neu hierhergekommen bin.« Er setzte sich wieder zu ihr und spießte ein Stück Kuchen auf. »Vor knapp sieben Monaten. Der halbe Ort stand schon vor meiner Tür, bevor ich die Koffer ausgepackt hatte.«

Womöglich war sein Geplauder Absicht oder er hörte sich schlichtweg gern selbst reden. Wie dem auch immer sein mochte, Marleen entspannte sich. Sie nahm einen weiteren Bissen. Dieses Mal schmeckte sie, wie der Teig auf ihrer Zunge zerging und sich die herrliche Süße in ihrem Mund ausbreitete.

»Also, nach wem suchst du?« Seamus legte seine Gabel auf den leeren Teller.

Marleen ließ sich einen Augenblick mit der Antwort Zeit, da es ihr seltsam vorkam, die Worte laut auszusprechen. »Im Grunde nach mir selbst.«

»Das klingt höchst interessant.« Seamus stützte das Kinn in die gefalteten Hände. »Ich vermute aber, dass diese Suche nicht im philosophischen Sinne gemeint ist?«

Obwohl noch Kuchen übrig war, schob Marleen ihren Teller beiseite und umfasste die Tasse, um sich daran festzuhalten. Die Wärme, die davon ausging, tastete sich von ihren Fingerspitzen über ihre Hände und vermittelte ihr ein wohliges Gefühl. »Ich fürchte, die Sache ist etwas kompliziert«, sagte sie, ohne den Blick zu heben.

»Umso besser.«

Kapitel 6

Das Archiv der Gemeinde Clifden befand sich im oberen Stockwerk des Pfarrhauses und grenzte direkt an Seamus' Arbeitszimmer. Im Wesentlichen handelte es sich lediglich um einen Raum, der bis unter die Decke mit Regalen vollgestellt war. Das Zimmer war so klein, dass Marleen die gegenüberliegenden Wände mit ausgestreckten Armen hätte berühren können.

Seamus stand vor einem der Regale und überflog die Buchrücken, die sorgsam nebeneinander gereiht waren. »Ich möchte die älteren Unterlagen ja eigentlich der Diözese in Galway übergeben«, sagte er, während er konzentriert die Bücher durchschaute. »Dort gibt es ein ordentliches Archiv, wo man die Dokumente aufbewahren kann, ohne dass sie von Schimmel und Staub zerfressen werden. Aber bisher hatte ich keine Gelegenheit, etwas in die Wege zu leiten ... Ah, da ist es ja.« Er zog ein dickes Buch heraus, dessen lederner Einband relativ neu aussah. Behutsam legte er es auf einem Tischchen ab. »Der Job ist zeitintensiver, als man meinen möchte.«

Marleen wunderte sich, wie unaufgeregt er über seine Tätigkeit als Geistlicher sprach. Dies trug nur noch mehr dazu bei, dass sie ihn sich nicht in dieser Position vorstellen konnte.

»Womöglich klingt es etwas uncharmant, aber: Wann bist du geboren?« Seamus blätterte konzentriert durch die Seiten.

»29. September 1929.« Marleen hatte Mühe, ruhig zu bleiben. Sie fühlte sich kurzatmig und musste sich zusammenreißen, um ihr Gewicht nicht ständig von einem Bein auf das andere zu verlagern.

Seamus blätterte nun langsamer durch das Buch, wodurch Marleen einen Blick auf eine der Seiten erhaschte. Anscheinend handelte es sich dabei um etwas Ähnliches wie Tagebucheinträge. »Und du kennst nicht die Namen deiner Eltern?«

»Nein«, antwortete sie rasch. »Aber sie haben mich Marleen genannt.« Unwillkürlich fasste sie nach dem Anhänger unter ihrem Kleid und strich mit den Fingerspitzen über die Konturen.

»Hier haben wir etwas.« Seamus tippte auf eine Stelle. »Mein Vorgänger, Hugo Murphy, schreibt … Himmel, hat der Mann eine Handschrift.« Ohne hinzusehen, tastete Seamus nach einem Vergrößerungsglas, das im Regal lag, und beugte sich dann tiefer über das Buch. Marleen tat es ihm mit klopfenden Herzen gleich. Ihre Köpfe steckten so dicht beisammen, dass sie sich beinahe berührten. »Ein Mädchen wurde am 20. Dezember 1929 auf der Schwelle der Kirche abgelegt. Es war in Decken eingewickelt und trug eine Kette um den Hals … Darauf war etwas eingraviert.« Die letzten Worte murmelte er so leise, dass er kaum zu verstehen war.

Marleens Knie wurden weich. Sie ließ sich auf den einzigen Stuhl im Raum plumpsen. »Damit ist wahrscheinlich das gemeint.« Sie zog das unscheinbare Schmuckstück unter ihrem Kleid hervor.

»Interessant.« Seamus streckte die Hand nach dem Anhänger aus. Dann bemerkte er wohl, dass seine Finger knapp vor ihrem Dekolleté schwebten. Augenblicklich schoss ihm die Röte ins Gesicht. Er räusperte sich und richtete seine Aufmerksamkeit wieder auf den Eintrag. »Keine Hinweise darauf, wer das Kind dort abgelegt hat. Hugo ... Ich meine, Pfarrer Murphy hat das Kind wenige Tage später den Barmherzigen Schwestern in Galway übergeben.«

Angespannt hielt Marleen die Luft an. Sie beugte sich vor, in der Hoffnung, selbst etwas von dem Gekrakel entziffern zu können. »Und weiter? Was steht da noch?«

Seamus blätterte auf die nächste Seite und dann wieder zurück. »Das war's. Mehr hat er nicht dazu geschrieben.«

»Was ist damit?« Marleen deutete auf eine Randnotiz neben dem Vermerk zu dem Findelkind ... zu ihr.

»Hmmm.« Seamus verschob das Buch ein Stück, um die Notiz besser lesen zu können. »Du hast recht. Hugo hat hier notiert, dass das Kinderheim in Galway überfüllt war ... vermutlich die Nachwirkungen des Krieges und des Unabhängigkeitskampfes der Nationalisten gegen ...« Er warf einen Seitenblick auf Marleen. »Na ja, die Briten.«

Marleen hatte kein Interesse an einer Geschichtsstunde. Sie tippte energisch auf die Anmerkung am

Rand. »Sie haben mich also in ein anderes Heim gebracht.« Sie verrenkte sich beinahe den Nacken, um die Schrift zu entziffern. »Wohin? Nach Bea...«

»Béal Feirste. Die irische Bezeichnung für Belfast.«

Bei der Erwähnung der nordirischen Hauptstadt überkam Marleen eine Gänsehaut. Sie verband damit nicht die besten Erinnerungen. Allein die Erwähnung des Ortes genügte, um sie wieder die Kontrolle über das Pferd verlieren zu lassen und mit der Schulter voran hart auf dem feuchten Gras aufzuschlagen.

Rasch überflog sie ein weiteres Mal den Eintrag, um das Bild abzuschütteln, ohne etwas Neues zu entdecken. »Steht da, in welches Heim ich gebracht wurde?«

Seamus schüttelte langsam den Kopf. »Hugo schreibt nur, er bete für die kleine Marleen, dass sie gute Eltern findet.«

Diese Aussage wühlte etwas in Marleen auf. Einen Atemzug lang brannten Tränen in ihren Augen. Sie schluckte heftig. Ihr Blick fiel erneut auf das Datum, an dem der Eintrag geschrieben worden war. 20. Dezember 1929. Marleen zog die Augenbrauen zusammen. »Aber zwischen meiner Geburt und dem Tag, an dem ... ich gefunden wurde, liegen fast drei Monate. Gibt es keinen Taufeintrag oder so etwas?«

Seamus blätterte in dem Buch zurück, bis er bei den September-Einträgen angelangt war. Er fuhr langsam mit dem Finger die Zeilen ab. Marleen schlang die Arme um ihren Oberkörper. Sie zitterte vor Aufregung. Ein Taufeintrag beinhaltete für gewöhnlich die Namen der Eltern.

Doch dann schüttelte Seamus erneut den Kopf und Marleen hatte das Gefühl, ins Bodenlose zu fallen. »Tut mir leid.«

»Das muss ein Fehler sein.« Marleen klammerte sich am Rand ihres Stuhls fest. »Vielleicht hat der Pfarrer nicht alles eingetragen ... Wo finde ich Hugo Murphy?«

Seamus ließ die Schultern sinken. »So gesehen ist er hier.«

»Wunderbar.« Marleen sprang auf. »Dann gehe ich sofort ...«

»Hinter der Kirche.« Seamus' Stimme klang mit einem Mal belegt.

Es dauerte einen Augenblick, bis Marleen begriff. »Oh, das ...«, sie senkte betreten den Kopf, »das tut mir leid.«

Seamus klappte das Buch zu. Das Geräusch der aufeinanderschlagenden Buchdeckel kam so unerwartet, dass sie zusammenzuckte.

»Hugo war der freundlichste Mensch, dem ich jemals begegnet bin. Er hat die Seelsorge geliebt.« Seamus stellte die Aufzeichnungen zurück an ihren Platz und betrachtete die ordentlich aneinandergereihten Buchrücken. »Davon abgesehen war er äußerst gründlich. Wenn er dich getauft hätte, dann gäbe es darüber einen Eintrag.«

»Ich verstehe«, erwiderte Marleen kleinlaut. »Ich wollte damit auch nicht andeuten ...« Ihr versagte die Stimme. Allmählich sickerte in ihr Bewusstsein durch, was diese spärlichen Informationen zu bedeuten hatten. »Es ist nur ... ich wollte ...« In einer hilflosen Geste hob sie die Hände. Ihr fiel Olivia ein, die oftmals ähnlich herum stotterte. Eine Eigenschaft, die Marleen als anstrengend empfand. Außerdem zeugte es nicht unbedingt von einem souveränen Auftreten.

Sie ordnete umständlich den Rock ihres Kleides, um ihre Fassung zurückzugewinnen. Dann hob sie das Kinn. »Vielen Dank für Ihre Zeit. Ich möchte Sie nicht länger aufhalten. Sie haben bestimmt andere Aufgaben, die auf Sie warten.«

»Du kannst jederzeit wieder vorbeikommen. Meine Tür steht immer offen.«

Marleen bedankte sich und verließ daraufhin das Arbeitszimmer. Sobald ihr Wagen repariert war, würde sie Clifden den Rücken kehren. Es gab hier nichts mehr für sie zu tun.

Mit ruhigen Schritten ging sie die Stufen hinunter, die vom Obergeschoss in den Flur führten, obwohl sie am liebsten hinausgestürmt wäre. Aus der Küche kam ihr der Duft von gekochtem Gemüse entgegen. Erin bereitete wohl das Mittagessen vor.

Bei diesem Gedanken blieb Marleen mitten auf der Treppe stehen. Erin ist auch die Haushälterin von Hugo Murphy gewesen. Vielleicht wusste sie ja etwas über das Kind, das vor der Kirche abgelegt worden ist ... über sie. Schließlich passierte dies nicht alle Tage.

Es widerstrebte ihr allerdings, der neugierigen Haushälterin mehr zu erzählen als nötig. Vermutlich würde danach der gesamte Ort über ihre Vergangenheit Bescheid wissen. Andererseits würde sie Clifden ohnehin bald verlassen. Was spielte es dann für eine Rolle, was die Menschen hier über sie dachten?

Marleen öffnete die Küchentür und spähte hinein. Erin war nirgends zu sehen. Auf dem Herd köchelte lediglich ein Topf auf niedriger Flamme, daneben lagen einige geschälte Kartoffeln.

Sollte sie hier auf die Haushälterin warten? Es erschien ihr falsch, unaufgefordert in der Küche zu bleiben. Wenn Seamus zurückkam, würde das womöglich einen seltsamen Eindruck bei ihm hinterlassen. Und Erin würde vielleicht vor Schreck das Herz stehen bleiben, wenn Marleen am Tisch saß wie ein Geist, der vergessen hatte, sich auf den Weg ins Jenseits zu begeben.

Sie wollte die Tür schon schließen und das Haus verlassen, da bemerkte sie vom Fenster aus eine Bewegung. Augenblicklich beschleunigte sich ihr Puls. Sie erkannte gerade noch, wie Erin die Straße hinunter Richtung Kirche ging. Dann verschwand sie hinter der Biegung.

Bevor sie wusste, was sie tat, eilte Marleen aus dem Pfarrhaus. Nach wenigen Metern entdeckte sie die Haushälterin wieder. Der Weg verlief bergab, weshalb Marleen nicht losrannte, wie sie es eigentlich vorgehabt hatte. Die hohen Absätze ihrer Schuhe eigneten sich höchstens für ein schnelles Schritttempo. Sie wollte nicht riskieren, zu stolpern und womöglich Fayes Kleid zu ruinieren. Davon abgesehen gaben Schweißperlen im Gesicht kein schönes Bild ab. Deswegen beschränkte sie sich darauf, Erin nicht aus den Augen zu verlieren, anstatt sie einzuholen.

Die Haushälterin ging soeben über einen Kiesweg seitlich an der Kirche vorbei. Marleen folgte ihr und wurde allmählich langsamer, als sie die ersten Grabsteine entdeckte. Für einen Moment blieb sie im Schatten des Gotteshauses stehen und sah über den Friedhof. Die Gräber waren nach keinem bestimmten Muster angeordnet, sondern schienen willkürlich über die weitläufige Wiese verstreut zu sein wie unzählige Würfel, die auf einem Spieltisch landeten.

Sie beobachtete, wie Erin auf eine Eibe zuging, die abseits von den Grabstätten stand. In der Entfernung entdeckte sie ein steinernes Kreuz, das im Schatten der Bäume lag. Erin blieb davor stehen, die Hände ineinander gefaltet.

Marleen wollte sie nicht stören. Deshalb schlenderte sie die Wiese entlang, achtete jedoch darauf, in Erins Blickfeld zu sein, sobald sich die Haushälterin umdrehte. Sie musterte die Inschriften auf den Kreuzen und Grabsteinen. Manche waren so verwittert, dass man die eingravierten Buchstaben und Muster kaum erkennen konnte.

Sie ging ein Stückchen weiter, bis sie das Grab von Hugo Murphy erreichte. Eine einzelne Lilie lag auf der Erde, die noch nicht vollständig mit Gras überwachsen war. Murphy hatte indirekt dafür gesorgt, dass sie bei ihren Adoptiveltern untergekommen war. Wenn sie ansatzweise gläubig gewesen wäre, hätte sie wohl ein Dankesgebet gesprochen, aber so betrachtete sie lediglich für eine Weile das Grab und lauschte den Rufen eines Kormorans.

»Ist nicht so gelaufen, wie du es dir erhofft hast?«

Marleen schnappte erschrocken nach Luft und fuhr herum.

Erin stand wenige Schritte von ihr entfernt. Sie hob entschuldigend die Hände. »Man sieht dir die Enttäuschung an. Dafür muss man nicht an Türen lauschen … Nicht, dass ich …«

»Schon gut.« Aus einem Impuls heraus schlug Marleen den Tonfall an, mit dem sie für gewöhnlich mit Bediensteten sprach. Sie hatte momentan nicht die Kraft, auf Gefühle anderer Rücksicht zu nehmen. Sie war zu sehr mit ihren eigenen beschäftigt. Eine Sekunde später bereute sie es auch schon. Immerhin wollte sie Erin mögliche Informationen zu ihren Eltern entlocken, sofern die Haushälterin etwas wusste. Sie suchte nach den passenden Worten für eine Entschuldigung, aber Erin kam ihr zuvor.

»Du suchst jemanden, nicht wahr?« Erin legte den Kopf schief.

Allmählich beschlich Marleen das Gefühl, dass sie und Seamus durchaus belauscht worden sind. Vielleicht war es doch keine gute Idee, Erin um Hilfe zu bitten. »Hat sich erledigt«, brachte sie zwischen zusammengebissenen Zähnen hervor. Sie würde Erin nicht mehr sagen, als diese ohnehin bereits mitbekommen hatte. Es fühlte sich nicht richtig an. Marleen verabschiedete sich mit knappen Worten.

»Falls du deine Meinung änderst, sieh bei Gwenhwyfer vorbei«, sagte Erin ruhig. »Sie wohnt nur wenige Straßen weiter.«

Marleen drehte sich zu ihr um. »Wer soll das sein?«

Erin machte einen Schritt auf sie zu. »Sie lebt seit über dreißig Jahren hier, kennt die Leute.« Sie sprach so leise, als befürchtete sie, von jemandem belauscht zu werden. Dabei waren sie die Einzigen auf dem Friedhof. »Gehen bei ihr aus und ein, um sich von ihr die Zukunft voraussagen zu lassen.«

Bei ihren letzten Worten hob Marleen eine Augenbraue. »Du meinst sie ...«

Erin nickte eifrig. »Ja, sie ist eine Wahrsagerin. Hat Kontakte zur Geisterwelt. Sie weiß und sieht Dinge, von denen wir nicht einmal etwas ahnen.«

Wollte Erin sie auf den Arm nehmen? In ihrem Gesichtsausdruck deutete nichts darauf hin, dass es sich um einen Scherz handelte. Also rang sich Marleen ein Lächeln ab. »Ich ziehe es in Erwägung. Vielen Dank«, antwortete sie steif. Damit wandte sie Erin rasch den Rücken zu, bevor sie ihr einen Fuchsschwanz oder eine Wünschelrute mit auf den Weg gab.

Aber wenn sie so darüber nachdachte, war es vielleicht keine so schlechte Idee, Gwenhwyfer nach ihren Eltern zu fragen. Sie glaubte nicht an Wahrsagerei. Jedoch an die Geschwätzigkeit der Leute in einem kleinen Ort.

Kapitel 7

Das Haus der Wahrsagerin wirkte wie ein Burberry-Mantel zwischen Strickwesten aus einem Second Hand Laden. Im Vergleich zu den anderen Gebäuden in Clifden, die teilweise von Efeu überzogen oder mehrfach frisch gestrichen worden waren, sah es neu aus. Es lag etwas abseits von den übrigen Nachbarn. Lediglich ein Haus mit windschiefem Dach stand auf der gegenüberliegenden Straßenseite.

Marleen blieb einen Moment vor dem Haus stehen. Sie fühlte sich ähnlich bekommen wie vorhin, als sie vor der Kirche gestanden hatte. Dennoch kam sie sich lächerlich dabei vor, Rat bei einer Wahrsagerin zu suchen. Sie hatte keine Lust auf Hokuspokus, sondern brauchte Fakten. Gewissheit. Informationen zu ihren leiblichen Eltern.

Bei diesem Gedanken durchfuhr sie ein scharfer Stich in der Brust. Jene Eltern, die sie vor der Kirche abgelegt hatten. Mitten im Dezember. Ihrem Schicksal überlassen. Wie eine ferne Erinnerung spürte sie den schneidenden Wind von damals, der trotz der Decken ihre Haut gestreift hatte.

Sie schüttelte den Kopf. Es war völlig unmöglich, dass sie sich an etwas erinnerte, dass sie mit gerade einmal drei Monaten erlebt hatte.

Manche Geister vertrieb man nur, indem man sie als Hirngespinst bloßstellte. Entschlossen öffnete sie das Gartentor und marschierte über den mit weißen Kieselsteinen bestreuten Weg zwischen Lilien und weißen Rosen zur ebenfalls weiß gestrichenen Haustür. Der umliegende Rasen war perfekt getrimmt, wodurch er äußerst britisch wirkte.

Marleen betätigte die Türglocke und ignorierte dabei ihr klopfendes Herz. Das schrillende Geräusch auf der anderen Seite der Tür verhallte. Es rührte sich nichts. Also klingelte sie erneut und wartete weitere Sekunden. Wieder erhielt sie keine Reaktion. Marleen ging einen halben Schritt zurück und warf einen Blick zu den Fenstern in der Erwartung, einen Vorhang zu sehen, der rasch zurechtgezupft wurde. Aber es war keinerlei Bewegung zu erkennen.

Marleen wippte ungeduldig mit den Zehen auf und ab. Dann machte sie sich ein drittes Mal bemerkbar, erhielt jedoch dasselbe Ergebnis. »Ach, zum Teufel.« Sie pochte kräftig gegen den Eingang, obwohl sie gelernt hatte, dass sich dies für eine Dame nicht schickte.

Sobald ihre Faust die Tür berührte, sprang diese einen halben Zentimeter weit auf. Marleen zog die Augenbrauen zusammen. Es erschien ihr seltsam, dass die Tür nicht richtig verschlossen war, aber davon durfte sie sich nicht irritieren lassen. Sie würde nicht gehen, bevor sie Antworten zu ihrer Vergangenheit erhalten hatte. Immerhin bestand die Möglichkeit, dass die Wahrsagerin etwas über ihre leiblichen Eltern wusste. Zögerlich drückte sie die Tür ein Stück weiter auf. »Hallo?« Sie spähte in den Flur, dessen eine Seite von einem weißen Sideboard in Anspruch genommen wurde. Darauf standen weiße Kerzen. Ein Räucherstäbchen verströmte den zarten Duft von Sandelholz. Darüber hing ein Spiegel in einem goldenen Rahmen.

»Hallo? Ist jemand zu Hause?« Marleen trat ein und zog die Tür hinter sich zu. »Mrs. ... Gwenhwyfer?« Beinahe wäre sie auf Zehenspitzen durch den Flur geschlichen. Am Ende glaubte die Wahrsagerin noch, Marleen wollte bei ihr einbrechen. Obwohl dies am helllichten Tag eher unwahrscheinlich war. Aber sie hatte ja keine Vorstellung davon, zu welchen Hirngespinsten die Frau in der Lage war. Deshalb achtete sie darauf, sich möglichst geräuschvoll durch den Raum zu bewegen. So klackerten ihre Absätze gut vernehmbar auf dem Boden.

An der rechten Seite befand sich eine Tür. Dahinter verbarg sich eine modern eingerichtete Küche, ähnlich wie die im Pfarrhaus. Marleen entdeckte sogar eine Waschmaschine. In Manchester hatten sie sich erst vor wenigen Wochen ein solches Gerät zugelegt, worüber sich hauptsächlich Mrs. Thompson gefreut hatte.

Marleen zog die Tür mit einem absichtlichen Krachen hinter sich zu. Entweder war die Wahrsagerin nicht zu Hause oder absolut taub. Selbst die Nachbarn mussten den Lärm, den sie verursachte, inzwischen mitbekommen.

Sie ging weiter und erreichte schließlich das Wohnzimmer. Ein Sofa und zwei gepolsterte Stühle mit ausziehbarem Fußteil nahmen den Großteil des Raumes ein. Mehrere Vasen mit weißen Tulpen und Orchideen waren am Boden und auf dem Fensterbrett verteilt. An der Wand lehnte eine eingerahmte Zeichnung, die die unterschiedlichen Mondphasen darstellte. Es handelte sich um eine grässliche Darstellung, auf welcher der Mond mit einem betrüblichen Gesichtsausdruck abgebildet wurde. Sie bescherte Marleen Gänsehaut. Daneben lagen einige Nägel, die wohl in die Mauer eingeschlagen werden sollten, um das Bild aufzuhängen.

Besonders interessant fand Marleen jedoch den Fernseher, der auf einer Kommode stand. Bislang hatte sich ihr Vater geweigert, so ein Ding zu Hause aufzustellen. Die Nachrichten, worunter er die aktuellen Börsenkurse und Grundstückswerte verstand, erfuhr er ohnehin aus der Zeitung. Alle anderen Programme seien Zeitverschwendung.

Wäre die Sache mit ihrer geheimnisvollen Vergangenheit nicht dazwischen gekommen, hätte sich Marleen demnächst heimlich so ein Gerät angeschafft. Sie verzog einen Mundwinkel nach oben. Vor wenigen Tagen war ihr Leben um einiges unkomplizierter gewesen.

Womöglich wartete die Wahrsagerin nur auf den passenden Augenblick, um mysteriös aus einer Ecke aufzutauchen und sie mit ihrer Präsenz zu überraschen. Wenn es darauf hinauslief, würde Marleen eben mitspielen.

Sie machte einen Schritt auf den Fernseher zu, um die Knöpfe und den Regler aus der Nähe zu betrachten. Sie trat dabei auf etwas Glattes, wodurch ihr der Fuß wegrutschte. Sie hielt sich rasch am Türrahmen fest, um nicht das Gleichgewicht zu verlieren.

Unter ihrem Schuh lag eine Tarotkarte. Marleen bückte sie danach. Das Bild zeigte eine Frau in einer schicken Tunika, die sich auf einem großen Kissen rekelte, ähnlich wie Vivian Leigh in *Caesar und Cleopatra*. Marleen hatte den Film vor einigen Jahren im Kino gesehen.

Neben ihren Füßen entdeckte sie weitere Karten.

»Seltsam«, murmelte sie. Die Tarotkarten trugen vermutlich einen großen Teil zu Gwenhwyfers Einkommen bei. Deshalb konnte sie sich nicht vorstellen, dass die Wahrsagerin sie so achtlos auf dem Boden herumliegen ließ. Ein Exemplar lag halb unter dem Sofa. Marleen ging in die Hocke, um die Karte aufzuheben, und sprang im nächsten Augenblick entsetzt zurück.

Sie schlug sich eine Hand auf den Mund und unterdrückte so den Schrei, der nun in ihrer Kehle erstickte. Auf der anderen Seite des Sofas lag jemand auf dem Teppich. Zumindest hatte Marleen einen weiß gekleideten Arm gesehen.

Vielleicht war Gwenhwyfer ohnmächtig geworden?

»Es ist alles in Ordnung«, sagte Marleen zu sich selbst. Ihre Stimme zitterte vor Schreck und ihr Atem ging viel zu schnell.

Zögerlich tänzelte sie an dem Sofa vorbei. Der dicke Teppich dämpfte ihre Schritte. Ein metallischer Geruch stieg ihr in die Nase. »Hallo? Geht es Ihnen ...« Das letzte Wort blieb Marleen im Hals stecken. Sie schnappte nach Luft.

Die Augen der Wahrsagerin starrten reglos ins Leere. Marleen erkannte eine tiefe Wunde am Hinterkopf der Frau. Um sie herum lagen weitere Tarotkarten verstreut. Eine steckte zwischen ihren Fingern, darauf war »Ass der Münzen« zu lesen.

Übelkeit stieg in ihr auf. Sie machte einen Schritt zurück und stieß dabei mit dem Bein gegen den Glastisch.

Tiefe Risse zogen sich durch das Möbelstück und vereinzelte Splitter lagen auf der Glasplatte verstreut. Dort, wo die Sprünge zusammenliefen, lag ein Hammer, so als hätte ihn jemand dort fallen gelassen. Und darauf befand sich eindeutig Blut.

Marleen schrie erschrocken auf. Die Tarotkarten, die sie bis dahin aufgesammelt hatte, rutschten ihr aus den feuchten Fingern.

Eine Tür fiel ins Schloss. Sie konnte jedoch nicht zuordnen, aus welcher Richtung das Geräusch gekommen war. Hielt sich der Täter womöglich noch im Haus auf?

Ihre Zunge klebte am Gaumen, sodass sie kaum schlucken konnte. Sie musste hier weg.

Mit großen Schritten ging sie über den Teppich, sorgsam darauf bedacht, in keine blutigen Stellen zu treten. Es machte definitiv einen schlechten Eindruck, wenn sie Blut an ihren Schuhsohlen hatte. Am Ende kam jemand auf die Idee, dass sie ...

»Auf frischer Tat ertappt, würde ich sagen.«

Marleen zuckte zusammen. Ein Mann versperrte den Weg zur Tür. Eine seiner Hände steckte lässig in der Seitentasche eines Trenchcoats. Er sah von der Leiche zu Marleen.

»Was? Nein! Ich habe nichts damit zu tun. Ich wollte bloß ... Ich wollte Mrs. Gwenhwyfer etwas fragen ...«

Der Mann schnalzte mit der Zunge. »Natürlich.« Er zog Handschellen aus seiner Tasche. »Sie haben sicherlich nichts dagegen, die Angelegenheit mit mir zu klären.«

Marleen streckte das Kinn nach vorn. »Und ob ich etwas dagegen habe.« Der Schock saß ihr noch immer in den Knochen, sodass sich ihre Beine wackelig anfühlten und ihre Hände zitterten. Vielleicht war das auch der Grund, weshalb sie einfach sagte, was ihr in den Sinn kam, ohne weiter darüber nachzudenken. Sie musterte den Polizisten. Er war kaum größer als sie und sie entdeckte kein einziges Barthaar in seinem Gesicht. »Insbesondere nicht von einem Möchtegern-Hilfssheriff.« Sie wollte an ihm vorbeigehen, doch da legte er eine Hand an den Türstock und versperrte ihr so den Weg.

»Ich bestehe darauf.« Er zog eine Polizeimarke aus der anderen Manteltasche. »Inspektor Fitzgerald von der Garda in Galway.« Falls er ihr den Hilfssheriff übel nahm, ließ er es sich nicht anmerken. »Wenn ich Sie also bitten darf.« Er hob die Handschellen in ihr Gesichtsfeld.

»Wie gesagt: Ich habe mit der Sache nichts zu tun. Ich überlasse Sie Ihrer Arbeit, Herr Inspektor.« Sie betonte die letzten beiden Worte. Für einen Moment war sie von vereinzelten grauen Haaren abgelenkt, die sich an der Schläfe des Inspektors zeigten.

Bevor sie reagieren konnte, klickten die Handschellen um eines ihrer Handgelenke. Das Metall war kühl. Dennoch glaubte sie, es verbrenne ihre Haut. Er hatte nicht allen Ernstes vor, sie zu verhaften?

Nun schnappte es um ihr zweites Handgelenk. Fitzgerald hielt sie an der Schulter fest. »Wenn Sie mich bitte begleiten würden.«

»Das können Sie vergessen.« Marleen entwand sich aus seinem Griff. »Nehmen Sie mir sofort dieses Ding ab.« Sie streckte ihm auffordernd die Arme entgegen. Wenn sie mit Freundlichkeit nicht weiterkam, musste

sie es mit Bestimmtheit versuchen. Ihre Eltern hatten
ihr zwar beigebracht, sich vornehm zu verhalten, aber
auch, ihren Willen durchzusetzen, wenn es die Situation erforderte. Durch höfliches Geplänkel allein sammelte man keine Spendengelder oder führte Unterneh-
men.

»Widerstand gegen die Staatsgewalt.« Fitzgeralds Gesicht blieb ausdruckslos. »Wollen Sie das wirklich?«

»Ich habe nichts getan.«

Fitzgerald ging nicht darauf ein, sondern zog rasch
seinen Trenchcoat aus und legte ihn um Marleens
Hände. »Um die Sache für Sie möglichst angenehm zu
gestalten.«

»Das soll wohl ein Scherz sein.«

»Falls Sie tatsächlich unschuldig sind ...«

»Ich bin unschuldig«, betonte sie mit Nachdruck. Für
einen Augenblick wurde ihr schwindlig. Ihre Worte
waren noch nie infrage gestellt worden.

Seine Miene blieb ausdruckslos. »Dann dürften Sie ja
nichts dagegen haben, mich zu begleiten. Sie müssen
mir lediglich ein paar Fragen beantworten.«

Kapitel 8

Falls die irische Polizei es darauf anlegte, es einem möglichst unbequem zu machen, damit man schneller mit den Informationen herausrückte, dann war ihnen das mit diesem Verhörraum gelungen. Durch das kleine Fenster drang nur wenig Licht und die Wanduhr tickte so laut, dass sich Marleen kaum auf ihre Gedanken konzentrieren konnte. Dabei musste sie sich doch ihre nächsten Schritte überlegen. Falls Fitzgerald sie tatsächlich für die Täterin hielt, musste sie so schnell wie möglich ihre Eltern anrufen, damit sie ihr einen Anwalt schickten. Allerdings würde dies auch bedeuten, dass sich die Suche nach ihren leiblichen Eltern erledigt hätte. Walter und Abigail Glück würden sie nach diesem Desaster sofort zurück nach Manchester holen. Es musste ihr also gelingen, das Problem allein zu lösen.

Sie rutschte auf ihrem Stuhl hin und her, ohne eine halbwegs annehmbare Position zu finden. Die Sitzfläche war hart und bei der kleinsten Bewegung quietschte es, wodurch sie befürchtete, dass die wackeligen Stuhlbeine jeden Moment nachgeben konnten. Dabei war sie auch so schon am gesamten Körper verspannt. Fitzgeralds Wagen besaß weder eine Federung noch Stoßdämpfer, wodurch die einstündige Fahrt nach Galway zu einer holprigen Angelegenheit geworden war.

Sie schlug ein Bein über das andere und zupfte das Kleid zurecht, in dem sie sich nach wie vor nicht wohlfühlte.

Fitzgerald ließ sie bereits seit mehreren Minuten warten, was äußerst unhöflich war. Vor allem, da er ihr nicht einmal etwas zu trinken angeboten hatte. Stattdessen leistete ihr lediglich ein Aufnahmerekorder Gesellschaft.

Zum wiederholten Male tauchte das Bild der toten Wahrsagerin vor ihr auf und Marleens Finger begannen zu zittern. Man musste kein Experte sein, um zu erkennen, dass es sich um einen Mord handelte. Schließlich konnte sich die Frau schlecht selbst von hinten mit einem Hammer erschlagen haben.

Endlich kam Fitzgerald zurück. In einer Hand hielt er einen Becher, aus dem es dampfte. Er nahm Marleen gegenüber Platz und stellte den Keramikbecher ab. Sie wollte bereits danach greifen. Womöglich kannte Inspektor Fitzgerald doch die grundlegenden Anstandsregeln und man konnte vernünftig mit ihm sprechen. Da setzte er den Becher schon selbst an die Lippen.

Marleen lehnte sich mit verschränkten Armen zurück, woraufhin der Stuhl erneut ein protestierendes Geräusch von sich gab.

Dann drückte Fitzgerald eine Taste auf dem Aufnahmegerät. Dieses gab daraufhin ein leises Klicken von sich und die beiden Tonbänder drehten sich mit einem gedämpften Rauschen um die eigene Achse.

Der Inspektor beugte sich über das Gerät. »Verhör der Verdächtigen«, sagte er langsam und deutlich. Er sah zu Marleen. »Wie ist Ihr Name?«

Sie schob trotzig das Kinn vor. »Earl Grey.« Die Antwort war vermutlich nicht klug, aber in ihrem Kopf pochte es und sie brauchte einen Tee, um einen wachen Verstand zu bewahren. Alles andere würde auf eine verfrühte Rückkehr nach Manchester hinauslaufen.

Fitzgerald blinzelte sie an. Dann drückte er auf eine andere Taste, woraufhin die Tonbänder stehen blieben. »Wie bitte?«

»Ich hätte gern eine Tasse Earl Grey mit einem Schuss Zitrone, bitte.«

»Miss … Je schneller wir diese Unterhaltung hinter uns bringen, desto eher können Sie wieder gehen. Solange Sie sich zu unserer Verfügung halten.« Fitzgeralds Blick schweifte zu ihrer Handtasche, die auf dem Tisch lag. »Ich kann Ihre Habseligkeiten durchsuchen. Dann finden wir eben so heraus, wie Sie heißen.«

Damit hatte er allerdings recht. In der Tasche befand sich ihr Ausweis. Marleen ignorierte ihre Handtasche bewusst, obwohl sie sie am liebsten an sich gedrückt hätte. Stattdessen zuckte sie mit den Schultern und setzte einen gleichgültigen Tonfall auf. »Tun Sie sich keinen Zwang an. Jedoch werden Sie darin nichts weiter finden als die üblichen Dinge, die Frauen mit sich herumtragen – unter anderem gegen entsprechende Leiden, wenn Sie verstehen.«

Daraufhin räusperte sich Fitzgerald. Er sah in die entgegengesetzte Richtung, als wäre es bereits unangemessen, die Tasche anzustarren und über den möglichen Inhalt nachzudenken. Einen Atemzug lang herrschte Schweigen. Dann stand der Inspektor mit einem Schnauben auf und verließ den Raum.

Wenige Minuten später kam er mit einem weiteren Becher zurück. Dieses Mal stellte er ihn direkt vor Marleen hin. »Bitte schön, Miss.«

Marleen bedankte sich in einem gönnerhaften Tonfall, den sie für gewöhnlich nur unfreundlichen Restaurantbedienungen zuteilwerden ließ.

Fitzgerald schaltete das Aufnahmegerät wieder ein. »Verhör der Verdächtigen ...« Er machte eine auffordernde Geste.

Marleen schnupperte an dem Tee und rümpfte gleich darauf die Nase. »Das ist kein Earl Grey.«

Der Inspektor fuhr sich über das Gesicht. »Das hier ist eine Polizeiwache und nicht das *Four Seasons.*«

Probeweise nippte Marleen an dem heißen Getränk, schmeckte jedoch nicht viel außer gekochtem Wasser und einem Hauch Pfefferminz. Sie musterte skeptisch ihre Tasse. »Das mit der nicht vorhandenen Zitrone verzeihe ich Ihnen.«

»Bleiben Sie bitte bei der Sache.«

Sie nahm einen weiteren Schluck, während sich die Tonbänder geduldig drehten. »Marleen Glück aus Manchester, Tochter von ...« Sie stockte für einen Moment, kaschierte ihre Verunsicherung aber, indem sie den Becher erneut an die Lippen setzte. »Walter Glück, stellvertretender Geschäftsführer der Ford Motor Company, ebenfalls in Manchester sesshaft.« Sie hob beide Augenbrauen. »Und ich habe das Vergnügen mit?«

Fitzgeralds Mund stand halb offen. Scheinbar hatte er nicht mit dieser Antwort gerechnet. Er fasste sich schnell wieder und sprach deutlich ins Aufnahmegerät: »Inspektor Owen Fitzgerald, Garda Galway.«

»Sehr erfreut, Ihre Bekanntschaft zu machen«, sagte Marleen, als säßen sie bei einem gemütlichen Nachmittagstee. Gute Manieren und Disziplin. Damit erreichte man alles.

»Was wollten Sie bei Fiona Morris, der Frau, die tot aufgefunden wurde?«

Fiona Morris. Kein Wunder, dass sich die Wahrsagerin Gwenhwyfer nannte. Das klang viel eher nach einer Person, die mit Geistern und Fabelwesen kommunizierte.

Marleen hatte geahnt, dass er ihr diese Frage stellen würde. Deshalb hatte sie sich eine Antwort zurechtgelegt, die zwar der Wahrheit entsprach, aber nicht ihre gesamte Geschichte offenlegte. »Ein wenig plaudern, wir haben womöglich gemeinsame Bekannte.«

»Wen?«

»Ich wüsste nicht, inwiefern das von Belang ist.«

»Na schön.« Fitzgerald seufzte. »Was führt Sie nach Clifden? Von Manchester ist es ein weiter Weg.«

»Nicht so weit, wenn man ein vernünftiges Auto fährt.«

Daraufhin sah sie der Inspektor erstaunt an. »Sie fahren Auto? Allein?«

»Natürlich.«

»Das ist … ungewöhnlich.«

»Warum waren Sie bei Fiona?« Die Frage beschäftigte Marleen bereits, seitdem sie schweigend auf der Rückbank des Inspektors gesessen hatte.

Er lachte leise. Ein Geräusch, das sie ihm niemals zugetraut hätte.

»Noch stelle ich hier die Fragen.«

»Es kommt mir nur seltsam vor, dass Sie ausgerechnet in dem Moment auftauchen, in dem ich die Leiche finde.« Marleen lehnte sich vor und ahmte die Haltung des Inspektors nach. »Wer sagt, dass nicht Sie der Mörder sind?« Ihr war bewusst, welches Risiko dahintersteckte, wenn sie den Spieß umdrehte, aber vielleicht gelang es ihr so, dem Inspektor zu zeigen, dass nicht jeder, der sich an einem Tatort aufhielt, automatisch der Schuldige sein musste.

»Erstens wissen wir noch nicht, ob es sich um einen Mord handelt.«

»Dafür muss man nun wirklich kein Kriminaltechniker sein ...«

»Zweitens kenne ich die Tote nicht.«

»Damit haben wir etwas gemeinsam.« Marleen prostete ihm mit dem Becher zu, was sie gleich darauf bereute. Ihre Finger zitterten vor Aufregung, wodurch einige Tropfen auf der Tischplatte landeten und nur knapp das Kleid verfehlten.

In diesem Moment klopfte es an der Tür.

»Sie ziehen diese Unterhaltung unnötig in die Länge.« Fitzgerald ignorierte das unablässige Klopfen.

Bevor Marleen etwas darauf erwidern konnte, war eine zögerliche Stimme jenseits der Tür zu hören. »Inspektor?«

Fitzgeralds Schultern sackten nach vor. »Ja?«

Ein junger Mann mit roten Haaren und Pockennarben im Gesicht spähte vorsichtig herein. »Es möchte Sie jemand sprechen.«

»Hat das nicht Zeit?«

»Ich fürchte nicht.«

Hinter dem Jungen war eine weitere Person zu hören: »Ich werde dich nicht lange aufhalten.«

Unwillkürlich richtete sich Marleen auf und strich sich über die Haare. Sie hatte die Stimme erkannt.

Seamus bedankte sich bei dem Jungen und trat in den Verhörraum. Dieses Mal trug er eine schwarze Soutane mit Kollar, wodurch er wie ein völlig anderer Mensch wirkte. Er nickte Marleen zu, wandte sich dann aber gleich an Fitzgerald. »Falls du Miss Glück im Verdacht hast, kann ich dir versichern, dass sie unschuldig ist.«

Der Inspektor stand von seinem Stuhl auf. Trotzdem war Seamus weiterhin knapp einen Kopf größer als er. »Weshalb bist du dir da so sicher?« Der vertraute Tonfall, in dem sich die beiden unterhielten, ließ erahnen, dass sie sich bereits länger kannten. Außerdem fiel Marleen der ähnliche Dialekt auf, in dem sie sprachen.

»Sie ist am Vormittag bei mir gewesen. Und ich vermute, das war, bevor du den Anruf erhalten hast.«

»Woher weißt du von dem Anruf?« Fitzgeralds Blick huschte zu Marleen. Möglicherweise überlegte er, ob sie etwas von diesem Gespräch mitbekommen sollte.

»Du kannst dir vorstellen, wie schnell sich Nachrichten in Clifden verbreiten«, antwortete Seamus. Dabei zwinkerte er Marleen zu, wandte sich dann aber gleich wieder an Fitzgerald. »Jedenfalls habe ich mit Fergus gesprochen, dem Polizisten, der als Erstes bei Fionas Haus angekommen ist, nachdem ihr weg wart. Nimm ihm das nicht übel. Schließlich hat er nur meine Fragen beantwortet, was jeder gute Christ einem Pfarrer gegenüber tun würde.«

Geräuschvoll stellte Marleen den inzwischen leeren Becher zurück auf den Tisch. Mit Seamus als Unterstützer fühlte sie sich mutiger. Wenn er ihr half, konnte sie ihre Suche bald fortsetzen und musste nicht länger befürchten, dass sie am Ende doch im Gefängnis landete.

Fitzgerald und Seamus sahen sie unvermittelt an, als hätten sie für einen Augenblick vergessen, dass sie sich ebenfalls im Raum befand. Eine Erfahrung, die ihr bislang völlig fremd gewesen war.

»Dürfte ich wissen, von welchem Anruf Sie sprechen?«, fragte sie Fitzgerald. Womöglich ließ sich das Missverständnis einfach klären, wenn sie Einzelheiten wusste.

Seamus neigte den Kopf. »Entschuldige. Es ist unhöflich, eine Dame zu ignorieren. Jemand hat Owen angerufen ...«

»Du kannst doch keine Informationen zu laufenden Ermittlungen weitergeben«, fuhr Fitzgerald dazwischen, »vor allem nicht gegenüber einer Ver...«

»Einer Zeugin? Vielleicht hat sie etwas gesehen, das dir bisher entgangen ist.«

»Das bezweifle ich.«

Seamus verschränkte die Arme. »Hast du nicht immer gesagt, dass man auch in unmögliche Richtungen denken muss, um einen Fall zu lösen?« Er deutete mit einer Kopfbewegung zu Marleen. »Hier wäre eine dieser unmöglichen Richtungen.«

Sie wusste nicht, was sie von dieser Bezeichnung halten sollte, aber solange es dazu diente, sie endlich hier rauszubringen, war sie damit einverstanden.

Das Licht fiel bereits schräg durch das Fenster auf die gegenüberliegende Wand. Sie hatte ihren Eltern versprochen, höchstens eine Woche fortzubleiben, und nun verschwendete sie ihre Zeit auf der Polizeiwache.

Einen Augenblick lang starrten sich Fitzgerald und Seamus an, als würden sie die Unterhaltung stumm weiterführen. Der Inspektor schob das Kinn vor und seufzte schließlich. »Jemand hat gehört, wie sich zwei Personen gestritten haben. Dann wurde es plötzlich still. Eine Stimme gehörte Fiona, die andere hat der Anrufer nicht erkannt.«

Bei seinen letzten Worten horchte Marleen auf. »Der Anrufer war demnach ein Mann?«

»Die Stimme war gedämpft, eventuell durch ein Tuch über der Sprechmuschel, also nicht klar zu erkennen«, antwortete Fitzgerald. »Daraufhin bin ich zu der Adresse gefahren und habe Miss Glück angetroffen. Womöglich hat sie sich mit Fiona Morris gestritten.«

»Und nachdem sie Fiona ermordet hat, wartet sie über eine Stunde auf dich, bis du von Galway hergekommen bist?« Seamus' Tonfall machte unmissverständlich klar, für wie absurd er diesen Gedanken hielt.

Fitzgerald reckte das Kinn vor. »Vielleicht ist sie zum Tatort zurückgekehrt, um ihre Spuren zu verwischen.«

»Wie gesagt: Es ist völlig unmöglich, dass Marleen etwas damit zu tun hat«, erwiderte Seamus geduldig. »Zum Zeitpunkt des Anrufes war sie bei mir. Sie kann sich also nicht mit Fiona gestritten haben.«

In Fitzgeralds zusammengekniffen Augen stand deutlich geschrieben, dass er diese Theorie nicht glaubte. Er spitzte nachdenklich die Lippen, als müsste er erst gründlich über Seamus' Argumentation nachsinnen, bevor er eine Entscheidung treffen konnte.

»Ich verbürge mich dafür. Als Pfarrer und als dein Freund«, setzte Seamus hinterher.

»Na gut, sie kann gehen«, sagte Fitzgerald zerknirscht. »Aber ich will sie nicht noch einmal in der Nähe eines Tatortes sehen.«

Daraufhin tauschte Seamus einen Blick mit Marleen, die einen bewusst unverbindlichen Gesichtsausdruck aufsetzte. Danach wandte er sich wieder an Fitzgerald. »Selbstverständlich.«

»Dann lass uns gehen.« Marleen stand auf und zupfte ihr Halstuch zurecht. »Wie wäre es mit einem Essen bei Faye?« Sie wählte absichtlich einen unbekümmerten Plauderton, um Fitzgerald zu ärgern. Er hatte sie wie eine Verbrecherin behandelt, obwohl sie ihre Unschuld betont hatte. Diese Kränkung brannte in ihrem Brustkorb, während sie Seamus den Flur entlang zum Ausgang folgte. Sie schluckte mehrmals. Der schale Geschmack des Tees lag ihr noch immer auf der Zunge. Vermutlich war es absolut offensichtlich, wer hinter dem Mord steckte, wenn man sich etwas genauer mit dem Fall beschäftigte.

Kapitel 9

»Bestell dir, was immer du möchtest. Die Rechnung geht auf mich.« Marleen wollte ihm schon die Karte zuschieben, da fiel ihr wieder ein, dass diese lediglich als Dekoration diente. Faye war nirgends zu sehen, was sie nicht weiter verwunderte. Außer ihr und Seamus befanden sich nämlich keine anderen Gäste im Pub. Also ein exzellentes Timing. Das bot ihr die Möglichkeit, in Ruhe mit Seamus zu sprechen, ohne von neugierigen Ohren belauscht zu werden.

Die Fahrt zurück nach Clifden war weitaus angenehmer verlaufen, wenn auch vergleichbar unbequem. Seamus' Wagen gestaltete sich in puncto Komfort ähnlich schlecht ausgestattet wie der des Inspektors. Allmählich fragte sich Marleen, ob die Iren generell über keine vernünftigen Autos verfügten.

Immerhin hatte sie auf dem Rückweg erfahren, dass Seamus Fan der örtlichen Fußballmannschaft war und gelegentlich Pferderennen besuchte. Außerdem betrachtete er es nicht als seine Mission, den Glauben an die irische Mythologie durch den christlichen zu ersetzen. Stattdessen nahm er manchmal Geschichten über die Túatha de Danann, die keltischen Gottheiten, mit in seine Predigten auf. Je mehr er erzählte, desto merkwürdiger empfand sie seine Berufswahl. Natürlich, die

Arbeit als Geistlicher hatte sicherlich ihren Reiz, dennoch hatte sie den Eindruck, dass diese Rolle nicht zu ihm passen wollte. So als würde er einen Anzug tragen, der nicht auf seine Maße zugeschnitten war.

Dieser Gedanke brachte sie zu ihrer Frage. »Stand für dich von Anfang an fest, dass du Pfarrer werden möchtest?« Sie neigte den Kopf zur Seite.

Seamus lachte amüsiert auf. »Oh Gott, nein.« Er blickte nach oben und hob eine Hand. »Entschuldige.«

Marleen gab ein für sie untypisches Glucksen von sich, riss sich aber gleich darauf wieder zusammen. Es wäre wenig galant, sich über seinen Glauben lustig zu machen. Vor allem, nachdem er ihr aus der Patsche geholfen hatte.

Ein Geräusch aus der Küche ließ Marleen aufblicken. Faye spähte durch die halb geöffnete Tür zu ihnen. Als sich ihre Blicke trafen, fiel Marleen das unangenehme Ende ihres gemeinsamen Frühstücks ein. Nahm ihr Faye den falschen Tonfall noch übel? Ihr Gesichtsausdruck verriet nichts darüber, was in ihrem Kopf vor sich gehen mochte. Daher hob Marleen zögerlich die Hand und lächelte in der Hoffnung, bereits darin eine Entschuldigung legen zu können.

Faye nickte knapp und zog sich zurück in die Küche.

Marleen nahm Seamus' fragenden Blick wahr. Sie räusperte sich. »Sie kommt bestimmt gleich.« Dann klappte sie den Verschluss ihrer Handtasche auf und kramte wahllos darin herum, damit Seamus ihre Verlegenheit nicht bemerkte, die ihr zweifelsohne ins Gesicht geschrieben stand.

Das Schweigen zwischen ihnen dehnte sich in die Länge, sodass Marleen schon überlegte, ob sie einen

Small Talk über das Wetter in Gang bringen sollte. Die absolute Notlösung bei jeder Konversation, die im Nichts zu versacken drohte.

»Mein Vater betreibt eine kleine Zeitung in Galway – ich bin dort am Stadtrand aufgewachsen. Deswegen war immer klar, dass ich mit meinen Brüdern das Geschäft übernehmen werde. Und da ich offenbar ein Talent fürs Schreiben habe, habe ich mich im Trinity College in Dublin für Journalismus eingeschrieben.« Seamus setzte ihre Unterhaltung ungezwungen fort, als hätte er Marleens Verunsicherung nicht mitbekommen.

Dadurch brachte er Marleen wieder zu Sinnen. Sie stellte die Tasche zurück auf die Bank und legte das Kinn in die gefalteten Hände, um ihm zu signalisieren, dass er weiterreden sollte. Bevor Seamus jedoch etwas sagen konnte, öffnete sich die Tür des Pubs und Padraig, der mürrische Seemann, kam herein. Er sah zu Marleen hinüber und tippte sich grüßend an die Mütze, als er Seamus' Blick auffing. Dann ging er mit weit ausholenden Schritten zu dem Tisch, wo er auch bei Marleens Ankunft gesessen hatte.

Keine Minute später folgten ihm weitere Gäste, die sich ausnahmslos im Pub umsahen und sich erst an einen freien Platz setzten, nachdem sie Marleen entdeckt hatten.

»Wie auch immer«, Seamus schob die veraltete Speisekarte wie einen Scheibenwischer auf dem Tisch hin und her, »ein Semester später habe ich das Journalismus-Studium abgebrochen und bin zur Theologie gewechselt.«

Marleen zog die Augenbrauen zusammen. Dieser Richtungswechsel kam ihr seltsam vor. Sie wollte nach dem Grund dafür fragen, allerdings brachte Faye in diesem Augenblick zwei Teller mit Gemüseeintopf. »Der Mittagstisch ist leider schon vorüber«, sagte sie in unbekümmerten Tonfall. »Deswegen kann ich euch nur Irish Stew anbieten, ohne Lamm, zum Ausgleich gibt es eine Extraportion Kartoffeln. Máthair muss das Essen für heute Abend erst vorbereiten.«

Wieder dieses Wort, das in Marleen ein unbehagliches Gefühl auslöste, so als würde sie im Regen stehen und die Kälte sich allmählich in ihren Körper ziehen.

Faye legte die Hände an die Taille und sah sich für einen Moment im Raum um. Einige Gäste deuteten ihr, dass sie etwas bestellen wollten. »Wobei ich euch ja dankbar sein muss. Um diese Uhrzeit ist für gewöhnlich nicht so viel los.« Faye grinste Marleen an, aber diese sah rasch zur Seite. Sie würde sich für ihr unfaires Verhalten am Morgen entschuldigen, sobald sich eine Gelegenheit dafür bot. Schließlich gehörte Faye zu den wenigen Personen, die ihr bisher freundlich entgegengekommen waren. Und Marleen hatte das Gefühl, als würde sie in nächster Zeit Freunde gebrauchen können.

Fürs Erste sollte sie sich jedenfalls nicht länger benehmen wie eine verschreckte Debütantin, die niemand zum Tanzen auffordern wollte. Deswegen erwiderte sie Fayes Blick. Dieses Mal fühlte sich das Lächeln auf ihren Lippen weitaus natürlicher an.

»Wie meinst du das?«, ging sie auf Fayes vorherige Aussage ein.

Faye zuckte mit den Schultern. »Na ja, sie wollen eben sehen, ob du noch Blut an den Händen hast oder so irgendetwas. Es kommt nicht alle Tage eine Mörderin vorbei, weißt du?« Sie zog einen Mundwinkel frech nach oben.

Natürlich dachten die Leute, sie hätte etwas mit Fionas Tod zu tun. Immerhin tauchte Marleen plötzlich im Ort auf und am nächsten Tag gab es eine Leiche. Da war es nicht weiter verwunderlich, dass die Menschen die beiden Ereignisse in Verbindung brachten.

Seamus ließ seinen Löffel zurück in den Teller sinken. »Ich hoffe, du unterstützt diese Behauptungen nicht.«

»Auf keinen Fall.« Faye bekreuzigte sich nachlässig. »Schließlich ist Lügen eine Sünde.«

»Es geht vor allem darum, bei der Wahrheit zu bleiben.«

Bei seinen Worten erinnerte sich Marleen an das Gespräch, das sie scheinbar vor einer Ewigkeit mit Olivia geführt hatte. Damals hatte sie behauptet, es käme auf die Situation an, ob eine Lüge gerechtfertigt war oder nicht. Inzwischen zweifelte sie an ihrer eigenen Äußerung. Sie schüttelte die Erinnerung daran ab und zog einen Stuhl unter dem Tisch hervor. »Setz dich doch zu uns.« Marleen hoffte, dass Faye die Entschuldigung hinter dieser Geste erkannte. »Nur für fünf Minuten«, fügte sie hinzu, als Faye erneut den gut besuchten Gastraum musterte.

Faye wiegte den Kopf hin und her, als müsste sie darüber nachdenken, nahm Marleens Angebot dann aber rasch an. »Wann hat man schon Gelegenheit, Infos über einen Mord aus erster Hand zu erfahren?« Sie trommelte mit den Fingerknöcheln auf den Tisch und sah gespannt zwischen Marleen und Seamus hin und her.

»Eigentlich wollte ich wissen, ob ihr mein Auto gefunden habt.« Marleen nahm den Löffel und rührte den Eintopf um, der herrlich nach Gewürznelken, schwarzem Pfeffer und gedünsteten Karotten duftete.

Faye zog die Lippen enttäuscht zusammen. »Papa und Harold haben es nach Galway gebracht.«

»Ich dachte, sie bringen den Wagen hierher?« Sie pustete auf einen Bissen Weißkohl. Ein Stück Schokoladentorte wäre ihr in diesem Augenblick lieber gewesen. Sie machte sich keine Sorgen um den Ford, sondern vielmehr um das Gepäck, das sich darin befand.

Faye wedelte mit der Hand. »Die Ölwanne muss ausgetauscht werden und dafür braucht man einen dieser Flaschenzüge, um die Karosserie in die Höhe zu heben. Und so etwas gibt es bei uns nicht.« Sie gab ein grunzendes Geräusch von sich. »Das Teil ist völlig hinüber. Was hast du mit dem Wagen bloß angestellt?«

»Was ist mit meinen Koffern?« Marleen klopfte unruhig mit den Fingernägeln auf den Rand ihres Tellers.

»Nun, was das betrifft ...« Faye wich ihrem Blick aus. Das genügte, damit Marleen den Atem anhielt. »Harold ist anscheinend ziemlich schnell im nächsten Pub verschwunden und Papa hatte Mühe, ihn von seinem Guinness wegzubringen. Dabei haben sie wohl ... na ja.« Sie gestikulierte vielsagend in der Luft herum. »Jedenfalls haben sie das Ersatzteil in der Fabrik in Manchester bestellt. Wird ein paar Tage dauern, bis es da ist. Die Werkstatt ruft an, wenn dein Wagen fertig ist.« Faye grinste sie an, als wäre alles in bester Ordnung.

Der Löffel fiel klirrend zurück in den Eintopf. Einige Spritzer landeten auf der Tischplatte. »Ein paar Tage?«, wiederholte Marleen laut genug, damit sich mehrere Köpfe in ihre Richtung wandten. Es kümmerte sie nicht. Ihr Plan hatte darin bestanden, Clifden schnellstmöglich zu verlassen. Die Suche nach ihren leiblichen Eltern war absolut gescheitert und es gab für sie daher keinen Grund, länger in dem kleinen Ort zu verweilen. Fitzgeralds Aufforderung, sich zu seiner Verfügung zu halten, war ihr herzlich egal. Wenn er mit ihr sprechen wollte, konnte er sie ebenso gut in Manchester anrufen.

Seamus beugte sich zu ihr vor, wodurch der Duft von Weihrauch in ihrer Nase kitzelte. »Es wäre ohnehin eine gute Idee, nicht sofort zu verschwinden. Du würdest womöglich den Eindruck verstärken, dass du ...«, er senkte die Stimme, »... in die Angelegenheit verwickelt bist.«

»Na ja, wenn man den Leuten so zuhört, ist Marleen nicht die einzige Verdächtige.« Faye lehnte sich ebenfalls über den Tisch, sodass sie alle drei die Köpfe zusammensteckten und vermutlich den perfekten Anschein einer Verschwörergruppe bildeten. »Im Wesentlichen haben sich zwei Lager gebildet: Die einen denken, es sei Marleen gewesen. Die anderen sind davon überzeugt, dass ...«

»Faye!«, rief Padraig lautstark zu ihnen hinüber. »Deine Eltern sehen es bestimmt nicht gern, dass du dich mit zwielichtigen Personen abgibst.«

Faye drehte sich auf ihrem Stuhl um mit einer Hand auf der Lehne. »Muss ich dich zwei Tage in Folge rauswerfen?«

»Ich bin nur um deinen guten Ruf besorgt.« Padraig machte eine beschwichtigende Geste.

»Marleen ist ein Gast, so wie jeder andere hier.« Faye sah mit ernstem Blick in die Runde. »Wer gegenteiliger Meinung ist, darf jederzeit gehen.«

Marleen hielt die Luft an. Sie war sicher, dass die Familie Brennan auf die Einnahmen ihres Pubs angewiesen waren und sie es sich nicht leisten konnten, zahlende Gäste vor die Tür zu setzen. Diese Geste schnürte ihr die Kehle zu. Mit zusammengepresstem Kiefer wartete sie auf die Reaktion der Anwesenden.

Mehrere Sekunden war es absolut still. Dann nieste jemand. Als wäre dies das Zeichen gewesen, wandten sich die Blicke von Marleen ab und die Leute unterhielten sich, als wäre nie etwas geschehen. Ein Mann bestellte quer durch den Raum eine Runde Whiskey für seinen Tisch, aber niemand verließ den Pub.

»Das ist der Vorteil, wenn man das beste Guinness im Ort verkauft«, flüsterte Faye ihr zu. Danach eilte sie hinter den Tresen, um Bier abzuzapfen.

Es dauerte einen Moment, bis sich Marleens Herzschlag beruhigt hatte. Um sich von dem Intermezzo abzulenken, löffelte sie ihren Eintopf, der inzwischen lauwarm war.

In ihr stieg das Bild von Fitzgerald auf, wie er sie des Mordes beschuldigte und sie in Handschellen abführte. Wegen seiner schlampigen Arbeit war sie erneut das Ortsgespräch. Hätte Faye die Lage falsch eingeschätzt, wären ihr die Gäste davongelaufen und vielleicht nie wieder gekommen. Nicht auszudenken, welche Konsequenzen dies für ihre Familie gehabt hätte.

Grübelnd zerstach Marleen eine Kartoffel. Jeder Polizeischüler konnte den Fall schneller lösen als Inspektor Fitzgerald. Vermutlich würde er sich daraufhin in Grund und Boden schämen.

Mit einem Ruck fuhr Marleens Kopf hoch.

Seamus kratzte die Reste aus seinem Teller. »Du siehst aus, als hättest du soeben eine Idee gehabt.«

Marleen lächelte ihn unverbindlich an. Sie musste ihm ja nicht sofort die Details ihres Vorhabens auf die Nase binden. »Womöglich ist es gar nicht so schlecht, wenn ich etwas länger bleibe.«

Kapitel 10

Vor Fionas Haus stand ein Polizeiwagen, allerdings entdeckte Marleen nirgends einen zugehörigen Beamten. Womöglich diente das Auto einfach zur Abschreckung, um neugierige Menschen davon abzuhalten, sich selbst ein Bild vom Tatort zu machen. Wie eine Vogelscheuche, die die Krähen fernhalten sollte.

Marleen näherte sich langsam dem Haus, sorgsam darauf bedacht, wie eine gewöhnliche Spaziergängerin zu wirken. Ihr einziger Vorteil bestand darin, dass die Sonne bereits untergegangen war und sie mit etwas Glück mit den Schatten verschmolz, solange sie die Lichtkegel der Straßenlaternen mied. Das Letzte, das sie brauchen konnte, war ein Anruf bei Fitzgerald, dass eine verdächtige Person um das Haus schlich, in dem jemand ermordet wurde. Aber sie musste dieses Risiko eingehen, wenn sie ihr Vorhaben in die Tat umsetzen wollte.

Schließlich blieb sie vor dem Tatort stehen und steckte die Hände in die Taschen des Kleides. Inzwischen hatte es deutlich abgekühlt, sodass sie sehnsüchtig an ihren Trenchcoat dachte, der unerreichbar in ihrem Koffer lag. Eine Weile musterte sie das weiße Gebäude, das sich kaum noch von der Dunkelheit abhob. Was sollte sie als Nächstes tun?

Es brachte sie jedenfalls nicht weiter, wenn sie länger hier herumstand und womöglich Aufmerksamkeit erregte. Also legte sie eine Hand auf das niedrige Gartentor.

»Das würde ich bleiben lassen«, sagte eine ruhige Stimme hinter ihr.

Marleen wirbelte herum.

Fitzgerald überquerte die Straße und blieb im Licht einer Laterne stehen.

Sie hörte, wie in der Nähe eine Tür ins Schloss fiel. Vermutlich hatte er die Nachbarn befragt, um mehr über den Mord zu erfahren. Seiner missmutigen Miene nach zu schließen war er in seinen Ermittlungen jedoch keinen Schritt weiter.

In einer unschuldigen Geste berührte Marleen ihr Schlüsselbein. »Sie haben mich vielleicht erschreckt.«

»Was tun Sie hier?« Fitzgerald schob seinen Hut aus der Stirn.

Marleen sah nach links und rechts, als müsste sie sich erst einmal orientieren. »Ich gehe spazieren.«

»Um diese Uhrzeit?«

»Sorgen Sie sich um meine Sicherheit?« Sie schenkte ihm einen Augenaufschlag, der für gewöhnlich seine Wirkung zeigte.

Der Inspektor schnaubte. »Ich denke, Sie können hervorragend auf sich selbst aufpassen.«

»Ein Mädchen tut, was es kann.« Marleen lächelte ihn charmant an, allerdings ignorierte er dies genauso wie ihre klimpernden Wimpern.

Stattdessen fixierte er sie mit seinem Blick. »Also, was haben Sie vor? Spuren verwischen?« Er machte eine

Kopfbewegung Richtung Haus. »Wir sind bereits drin gewesen und haben alle Beweise gesichert.«

»Es ist beruhigend zu erfahren, dass die Polizei ihrer Arbeit so tüchtig nachgeht.« Sie hielt weiterhin an ihrem Plauderton fest, den sie sich für Wohltätigkeitsveranstaltungen angewöhnt hatte. Um ihre Unschuld zu betonen, trat sie ebenfalls ins Straßenlicht. Wer zeigte sich schon offen einem Inspektor, wenn er etwas zu verbergen hatte? »Wie kommen Sie mit den Ermittlungen voran? Gibt es neue Hinweise auf den Täter?«

Fitzgerald lächelte schief. »Netter Versuch.«

In diesem Moment eilte jemand auf sie zu, begleitet von kurz aufeinanderfolgenden Atemzügen. Ein junger Polizist in Uniform blieb vor ihnen stehen und salutierte vor Fitzgerald. »Die Befragung bei ...«

Der Inspektor hab rasch eine Hand und brachte ihn damit zum Schweigen.

Daraufhin warf ihr der Polizist einen Blick zu und tippte sich mit einer leichten Verbeugung an seine Kappe.

Fitzgerald seufzte und schüttelte kaum merklich den Kopf. Dann hellte sich sein Gesichtsausdruck auf, als wäre ihm soeben eine Idee gekommen. »Fergus, ich habe eine neue Aufgabe für dich: Sei so gut und behalte Miss Glück im Auge. Sie hat die Angewohnheit, sich unweit von Tatorten aufzuhalten. Das ziemt sich nicht für eine junge Dame.«

Fergus sah kurz zu Marleen, dann nahm er seine Kappe ab und drehte sie unruhig in den Händen. »Aber Sir, sollte ich nicht besser aktiv bei den Ermittlungen helfen? Was ist, wenn weitere Morde begangen werden? Sie brauchen doch jeden verfügbaren Mann.«

»Sollten es die Untersuchungen erfordern, werde ich dich sofort dazu holen.« Fitzgerald machte eine beschwichtigende Geste. Dann wandte er sich an Marleen. »Ich wünsche Ihnen einen angenehmen Abend.« Damit zog er seinen Hut wieder tiefer ins Gesicht.

Ohne ein weiteres Wort zu sagen, neigte Marleen zum Abschied den Kopf. Dabei schielte sie zu Fergus hinüber, der wohl in nächster Zeit zu ihrem persönlichen Schatten werden würde. Aber ihr würde schon etwas einfallen, um ihn loszuwerden.

Fitzgerald stieg in den Polizeiwagen und winkte, als er an ihnen vorbeifuhr. Beinahe glaubte Marleen, ein Lächeln in seinen Gesichtszügen zu erkennen. Sie sah den Scheinwerfern des Autos hinterher. Ihr einziger Trost bestand darin, dass Fitzgerald auf der Fahrt nach Galway durchgerüttelt werden würde, als befände er sich während eines Sturms auf hoher See.

»Wenn ich Sie bitten darf, Miss Glück.«

Fergus' unsichere Stimme holte sie aus ihren Gedanken. Sie wandte sich mit einem Lächeln an den jungen Polizisten. »Nenn mich einfach Marleen, ja?« Damit hakte sie sich bei ihm unter. »Begleitest du mich zurück zum *O'Malleys*? Ich fürchte, im Dunkeln finde ich den Weg nicht.«

Es war ein Leichtes gewesen, Fergus im Pub zurückzulassen. Sie hatte Kopfschmerzen vorgetäuscht und war die Treppe nach oben zu ihrem Zimmer gegangen. Kurz darauf war sie aus dem Pub geschlichen. Sobald es ein kühles Guinness und Musik gab, schienen die Iren die Welt um sich herum zu vergessen. Marleen kannte dies vor allem, wenn sie in Manchester mit großen Einkaufstüten über die Oldham Street flanierte.

Jedenfalls stand sie wieder vor Fionas Haus. An der Eingangstür befand sich ein polizeiliches Siegel, das neugierige Besucher davon abhalten sollte, herumzuschnüffeln. Als ob Marleen so naiv wäre, den Tatort durch den Vordereingang zu betreten.

»Inspektor Fitzgerald, Sie enttäuschen mich«, flüsterte sie kaum hörbar. Im Dunkeln huschte sie durch Fionas Garten und die Hausmauer entlang, bis sie an der Rückseite ankam. Auf dieser Seite erstreckte sich lediglich eine Weide, wo Marleen im Mondlicht die Umrisse von Schafen erkannte.

Mit klopfendem Herzen betrachtete sie das Fenster, das ihr am nächsten lag. Sie ahnte, was sie tun musste, dennoch fühlte sie sich bei diesem Gedanken nicht wohl. Andererseits hatte Fitzgerald sie in ihrem Stolz gekränkt. Der Inspektor hatte ihr nicht geglaubt, obwohl sie die Wahrheit gesagt hatte, und sie vorschnell verdächtigt. Sie würde ihm beweisen, wie einfach der wahre Täter zu finden war, selbst wenn man nicht über polizeiliche Mittel verfügte. Er hatte es verdient, dass man ihm seine Unfähigkeit vor Augen führte.

Deswegen bückte sie sich nun nach einem faustgroßen Stein, der aus dem moosumwitterten Weidezaun gebrochen war. Sie atmete einmal tief durch und drehte dabei den Stein in ihrer Hand, bis sie das Gefühl hatte, ihn gut im Griff zu haben. Dann warf sie ihn mit aller Kraft gegen die Fensterscheibe, die nur wenige Schritte von ihr entfernt war.

Im vergangenen Sommer hatte sie im Cricket-Team des Frauenvereins mitgespielt, um für deren Wohltätigkeitsveranstaltung Geld zu sammeln. Ein grässlicher Sport, bei dem man ständig verschwitzt war, die Frisur durcheinandergeriet und das Make-up verwischte. Aber immerhin hatte sie dort gelernt, wie man einen Ball warf, damit ihn der gegnerische Schlagmann nicht erwischte.

Tatsächlich zersprang das Glas mit einem klirrenden Geräusch. Marleen zuckte durch den plötzlichen Lärm zusammen. Einen Augenblick lauschte sie in die Dunkelheit auf sich öffnende Türen und Schritte, die sich rasch näherten. Es rührte sich nichts. Lediglich die Schafe auf der gegenüberliegenden Seite des Zauns gaben ein empörtes Blöken von sich. Erleichtert stieß Marleen die angehaltene Luft aus. »Entschuldigt die Störung«, flüsterte sie in Richtung Weide.

Anschließend griff sie von außen nach dem Fenstergriff und schob ihn auf. In einer uneleganten Bewegung kletterte sie hinein, was sich als äußerst umständlich erwies. Fayes Kleid war definitiv nicht dafür gemacht, in Häuser einzubrechen. Die Kleiderfrage für die kommenden Tage bereitete ihr ohnehin Kopfzerbrechen. Aber damit würde sie sich beschäftigen, sobald sie hier fertig war.

Mit einem Bein stieß sie gegen einen Blumentopf, der halb hinter dem Vorhang verborgen stand. Sie konnte ihn gerade noch auffangen, während das andere Bein noch über dem Fensterbrett lag. Die wenigen Stunden im Ballettunterricht waren also doch keine Zeitverschwendung gewesen.

Dann befand sie sich endlich im Inneren des Hauses. Marleen erkannte die Umrisse eines schmalen Bettes, einer Kommode mit Spiegel, nicht unähnlich ihrer eigenen in Manchester, und einem großen Kleiderschrank.

Vorsichtig tastete sie sich im Halbdunkel zu dem Nachttischchen vor, wo sie eine Lampe entdeckte. Auf dieser Seite des Gebäudes befand sich nichts weiter als die Schafweide, weshalb sie das Risiko eingehen konnte, Licht anzumachen. Andernfalls wäre sie ansonsten wohl gegen sämtliche Möbelstücke gestoßen, was unschöne blaue Flecken zur Folge gehabt hätte.

Im gedämpften Lampenschein zeigte sich, dass dieser Teil des Hauses farbenfroher gestaltet war als jene Räume, die die Besucher zu sehen bekamen. Die Vorhänge waren in Dunkelgrün gehalten, ebenso wie der weiche Teppich. Auf der Kommode lagen mehrere Make-up-Utensilien, deren Verpackung darauf hindeutete, dass es sich um hochpreisige Produkte handelte. Marleen hätte sie sich zu gern genauer angesehen. Allerdings erhöhte sich mit jeder Sekunde die Gefahr, doch noch entdeckt zu werden.

Die Schubladen des Kleiderschranks standen halb offen, wodurch die Spitze von Unterwäsche hervorblitzte. Ohne genauer hinzusehen erkannte Marleen, dass der Stoff aus Seide bestand. Die Ermittler der Spurensicherung hatten wohl Hemmungen gehabt, die Wäsche einer Toten zu durchwühlen. Vor allem, da es nicht so aussah, als wäre der Täter bis hierher vorgedrungen. Das Schlafzimmer war nämlich ordentlich aufgeräumt und wirkte eher so, als könnte dessen Besitzerin jeden Augenblick zurückkehren.

Es stand fest, dass ein Kunde der Wahrsagerin der Mörder sein musste. Dafür sprachen die Tarotkarten, die im Wohnzimmer verteilt gewesen sind. Ihr fiel das Ass der Münzen ein, das Fiona in der Hand gehalten hatte. Steckte dahinter womöglich eine Bedeutung?

War es ein Hinweis auf den Täter? Marleen schüttelte den Kopf. Bloß keine voreiligen Schlüsse ziehen. Ansonsten wäre sie kein bisschen besser als Inspektor Fitzgerald.

Über den Flur erreichte sie die Küche. Sie zog die Vorhänge zu und schaltete erst danach das Licht ein. Dabei stieß sie mit dem Schienbein gegen eine geöffnete Schranktür. »Mist«, zischte Marleen und rieb sich die angeschlagene Stelle.

Fast alle Küchenschränke standen offen. Darin fand Marleen Einmachgläser, Konservendosen, Gläser und Geschirr. Der Anblick einer Obstschale mit zwei Äpfeln ließ Marleen eine Gänsehaut über die Arme laufen. Womöglich war Fiona vor ihrem Tod einkaufen gewesen, nichts ahnend, dass sie sich diesen Aufwand hätte sparen können.

Um sich von diesem Gedanken abzulenken, riss Marleen den Schrank unter der Spüle auf. Dieser war völlig leer, was ihr seltsam vorkam. Dennoch nahm sie einen leichten Alkoholgeruch wahr und entdeckte die Ränder von Flaschen, die dort gestanden haben mussten. Hatte die Spurensicherung die Gefäße mitgenommen? Marleen wusste nicht, weshalb sie das hätten tun sollen. Immerhin war der Mord im Wohnzimmer begangen worden und dort hatte sie keinen Alkohol vorgefunden. Zumindest erinnerte sie sich nicht daran, was wohl schon einmal passieren konnte, wenn man einer Leiche gegenüberstand.

Im Wohnzimmer hing nach wie vor der metallische Geruch von Blut, obwohl Fiona und die Tatwaffe verschwunden waren. Außerdem hatte sich eine süßliche Duftnote festgesetzt, von der ihr flau im Magen wurde.

Sie holte ein Stofftaschentuch aus ihrer Tasche und hielt es sich vor Mund und Nase. Der Duft nach Rosenholz und Amber, der von ihrem Tuch ausging, beruhigte sie immerhin so weit, dass sie ihre Nachforschungen fortsetzen konnte.

Da bemerkte sie nun auch Reste von Rußpulver am Türgriff und den Fensterrahmen, womit die Polizei Fingerabdrücke sichtbar machte.

Die Tarotkarten hatte die Spurensicherung ebenfalls eingesammelt, ebenso wie den Glastisch. Lediglich die Flecken auf dem weißen Teppich zeugten noch davon, dass hier ein Verbrechen geschehen war.

Marleen ging in die Hocke, um die Blutflecken genauer zu begutachten, auch wenn sie das mehr Überwindung kostete, als sie angenommen hatte. In Gedanken rekonstruierte sie die Position der Leiche und wie diese dagelegen hatte. Sie legte den Kopf schief und kniff die Augen zusammen. Anhand der Blutspritzer ließ sich herausfinden, wo der Täter bei seinem Angriff gestanden hatte. Aus diversen Hercule-Poirot-Romanen wusste sie, dass dies ein wichtiger Hinweis sein konnte. In den Büchern gestaltete sich diese Herangehensweise allerdings einfacher als in der Realität.

Seufzend richtete sie sich wieder auf. Auf dem Teppich waren die Abdrücke der Tischbeine zu sehen. Hinter ihrem Taschentuch biss sich Marleen nachdenklich auf die Lippen. Der Glastisch hatte Sprünge vom Hammer aufgewiesen. War der Täter von seinem Verbrechen womöglich selbst überrascht gewesen? Demnach wäre der Mord im Affekt geschehen.

Marleen schnaubte. Sie hatte sich die Ermittlungsarbeit wahrlich einfacher vorgestellt.

Da klopfte es laut am Wohnzimmerfenster.

Erschrocken schrie Marleen auf und machte einen Satz rückwärts. Gleichzeitig drückte sich das Taschentuch fest auf den Mund, sodass sie kaum Luft bekam.

Es dauerte mehrere Sekunden, bis sie Seamus hinter der Glasscheibe erkannte. Er hatte die Hände seitlich über die Augen gelegt und spähte herein. Sobald sich ihre Blicke trafen, hob er fragend eine Augenbraue.

Marleens Puls beruhigte sich so weit, dass sie wieder halbwegs klar denken konnte. Mit einer Geste deutete sie Seamus, hinter das Haus zu kommen.

Er wartete bereits bei dem zerbrochenen Schlafzimmerfenster, als Marleen den Raum betrat.

»Was in Gottes Namen tust du hier?«, fragte er in gedämpften Tonfall.

Marleen streckte ihm herausfordernd das Kinn entgegen. »Dasselbe könnte ich dich auch fragen.«

»Ich segne das Haus, damit sich keine bösen Geister einnisten«, gab er zurück.

»Böse Geister?«

»Lenk nicht vom Thema ab. Wenn Owen dich hier erwischt, kommst du nicht mehr so leicht davon.«

Vorsichtig schob Marleen einige Glasscherben mit dem Fuß beiseite. »Deswegen bin ich ja auch an dieser Stelle eingestiegen und nicht durch die Vordertür spaziert.«

Zu ihrer Überraschung grunzte Seamus. »Du weißt schon, dass es einen Hintereingang gibt, oder? Die Türen sind bei uns für gewöhnlich nie abgeschlossen.« Er machte eine knappe Kopfbewegung nach rechts. »Wenn du fünf Schritte weitergegangen wärst, hättest du ihn gesehen.«

Augenblicklich stieg Hitze in Marleens Wangen. Sie wandte den Blick ab. »Wie auch immer ... Ich bin hier ohnehin fertig.« Damit stellte sie einen Fuß auf das Fensterbrett, um sich dieses Mal etwas graziler darüber hinwegzuschwingen.

Seamus bot ihr eine Hand an, um ihr hinauszuhelfen. Marleen ergriff sie und seine Finger legten sich sanft, aber trotzdem fest um ihre. Es war nicht so, als hätte ihr noch nie ein Mann den Arm gereicht, bei Seamus fühlte es sich jedoch auf unbestimmte Weise anders an. Um sich nicht weiter damit beschäftigen zu müssen, sprang sie nach draußen. Ihre Füße landeten im weichen Gras, worauf sie zugegebenermaßen stolz war. Dennoch entging ihr nicht, dass Seamus ihre Hand eine Sekunde länger festhielt, als es nötig gewesen wäre.

Als wäre ihm dieser Umstand soeben selbst aufgefallen, ließ er sie rasch los. Er räusperte sich. »Irgendetwas herausgefunden?«

Marleen klopfte sich nicht vorhandenen Staub vom Rock ihres Kleides, einzig um ihm nicht in die Augen sehen zu müssen. Die Sache mit der Hintertür war ihr peinlich. Sobald sie sich wieder gesammelt hatte, erzählte sie ihm in wenigen Worten von ihrer Vermutung, dass es sich um Mord im Affekt gehandelt haben muss.

»Und zudem sind Fionas Whiskey-Vorräte verschwunden.« Seamus legte in einer grüblerischen Geste einen Finger an die Lippen. »Das ist an sich schon sehr seltsam. Fiona hat zu ihren Sitzungen immer ein, zwei Gläschen getrunken. Deswegen hatte sie stets ausreichend Flaschen im Haus.«

Marleen hob ruckartig den Kopf. Den leeren Schrank unter der Spüle hatte sie mit keinem Wort erwähnt. »Woher weißt du das?«

Zur Antwort zuckte Seamus mit den Schultern. »Wenn man eine Weile im Pub sitzt, bekommt man so einiges mit. Die Leute reden.«

»Aber die Ermittlungen sind doch vertraulich?«

»Na ja, ich fürchte, Fergus wird eine Suspendierung nicht erspart bleiben.« Seamus verzog den Mund zu einem schiefen Lächeln. »Er steht gern im Mittelpunkt. Ich hab ihm schon mehrfach gesagt, dass das keine gute Eigenschaft ist …«

Marleen fuhr sich durch die Haare, was sie gleich darauf bereute, da sie damit ihre Frisur durcheinanderbrachte. Wäre sie einfach bei Fergus im Pub geblieben, hätte sie ebenso an wichtige Information gelangen können. Sie atmete hörbar aus. »Was hast du sonst noch erfahren?«

»Nicht viel. Affektmord, wie du richtig festgestellt hast.« Seamus rieb sich die Lippen, als überlege er, ob er weiterreden sollte. »Und abgesehen von dir als Hauptverdächtige gibt es die Theorie, dass ein Leprechaun der Mörder gewesen ist.«

»Wer?« Marleen blinzelte.

»Ein Kobold. Du weißt schon: Diejenigen, die am Ende des Regenbogens einen Topf voll Gold verstecken.«

Marleen gab ein wenig damenhaftes Prusten von sich. »Das ist nicht dein Ernst?« Im Hintergrund hörte sie das Schnauben der Schafe, als hielten sie diese Theorie ebenfalls für völligen Schwachsinn.

»Der Whiskey ist weg – das Lieblingsgetränk der Kobolde«, erklärte Seamus geduldig. »Die Tatwaffe war ein Hammer – das Werkzeug, mit dem ein Kobold für gewöhnlich arbeitet. Und Fiona hatte das ›Ass der Münzen‹ in der Hand, ein Hinweis auf …«

»Das Gold des Kobolds«, stellte Marleen ernüchtert fest.

»Ich bin von dieser Theorie auch nicht überzeugt, aber immerhin lenkt die Geschichte von dir ab.« Er sah über die Schulter, als erwarte er, dass jemand im Schatten stand und sie belauschte. »Wir sollten endlich von hier wegkommen, bevor wir entdeckt werden.« Ohne zu zögern, fasste er Marleen am Ellbogen. »Über die Weide ist es ein kleiner Umweg«, sagte er, »jedoch ist es unwahrscheinlich, dass uns dort jemand sieht.« Er half Marleen über die zerbrochenen Steine zu klettern, was allerdings bei Weitem einfacher war, als in ein Fenster einzusteigen.

Kapitel 11

Im *Wilson & Sons* stapelten sich unzählige Strickpullover in den Regalen, sodass sich Marleen im ersten Augenblick erschlagen fühlte. Vor allem die in dunklem Holz gehaltene Einrichtung verstärkte diesen Eindruck. Dennoch konnte sie nicht bestreiten, dass der örtliche Damen- und Herrenausstatter durchaus ansprechende Mode bereithielt. Eine Schaufensterpuppe präsentierte einen eleganten Tweed-Anzug, während eine andere das dazu passende Outfit für die weibliche Begleitung trug.

Auf einem Tisch lagen Schals aus gewebter Wolle. Ehrfürchtig strich Marleen darüber. Wie erwartet, gab der weiche Stoff unter ihren Fingern nach.

»Guten Morgen Mrs. Wilson«, sagte Faye zu einer älteren Dame, die hinter dem Kassentresen saß und Marleens Blick bislang verborgen geblieben war. »Nein, bleiben Sie bitte sitzen. Wir melden uns, falls wir etwas brauchen.« Daraufhin rückte Mrs. Wilson ihre Brille zurecht und widmete sich wieder ihrer Zeitung. »Die Wilsons führen den Laden seit 1824 im Familienbetrieb. Also ähnlich wie wir unseren Pub.« Faye hielt sich eine Hand an den Mund und flüsterte Marleen dann zu: »Aber uns gibt es schon länger.«

»Sei dir da mal nicht so sicher«, erwiderte Mrs. Wilson, ohne den Blick zu heben. Ungerührt blätterte sie auf die nächste Seite.

In einer entschuldigenden Geste hob Faye die Hand. »Natürlich.« Sie trat ein Stück näher an Marleen heran. »Ich habe recht«, murmelte sie aus dem Mundwinkel.

Daraufhin grunzte die ältere Dame und sah über den Rand ihrer Brille zu ihnen hinüber.

Um Mrs. Wilson friedlich zu stimmen, wandte sich Marleen dem Wollmantel mit der zweireihigen Knopfleiste zu, den eine Schaufensterpuppe trug. Sie betastete den weichen Ärmelsaum. So viel Stil hätte sie in einem irischen Provinznest niemals erwartet. Marleen schielte auf das Preisschild, das sich dezent an der Innenseite des Mantels befand. Sie konnte knapp verhindern, dass sie ein erstauntes Geräusch von sich gab. Entweder waren die Lebenshaltungskosten hier tatsächlich so niedrig oder die Menschen lebten ausnahmslos in völliger Armut. Im Vergleich zu London schien sie in einem Schnäppchen-Paradies gelandet zu sein.

»Ich weiß.« Faye kratzte sich verlegen an der Wange. »Aber ansonsten gibt es in hier keinen Laden, der annähernd so schöne Sachen hat.«

»Das kannst du laut sagen«, erwiderte Mrs. Wilson vom Tresen.

»Es sei denn, du bevorzugst kratzige Wollpullover und Second Hand Kleidung«, setzte Faye hinterher.

Marleen kräuselte die Nase. »Ich denke, wir sind hier genau richtig.«

Daraufhin zog Faye sie weiter in den Laden hinein. »Dann schauen wir mal, ob wir etwas für dich finden.«

Im hinteren Bereich befand sich ein separater Raum, den man vom Haupteingang her nicht sehen konnte. Hier füllten bunte Stoffe die Regale und Kleiderständer, die im sanften Licht zu leuchten schienen. Marleen blieb mit halb offenem Mund stehen.

Faye folgte ihrem Blick. »Dafür ist Kilian Wilson verantwortlich. Er ist der nächste Erbe des Ladens, bringt sich aber bereits viel ein. Er ist der Meinung, dass wir eindeutig mehr London und New York in Clifden brauchen, wenn wir modisch mithalten möchten.«

»Also gehört er zur nächsten Generation der Geschäftsleute im Ort. Genau wie du.«

»Es ist zumindest ein hervorragendes Druckmittel, um Leute rauszuschmeißen«, erwiderte Faye mit einem Schulterzucken. Sie schlenderte zwischen den Kleidern hindurch und berührte die Stoffe sachte. Behutsam zog sie einmal einen Rock, dann eine Hose und eine Bluse aus einem Kleiderständer hervor, betrachtete die Stücke von allen Seiten, um sie anschließend wieder an ihren Platz zu hängen.

»Such dir etwas aus. Geht auf mich«, sagte Marleen spontan heraus.

Vor Überraschung wäre Faye beinahe ein Kleiderbügel mit einem Plissee-Kleid aus der Hand gerutscht. Sie sah Marleen mit großen Augen an. »Nein, das kann ich nicht annehmen.« Wie um ihre Worte zu unterstreichen, beförderte sie das Kleid zurück, ohne es sich richtig angesehen zu haben. Sie umschlang ihre Taille mit beiden Armen, als wollte sie sich davon abhalten, weitere Kleidungsstücke herauszuziehen.

Um Faye die Scheu zu nehmen, griff Marleen nach einem Paar kurzer Seidenhandschuhe und musterte sie ausgiebig, während sie sagte: »Ich bestehe darauf. Wirklich. Du hast mir geholfen. Ich möchte mich dafür bedanken.« Nun sah sie doch auf und lächelte Faye an. »Das ist keine große Sache, ehrlich.«

Einen Augenblick lang schwieg Faye. Dann schien ihr allmählich bewusst zu werden, was Marleens Worte bedeuteten. Fayes Augen leuchteten. Sie sah sich nach allen Seiten um, als würde sie die Kleidung aus einer völligen neuen Perspektive betrachten. »Worauf wartest du?«, fragte sie mit so einem euphorischen Ton in der Stimme, dass Marleen auflachen musste. »Lass uns ein paar Sachen anprobieren.«

Wenig später quollen die beiden Umkleidekabinen über vor Petticoats, hochgeschnittenen Röcken, die nach unten hin entweder weit ausgestellt waren oder eng anlagen, wundervollen Seidenblusen mit Schleifen, die im Rücken zusammengebunden wurden, und den modernen Cigarette Pants. Die übereinandergestapelten Stoffe bildeten einen bunten Mix aus Pastellfarben, Karos, Punktmustern und Blumenmotiven.

Marleen und Faye begutachteten gegenseitig ihre Outfits und überlegten, was sie als Nächstes anziehen sollten. Sie lachten und kicherten, als würden sie sich bereits seit einer Ewigkeit kennen.

Zwar ging Marleen mit ihren Freundinnen häufig in London oder Manchester einkaufen. Mit Papiertaschen beladen, schlenderten sie durch die Einkaufsstraßen und erholten sich anschließend in einem Café von den Strapazen. Aber in der Begleitung von Faye war es anders. Unbeschwerter. Mehr wie ein Spiel als ein Wettbewerb darüber, wer das schönste Paar Schuhe entdeckte. Auf seltsame Weise fühlte sie sich ... zu Hause.

Nachdem Marleen und Faye so ziemlich jedes Kleidungsstück anprobiert hatten, gingen sie mit der neuesten Mode beladen zurück in den vorderen Teil des Ladens. Vielleicht hatte es Marleen mit ihrer üppigen Selektion etwas übertrieben. Dessen ungeachtet hasste sie es, keine Auswahl in ihrer Garderobe zu haben. Deshalb kaufte sie lieber zu viel als zu wenig ein. Davon abgesehen konnte sie Faye die Sachen immer noch schenken, wenn sie abreiste.

Faye hatte hingegen zunächst nur ein schlichtes Shirt in Marine-Optik nehmen wollen. Daraufhin meinte Marleen, dass sie sich nicht so anstellen sollte, und konnte sie von einem dazu passenden Rock überzeugen, den Faye schließlich mit glänzenden Augen annahm.

Inzwischen befanden sich weitere Kunden im Laden, hauptsächlich Frauen mittleren Alters, teilweise in Begleitung von ein oder zwei Kindern. Für einen Augenblick wandten sich die Köpfe in ihre Richtung, aber sobald sie Faye erkannten, sahen die meisten sofort wieder weg.

In einer Ecke entdeckte Marleen Fergus, der mit konzentrierter Miene Krawatten musterte. Es war schwer zu beurteilen, ob es Zufall war oder ob er sie beschattete. Marleen achtete nicht weiter auf ihn, da sie ohnehin nichts Verbotenes tat, das er Fitzgerald hätte melden können. Trotzdem fühlte sie sich wie ins Fadenkreuz genommen, während sie die Sachen zur Kasse trugen. Sie war sich allzu bewusst, dass sie von manchen Einwohnern für eine Mörderin gehalten wurde. Unwillkürlich stellte sie sich die Frage, ob es ihr zum

Vor- oder Nachteil geriet, wenn man sie sorglos beim Einkaufen beobachtete.

Auf ihrem Weg zur Kasse schielte Marleen erneut zu dem karierten Mantel auf der Schaufensterpuppe, den sie vorhin begutachtet hatte. Sie besaß zwar ein ähnliches Exemplar, das sich jedoch in Galway befand. Und wer wusste schon, wann sie ihre Koffer bekommen würde? Sie wollte Fayes Familie nicht erneut um einen Gefallen bitten. Und ansonsten kannte sie niemanden, den sie um Hilfe bitten konnte. Außer vielleicht Seamus, aber der hatte bereits genug für sie getan, indem er ihr ein Alibi verschafft hatte.

Sie sollte den Mantel mitnehmen. Womöglich erforderten ihre Ermittlungen weitere spätabendliche Ausflüge und da machte es kein gutes Bild, wenn sie vor Kälte ständig schniefte.

Mit einer entschiedenen Bewegung legte Marleen die Sachen neben die Kasse. Eigentlich wollte sie Mrs. Wilson nach dem Mantel fragen, allerdings war der Stuhl leer, auf dem sie vorhin gesessen hatte. Die alte Dame unterhielt sich inzwischen mit einer Kundin, die einen Kinderwagen im gleichmäßigen Tempo vor und zurück schob.

Faye stand wenige Schritte abseits und bewunderte die Schuhe, die ordentlich nebeneinander auf einem Regal präsentiert wurden.

Deswegen durchquerte Marleen allein den Verkaufsraum, um sie nach dem Mantel zu fragen.

»Und wenn ich es dir sage: Ich habe ihn gesehen. Den Leprechaun.«

Abrupt blieb Marleen stehen und schnappte den erstbesten Gegenstand, der ihr in die Finger kam. In diesem

Fall ein Paar Socken. Aus den Augenwinkeln erkannte sie zwei Frauen etwa im selben Alter von Mrs. Wilson, die vor einem Spiegel standen und sich abwechselnd Kleidungsstücke vor den Körper hielten. Diejenige, von der die Aussage kam, kniff jedes Mal die Augen zusammen, wenn sie ein Teil begutachtete.

»Hattest du denn deine Brille auf?«, fragte die zweite Frau.

»Natürlich nicht. Damit wirke ich so furchtbar alt.«

»Also hätte es ebenso gut ein Schaf sein können, das du gesehen hast. Außerdem bewegt sich ein Leprechaun so schnell, dass man ihn nicht wahrnehmen kann.«

»Mach dich nicht lächerlich. Ich erkenne einen Leprechaun, wenn ich einen sehe«, erwiderte die Frau mit der offensichtlichen Sehschwäche.

Ein Mann mit Gehstock und weißem Haar kam auf die beiden zu. Er ging so gebückt vorwärts, dass es Marleen selbst im Kreuz schmerzte. »Meiner Meinung nach«, mischte er sich in das Gespräch ein, »hat diese Hexe nichts anderes verdient, egal, wer sie auf dem Gewissen hat.«

»Rupert! So spricht man nicht von den Toten. Schon gar nicht, wenn sie noch nicht beerdigt sind.« Hastig machte die zweite Frau ein Kreuzzeichen über der Brust. »Gwenhwyfers Seele hat bislang keine Ruhe gefunden. Da solltest du nicht ihren Groll auf dich ziehen.«

»Ich sage damit bloß, dass es mich nicht wundert, was passiert ist«, setzte Rupert ungerührt fort. »Schließlich hat sie eine Menge Unglück über die Leute gebracht. Und ihnen viel Geld gekostet.«

Bei diesen Worten horchte Marleen auf. Das klang nach einem vielversprechenden Motiv. Sie legte die Socken zurück in den Korb und machte einen großen Schritt auf die Gruppe zu. Die Absätze ihrer Stiefel schlugen lauter als zuvor über den Holzboden. Marleen konnte die Blicke der umstehenden Menschen spüren, ließ sich davon aber nicht verunsichern. In Manchester stand sie ebenfalls öfter im Mittelpunkt des Geschehens, wenn auch unter anderen Umständen. Wohlwollenderen.

Die beiden Frauen und Rupert hatten sie längst bemerkt, weshalb sich Marleen ohne große Umschweife kurz bei ihnen im Plauderton vorstellte. Damit gelang es ihr bei Charity-Events für gewöhnlich, dass die Gäste mehr spendeten, als sie ursprünglich im Sinn gehabt hatten.

Der Gesichtsausdruck der drei machte ihr allerdings klar, dass sie längst wussten, wer sie war. Deswegen verzichtete Marleen auf jeden Small Talk und kam direkt zur Sache. »Wer hatte denn etwas gegen Gwen... Fiona?«

»Niemand. Sie war eine äußerst zuvorkommende Dame, die ...«, begann die zweite Frau, die sich als Mrs. Doyle vorgestellt hatte, wurde aber gleich von Rupert unterbrochen, indem er mit seinem Stock einmal auf den Boden klopfte.

»Schwachsinn.«

Einen Atemzug später befanden sich die beiden in einer hitzigen Diskussion darüber, ob man schlecht über Tote sprechen durfte oder nicht.

Mrs. Delaney, die Frau mit der Sehschwäche, beugte sich in einer vertrauensvollen Geste zu Marleen vor.

»Vermutlich hat Gwenhwyfer einen Handel mit dem Kobold geschlossen und sich dann nicht an die Abmachung gehalten.«

Marleen setzte zu einer freundlichen Erwiderung an, dass sie nicht an Fabelwesen glaubte, jedoch kam ihr die alte Dame zuvor.

»Eigentlich kommt man gut mit ihnen aus, also den Kobolden. Trotzdem sind sie gefährliche Biester, wenn sie sich betrogen fühlen.«

»Klingt nach den Geschäftspartnern meines Vaters«, gab Marleen trocken zurück.

Die Dame blinzelte sie neugierig an. »Sind das auch Kobolde? Oder Kelpies? Vor denen sollte er sich in acht nehmen.« Ohne nähere Erklärungen zu dieser Aussage wandte sie sich wieder dem Strickpullover zu und betrachtete sich damit im Spiegel. Immerhin wusste Marleen von ihren Sommerurlauben in Schottland, dass es sich bei Kelpies um Wassergeister in Pferdegestalt handelte, die Menschen in Flüsse und Seen lockten. Erneut kam ihr der Reitunfall in Belfast in den Sinn. Eine Gänsehaut zog sich über ihre Arme. Pferden war einfach nicht zu trauen.

Die lauter werdenden Stimmen von Rupert und Mrs. Delaney holten sie zurück in die Gegenwart. Sie stritten nach wie vor, wurden aber von den anderen Kunden ignoriert. Anscheinend war eine Auseinandersetzung zwischen ihnen nichts Ungewöhnliches.

Marleen verzog den Mund zu einem enttäuschten Lächeln und ging zurück zur Kasse, wo Mrs. Wilson bereits eifrig die Preise der Kleidungsstücke notierte. Auf ihrem Weg griff Marleen nach einem Schal, der hervor-

ragend zu dem Mantel passen würde. Irgendwie
musste sie sich schließlich über ihre bisher gescheiter-
ten Ermittlungsversuche hinwegtrösten.

Kapitel 12

Es war ungewohnt, die Preisetiketten der Kleidungsstücke eigenhändig abzuschneiden und die Sachen in den Schrank zu hängen. Für gewöhnlich erledigte Olivia solche Aufgaben für sie. Während Marleen ein Teil nach dem anderen ordentlich verstaute, dachte sie an das Gespräch, das sie vorhin mit ihren Eltern geführt hatte.

Im Anschluss zu ihrer Einkaufstour war sie zur Post gegangen, um dort einen der wenigen Telefonanschlüsse in Clifden zu nutzen. Sie hätte zwar auch das Telefon im Pub verwenden können, aber dann hätte womöglich Faye erfahren, weshalb sie nach Clifden gekommen war. Bis auf Weiteres wollte sie dieses Geheimnis jedoch für sich behalten.

Der Anruf bei ihren Eltern war längst überfällig gewesen, dabei hatte sie sich fast vollständig an die Wahrheit gehalten. Marleen hatte ihnen von der bislang ergebnislosen Suche nach ihren leiblichen Eltern berichtet und dass sie trotzdem bis auf Weiteres in Irland bleiben würde. Vielleicht ließe sich ja noch etwas in Erfahrung bringen.

Den Teil, dass sie über eine tote Wahrsagerin gestolpert und verhaftet worden war, sparte sie großzügig aus. Ebenso verschwieg sie ihre eigenen Ermittlungsarbeiten, die bislang im Sande verliefen. Ihre Eltern wären bestimmt nicht davon begeistert, dass sie einen Mörder suchte. Die beiden hätten auf ihre Rückkehr nach Manchester bestanden und sie notfalls höchstpersönlich von Clifden abgeholt.

Bei dem Gedanken an zu Hause breitete sich ein hohles Gefühl in ihrer Brust aus, das ihr die Tränen in die Augen trieb. Zum ersten Mal in ihrem Leben fühlte sie sich furchtbar allein. Bisher hatte sie stets in Gesellschaft anderer Menschen befunden, seien es nun Besucher, ihre Eltern oder Olivia. Diese Stille um sie herum war ihr völlig fremd und schmerzte seltsamerweise in den Ohren und sie hatte das dringende Bedürfnis, ihr Kopfkissen an sich zu drücken.

Mit einem wehmütigen Seufzen hängte sie den karierten Mantel als letztes in den Schrank. Er war inzwischen so voll, dass kein weiteres Teil darin Platz gefunden hätte. Sie musste sich auf andere Gedanken bringen, wenn sie nicht in wenigen Minuten wie ein Häufchen Elend auf dem Bett kauern wollte. Nicht auszudenken, sollte sie jemand in dieser Verfassung vorfinden.

»Wer könnte Fiona umgebracht haben?«, sprach sie das Erste aus, das ihr in den Sinn kam. »So kommen wir nicht weiter.« Sie schloss die Schranktür und lehnte sich dagegen. »In einem kleinen Ort bleibt doch nichts geheim. Jeder kennt jeden. Und es gibt immer eine Person, die etwas gehört oder gesehen hat. Die Leute sind neugierig.« Nachdenklich tippte sie mit einem Finger auf ihre Lippen. Dann schoss ihr eine Idee durch den Kopf und sie sog scharf die Luft zwischen den Zähnen ein. »Die Nachbarn.« Lauter setzte sie hinterher: »Olivia, könntest du ...« In diesem Moment wurde ihr wieder bewusst, dass niemand hier war. Bei dieser Erkenntnis war sie versucht, auf den Boden zu gleiten und das Gesicht in den Armen zu vergraben. Aber das hätte ebenso einen jämmerlichen Eindruck hinterlassen. Es war wichtig, jederzeit die Haltung zu wahren. Schließlich gab es für alles eine Lösung. Man musste nur danach suchen.

Marleen drückte sich an die Hauswand einer Konditorei, die sich in derselben Straße wie Fionas Haus befand, und spähte vorsichtig um die Ecke. Erneut stand dort ein Polizeiwagen. Die tief stehende Nachmittagssonne blendete sie, sodass sie blinzeln musste. Natürlich hatte sie vergessen, eine Sonnenbrille zu kaufen.

So verharrte sie mehrere Minuten und tat so, als würde sie das Schaufenster des Bäckers betrachten, in der ein mit Zucker bestreuter Apfelkuchen und Früchtekuchen ausgestellt waren. Momentan verspürte sie jedoch keinen Hunger auf Süßes. Ihre Gedanken kreisten vielmehr darum, wie sie nicht erneut von Fitzgerald ertappt wurde. Seamus hatte recht. Ein zweites Mal würde er sie nicht so einfach aus der Bredouille ziehen können.

In regelmäßigen Abständen lugte sie um die Hausecke, doch der Wagen stand nach wie vor da. Und sie hatte definitiv keine Lust darauf zu warten, bis der dazugehörige Polizist wieder verschwand.

Schließlich zog sie ihren Filzhut tiefer in die Stirn und näherte sich dem Haus vom gegenüberliegenden Gehsteig. Im Grunde war die Lösung für ihr Problem verblüffend simpel: Es hatte jemand bei der Polizei angerufen, da er bei Fiona Lärm gehört hatte, vermutlich einen Streit zwischen dem Täter und dem Opfer. Es war offensichtlich, wer der anonyme Anrufer gewesen sein musste: Einer der Nachbarn. Und zwar derjenige, der direkt gegenüber des Tatorts wohnte, alle anderen waren weiter entfernt.

Sie öffnete die Gartentür, die zu dem grün gestrichenen Haus führte. Im Vorgarten wucherten Blumen, Sträucher und Unkraut in einem wilden Durcheinander, sodass Marleen kaum mehr die Steinplatten sah, die den vom Eigentümer vorgesehenen Weg markierten.

An der Tür suchte sie vergeblich nach einer Klingel. Stattdessen entdeckte sie einen altertümlich wirkenden Türklopfer in Form eines Widderkopfes, der sie finster ansah. Sie schlug damit zweimal kräftig gegen das Holz, obwohl sie befürchtete, dort jeden Augenblick ein Loch zu hinterlassen.

Aus den Augenwinkeln nahm sie eine Bewegung am nächstgelegenen Fenster wahr. Der Vorhang wippte sanft hin und her, so als hätte ihn jemand beiseitegeschoben und daraufhin abrupt losgelassen.

Das unbestimmte Gefühl, beobachtet zu werden, kribbelte in ihrem Nacken. Sie drehte sich um und entdeckte tatsächlich Fergus, der lässig an einem Baum lehnte und nach oben schaute, als würde sich zwischen den Ästen irgendetwas Interessantes abspielen. Dann sah er zu ihr hinüber, woraufhin Marleen ihm freundlich zuwinkte. Selbst aus dieser Entfernung sah sie, wie sein Gesicht rot anlief. Allerdings konnte sie sich nicht weiter mit dem jungen Polizisten beschäftigen, da in diesem Moment die Tür so stürmisch aufgerissen wurde, dass Marleen überrascht einen Schritt zurückmachte und beinahe über die niedrige Stufe hinter ihr gestolpert wäre.

Vor ihr stand die ältere Dame, die behauptet hatte, den Kobold gesehen zu haben. In ihren Haaren hingen Lockenwickler und sie trug den Strickpullover, den sie im Laden anprobiert hatte. »Wie schön«, begrüßte sie Marleen mit strahlenden Augen. »Du möchtest mehr über den Kobold erfahren, stimmt's?« Sie winkte Marleen herein. »Ich habe gerade heißes Wasser aufgesetzt. Bei einem Tässchen Tee plaudert es sich doch gleich viel besser.«

In einer abwehrenden Geste hob Marleen die Hände. »Das ist wirklich nicht nötig. Ich habe nur eine Frage ...«

Bevor sie den Satz beenden konnte, zog die so zart wirkende Frau sie mit einer Kraft in den Flur, die sie ihr niemals zugetraut hätte. »Papperlapapp. Ich bin die Einzige, die den Kobold gesehen hat. Wenn du von jemandem etwas erfährst, dann von mir. Außerdem ist es schön, Gesellschaft zu haben.«

Unter einem Wortschwall, dem Marleen kaum folgen konnte, wurde sie ins Wohnzimmer navigiert. Immerhin bekam sie mit, dass Evaine Delaney in diesem Haus geboren und aufgewachsen ist. »Meine Kinder sind nach Galway gezogen. Kann ich ihnen nicht verübeln. Bessere Arbeitsplätze, Kinos, Theater, Musikveranstaltungen. Eine Großstadt hat für junge Leute so viel mehr zu bieten als Clifden.«

Das Wohnzimmer wurde von unzähligen Porzellanfigürchen, kunstvoll verzierten Tellern an den Wänden und Zierkissen auf jeder freien Sitzfläche beherrscht. Mrs. Delaney deutete auf einen Ohrensessel, auf dem nicht weniger als drei solcher Kissen platziert waren. »Mach es dir bequem. Ich bringe gleich den Tee. Dürfen es ein paar Kekse sein? Natürlich. Was wäre ein Tee ohne Kekse?« Die Worte hingen noch in der Luft, da war Mrs. Delaney auch schon wieder aus dem Zimmer verschwunden.

Marleen seufzte. Es wäre unhöflich, die Einladung zum Tee abzulehnen, vor allem wenn sie sich von der Dame Informationen erhoffte. Also setzte sie sich auf die äußere Kante des Ohrensessels, um die Zierkissen nicht zu zerknautschen, den Rücken gerade durchgestreckt und die Beine grazil angewinkelt, wie man es ihr beigebracht hat. Skeptisch beäugte sie die Figuren, die sie allesamt neugierig anstarrten. In einem Regal entdeckte sie einige Bücher, deren Titel sie auf die Distanz allerdings nicht entziffern konnte. Aufgrund der geschwungenen Schrift, die sie auf mehreren Buchrücken erkannte, vermutete sie dahinter Märchen und Fabeln. Mist. Sie benötigte Fakten und keine Hirngespinste.

Auf dem Wohnzimmertischchen lag ein Exemplar von *Der kleine Hobbit*. Die Erstausgabe befand sich in der elterlichen Bibliothek. Marleen kannte die Geschichte, war jedoch wenig begeistert davon. Obwohl die darin geschilderten Abenteuer kurzweilig waren, enthielten sie ihr zu viel an fantastischen Elementen. Sie bevorzugte wahre Ereignisse, Reiseberichte und Erzählungen aus der Realität.

Aus der Küche hörte sie das Rumpeln und Scheppern von Geschirr sowie Mrs. Delaney, die fröhlich vor sich hin sang. Kurz darauf balancierte sie ein voll beladenes Tablett herein und stellte es auf dem Tisch ab.

Mrs. Delaney goss Tee in die filigranen Porzellantassen und reichte Marleen eine davon. Die ältere Dame setzte sich ihr gegenüber auf das Sofa, die Tasse samt Untertasse auf dem Schoß. Marleen tat es ihr gleich. Sie schielte auf die mit Erdbeermarmelade bestrichenen Biskuitkekse.

»Greif zu.« Mrs. Delaney schob ihr den Teller näher hin.

Marleen nahm einen der Kekse und biss vorsichtig davon ab, um bloß keine Krümel zu verteilen. Der Teig knirschte auf eine befriedigende Art zwischen ihren Zähnen.

»Was weißt du über Kobolde?«, fragte Mrs. Delaney völlig unvermittelt.

Marleen verschluckte sich an ihrem Keks. Sie hustete mehrmals, um wieder Luft zu bekommen. »Oh, ich schätze ... ausreichend.« Um zu wissen, dass sie nicht existieren, hätte sie gern hinzugefügt, aber sie wollte die nette Dame nicht vor den Kopf stoßen.

Mrs. Delaney nickte, als hätte sie genau mit dieser Antwort gerechnet. »Sie sind die Schuster der Feen. Normalerweise nicht zu sehen. Wenn man trotzdem einen von ihnen zu fassen bekommt, verrät er dir, wo sich der Topf mit Gold versteckt«, sagte sie in einem Tonfall, der keinen Zweifel an ihren Worten ließ, sofern man an Fabelwesen glaubte. »Vorausgesetzt, du bleibst hartnäckig und lässt dich nicht von seinen Geschichten ablenken. Wie gesagt: Sie sind sehr raffiniert.«

Anstelle einer Antwort nickte Marleen lediglich und trank einen Schluck von ihrem Schwarztee. Währenddessen überlegte sie, wie sie das Gespräch in vernünftige Bahnen lenken konnte.

»Na ja, immerhin sind sie harmlos im Vergleich zu den Púcaí.« Mrs. Delaney hatte offensichtlich kein Interesse an vernünftigen Gesprächen. »Einer davon hat sich in dem verlassenen Haus eingenistet. Deshalb hat es auch seit zwanzig Jahren niemand mehr gewagt, dort einzuziehen.« Sie setzte die Tasse an die Lippen, als wäre damit alles gesagt.

Bei diesen Worten zog Marleen die Augenbrauen zusammen. Ein leer stehendes Gebäude wäre ihr bislang nicht aufgefallen. Und sie schätzte, dass eine baufällige Ruine mit zerbrochenen Fenstern und losen Dachziegeln zwischen den bunten Häuschen des Ortes herausstechen würde.

»Ein Púca ist ebenfalls eine Art Kobold, er kann jedoch seine Gestalt wechseln. Manchmal ist er ein Mensch, manchmal eine Ziege oder ein Pferd.« Mrs. Delaney hatte ihren zweifelnden Gesichtsausdruck wohl falsch gedeutet. »Normalerweise leben sie in Dachkammern, breiten sich aber auch gerne aus, wenn die Hausbewohner ausziehen.« Sie beugte sich über ihre Tasse, als wollte sie Marleen ein Geheimnis anvertrauen. »Für gewöhnlich sind Púcaí harmlos, man sollte sie dennoch nicht reizen. Das gilt ohnehin für alle aus dem kleinen Volk.«

Marleen nickte langsam, da sie nicht wusste, welche Antwort darauf angemessen gewesen wäre. Als Mrs. Delaney erstmals nach Luft zu schnappen schien, nutzte sie die Gelegenheit, um endlich die Fragen zu stellen, die für sie relevant waren. »Haben Sie bei der Polizei angerufen?«

Die ältere Dame blinzelte verwirrt. »Wann sollte ich das getan haben?«

Nun war es an Marleen, sich vertrauensvoll vorzubeugen. »Als Fiona ermordet wurde«, antwortete sie mit leiser Stimme, als könnten sie belauscht werden. »Sie haben gehört, wie sich jemand gestritten hat.«

Mrs. Delaney schüttelte den Kopf, als wäre Marleen diejenige, die absoluten Schwachsinn erzählte. »Ich war zu der Zeit nicht einmal zu Hause.«

»Ich verstehe, dass Sie Angst haben«, fuhr Marleen unbeirrt fort. »Aber ich verspreche Ihnen, dass niemand erfahren wird ...«

Bevor Marleen den Satz beenden konnte, stellte Mrs. Delaney ihre Tasse mit einem leisen Scheppern zurück auf den Tisch. »Ich war zu der Zeit bei der Pediküre. In Galway. Bei uns gibt es das ja nicht. Wenn ich nicht regelmäßig hingehe, bekomme ich Hühneraugen.« Bei diesen Worten rutschte sie mit ihren Hausschuhen unbehaglich auf dem Teppich herum.

Marleen öffnete den Mund, um ihn gleich darauf wieder zu schließen. Niemand würde sich so eine Geschichte ausdenken, um sich vor der Wahrheit zu drücken. Nicht einmal sie selbst. Einen Augenblick lang herrschte Schweigen, dann räusperte sich Marleen. »Erzählen Sie mir doch mehr von dem Púca. Er lebt in einem leer stehenden Gebäude, haben Sie gesagt?«

Mrs. Delaney ließ die Schultern ein Stück weit sinken. Mit entspannterer Miene schenkte sie ihnen beiden Tee nach. »Seltsame Sache mit dem Haus. Vor etwa zwanzig Jahren hat dort ein junges Paar gewohnt. Sind von einem Tag auf den anderen verschwunden.«

Unwillkürlich schlossen sich Marleens Finger fester um den Henkel der Tasse. »Hatten die beiden ein Kind?«

Mit geschürzten Lippen dachte Mrs. Delaney nach. »Sie war jedenfalls schwanger. Aber ich erinnere mich nicht, sie jemals mit einem Kind gesehen zu haben.« Ihre Gastgeberin schüttelte bedauernd den Kopf. »Vielleicht hat sie es verloren. So etwas passiert leider manchmal ... Alles in Ordnung? Du wirkst blass um die Nase.« Mrs. Delaney tätschelte ihr den Arm. »Ich hol uns etwas Stärkeres.« Damit ging sie in die Küche, wo Marleen kurz darauf hörte, wie Schränke geöffnet und wieder geschlossen wurden.

Auf einmal wurde Marleen so kalt, dass ihre Hände zitterten. Sicherheitshalber stellte sie die Tasse ab, um nichts versehentlich zu verschütten. Mrs. Delaney verfügte vermutlich über kein Dienstmädchen, das ihr die Flecken aus dem Teppich geschrubbt hätte. Und Marleen wollte sie keinesfalls dazu nötigen, selbst auf den Knien herumzurutschen.

Wenige Augenblicke später kam Mrs. Delaney mit zwei Whiskeygläsern und einer entsprechenden Flasche zurück. Sie goss Marleen großzügig von der goldbraunen Flüssigkeit ein. »So, ein Schluck davon und du fühlst dich wieder besser.«

Marleen bedankte sich, griff aber anstatt des Alkohols nach dem Teller mit den Keksen, den sie auf ihren Oberschenkeln abstellte. »Kennen Sie die Namen der beiden?«, fragte sie zwischen zwei Keksen.

Mrs. Delaney atmete schwer aus und lehnte sich wenig damenhaft im Sofa zurück. »Das ist schon so lange her.« Sie schwieg einen Moment und verzog dann das Gesicht zu einem entschuldigenden Lächeln. »Tut mir leid.«

Die Worte wurden von dem beständigen Knirschen des Mürbteigs zwischen Marleens Zähnen beinahe übertönt. Ihr Mund fühlte sich trocken an. Also bediente sie doch am Whiskey und leerte das Glas in einem Zug. Im Vergleich zu den Keksen schmeckte der Alkohol scharf, wodurch ihr Hals brannte.

Da schnappte Mrs. Delaney nach Luft, als wäre ihr soeben etwas eingefallen. »Da war ein Mann.«

Marleen neigte den Kopf, darum bemüht, ihre Enttäuschung zu verbergen. Für einen Moment hatte sie geglaubt, Mrs. Delaney würde sich an die Namen ihrer Eltern erinnern. Nun hatte sie das Gefühl, mit einem Hammer erschlagen zu werden. Ähnlich wie Fiona. Nur mit weniger Blut.

Ihre Gastgeberin schien den Wechsel ihrer Emotionen nicht zu bemerken, denn sie setzte mit aufgeregter Stimme fort: »Er hat Fiona meistens sonntagvormittags besucht, war eine Weile bei ihr. Als ich ihn das letzte Mal gesehen habe, hat er Fiona ein Bündel Geldscheine in die Hand gedrückt. Und ich frag mich noch, wo er das viele Geld herhat.« Sie nahm einen der Kekse aus Marleens Schoß. »Vermutlich hat ihr der Kobold nicht verraten, wo der Topf mit Gold versteckt ist. Ansonsten hätte sie das Geld nämlich nicht nötig gehabt.« Mit einem zufriedenen Gesichtsausdruck biss sie von dem Keks ab. Offenbar war sie davon überzeugt, den Fall soeben gelöst zu haben.

Allmählich wurde sich Marleen bewusst, dass sie zu viel Süßes in sich hineingestopft hatte. Sie sah auf den Teller, auf dem sich lediglich vereinzelte Kekse befanden. Deswegen schob sie diesen nun möglichst weit von sich weg. Womöglich bestand trotz der widrigen Umstände eine Chance, den Mörder aufzuspüren.

Sie ließ sich von Mrs. Delaney den Mann beschreiben, bekam aber nicht mehr Informationen als »um die dreißig«, »schlaksig« und »dunkelhaarig«. Allein auf ihrem Weg hierher hatte Marleen vier Männer gesehen, auf die diese Merkmale zutrafen. Immerhin war sie davon überzeugt, dass er nicht aus Clifden stammte, was den Kreis der Verdächtigen eher erweiterte als einschränkte.

Wenig später gelang es Marleen, sich unter mehrfach wiederholten Dankesworten und Versprechungen, bald wieder zu kommen, von Mrs. Delaney und einem weiteren Keksteller zu verabschieden.

Zumindest hatte sie eine neue Spur: Sie musste den Mann finden, den die alte Dame gesehen hatte. Es war offensichtlich, dass Fiona ihn erpresst hatte. Vermutlich hatte sie bei einer ihrer Sitzungen etwas über ihn erfahren, dass nicht ans Licht kommen durfte. Jedenfalls funktionieren Erpressungen nur so lange, bis sich das Opfer zu Wehr setzte. Wusste Fitzgerald bereits darüber Bescheid?

Außerdem musste sie zu dem Haus, in dem angeblich dieser Púca lebte.

Kapitel 13

Marleen ließ sich schwer auf den Stuhl fallen und streckte die Beine unter dem Tisch aus. Sie nahm ihren Hut ab und legte ihn auf den Platz neben sich. Er war feucht vom Nieselregen, der vor wenigen Minuten angefangen hatte und nun leise gegen das Fenster der Pfarrküche trommelte.

In den vergangenen zwei Tagen hatte sie jeden Gast im *O'Malleys* und die restlichen Nachbarn von Fiona nach dem Mann gefragt, den Mrs. Delaney angeblich gesehen hatte. Allerdings schien ihn niemand zu kennen. Seamus war ihre letzte Hoffnung. Sie hatte es vermeiden wollen, ihn erneut aufzusuchen. Schließlich war er der Ortspfarrer. Es gehörte sich nicht, ihn ständig um Hilfe zu bitten. Immerhin hatte der Mann andere Aufgaben zu erledigen, als sich um ihre persönlichen Belange zu kümmern. Trotzdem kannte er die Menschen hier und vielleicht wusste er mehr über den Unbekannten.

»Ich habe mich schon gefragt, wann du vor der Tür stehst.« Seamus riss sie aus ihren Gedanken. Er stellte soeben einen Wasserkessel auf die Herdplatte.

Marleen hob den Kopf. Etwas an der Art, wie er das gesagt hatte, erschien ihr unpassend für einen Geistlichen.

Ihm schien es ebenfalls aufgefallen zu sein, denn er wedelte abwehrend mit den Händen in der Luft herum. »Nicht, dass ich dich erwartet hätte. Es ist bloß ... die Sache mit deinen Eltern. Die Ungewissheit, was mit ihnen passiert ist. Da kann seelischer Beistand tröstlich sein.«

Allein die Vorstellung ihr mögliches Elternhaus zu betreten, ließ ihren Magen verkrampfen. Was, wenn sie dort etwas fand, das weitere Rätsel aufgab? Oder noch schlimmer: Wenn sie keinen Anhaltspunkt dafür entdeckte, weshalb sie weggegeben wurde.

Unbehaglich rutschte sie auf ihrem Stuhl herum. »Nun«, sie wich seinem Blick aus. Seamus wäre bestimmt nicht von dem wahren Grund begeistert, weswegen sie ihn besuchte. »Eigentlich bin ich wegen einer anderen Sache hier.«

Er runzelte die Stirn und lehnte sich gegen die Anrichte, während der Wasserkessel hinter ihm allmählich dampfte. »Diese Sache hat hoffentlich nichts mit Fiona zu tun?«

In einer unschuldigen Geste neigte Marleen den Kopf und hob die Schultern. »Vielleicht doch?«

»Owen hat deutlich gesagt, dass ... autsch.« Seamus riss seine Hand zurück und betrachtete sie kurz. Offensichtlich hatte ihn der heiße Dampf erwischt, der aus dem Ventil des Kessels schoss. »Verdammt.« Er drehte den Hahn auf, um die verbrannte Stelle zu kühlen. Mittlerweile pfiff der Wasserkessel bedrohlich vor sich hin.

Marleen ging zum Herd und nahm ihn von der Platte. »Wo ist die Kanne?«, fragte sie.

Seamus deutete auf den Schrank und stellte gleich darauf das Wasser ab. »Da drin.«

Sie fand das Gesuchte und goss den Kräutertee auf.

»Hast du etwas herausgefunden?«, setzte Seamus ihre Unterhaltung fort, während er seine Hand mit einem Tuch abtrocknete.

Marleen erzählte ihm in wenigen Worten von dem Mann, den Fiona vermutlich erpresst hatte.

»Theoretisch wäre es möglich, dass Fiona bei einer Tarot-Sitzung etwas erfahren hat, das sie gegen ihren Kunden verwenden konnte«, pflichtete Seamus ihr bei. »Sie war gut darin, das Vertrauen anderer Menschen zu gewinnen. Aber vielleicht hat sich Evaine auch geirrt.« Er betastete vorsichtig die verbrannte Stelle. In derselben Sekunde sog er scharf die Luft zwischen den Zähnen ein.

»Lass mal sehen.« Ohne darüber nachzudenken, nahm Marleen seine Hand und drehte sie umsichtig im Schein der Deckenlampe. Sein Handrücken war gerötet. Im Gegensatz zu ihren von Regen und Wind klammen Fingern fühlten sich die seinen angenehm warm an. »Sieht nicht weiter schlimm aus. Ein bisschen Salbe sollte genügen.« Behutsam betastete sie die Haut rund um die verletzte Stelle, um sie zu kühlen. Sie glaubte, seinen Puls zu fühlen. Ein, zwei Atemzüge lang verharrte sie so.

Dann räusperte sich Seamus. »Ich denke, es geht schon wieder. Danke.«

Marleen ließ ihn prompt los, als hätte sie sich soeben selbst verbrannt. Ruckartig wandte sie sich von ihm ab, um das Teegeschirr aus dem Schrank zu holen.

Kurz darauf saßen sie gemeinsam am Tisch. »Immerhin bist du nicht die Einzige, die kaum etwas herausfindet«, sagte Seamus, während er ihr Tee eingoss. »Owen scheint ebenso im Dunkeln zu tappen. Er sucht weiterhin nach Angehörigen.« Er hob eine Augenbraue, ohne den Blick von der Tasse zu nehmen. »Frag nicht, woher ich das weiß.« Er stellte die Kanne wieder ab. »Es ist auch schwierig, mehr über Fiona herauszufinden. Sie hat kaum von sich erzählt. Jeden Sonntagnachmittag hat sie eine Kerze in der Kirche angezündet. Ich habe öfter versucht, mit ihr ins Gespräch zu kommen, allerdings nicht viel erfahren.«

Marleen drehte langsam die Tasse um die eigene Achse und sah ihn eindringlich an. »Trotzdem hast du etwas herausbekommen, richtig?«

»Nur, dass sie mit siebzehn von Liverpool hierhergekommen ist. Warum es sie ausgerechnet nach Clifden verschlagen hat ... keine Ahnung.«

Marleen kam eine Idee. Sie öffnete den Mund, aber in diesem Moment spürte sie einen kalten Windhauch und hörte gleich darauf, wie die Haustür zugeschlagen wurde.

»Seamus?« Erins Stimme drang vom Flur zu ihnen, die sich mit jedem Wort näherte. »Ich bin da. Fürchterliches Wetter draußen. Als hätte man die Túatha de Danann beleidigt.« Sie kam in die Küche, blieb jedoch für einen Augenblick im Türrahmen stehen, als sie Marleen entdeckte. »Entschuldige, ich wusste nicht, dass du Besuch hast ... Ah, Tee. Wunderbar. Ihr habt nichts dagegen, wenn ich ein Schlückchen mit euch trinke, oder?« Ohne eine Antwort abzuwarten, holte sie sich eine Tasse aus dem Schrank und setzte sich zu ihnen. »Ich komme gerade von Eve ...« Erin wandte sich mit einem freundlichen Gesichtsausdruck an Marleen.

»Meine Nachbarin. Jedenfalls ist sie der festen Überzeugung, dass ein Kobold Fiona umgebracht hat. Ich sag noch zu ihr: ›Eve, das ist völliger Schwachsinn. Kobolde sind keine Mörder. Sie sind Schuhmacher und reparieren Dinge. Die bringen niemanden um.‹ Aber sie lässt sich nichts sagen.« Sie prustete erheitert in ihre Tasse und schüttelte den Kopf.

Marleen nutzte den Moment, um Seamus einen Blick zuzuwerfen. Er schien ihren Gedanken zu erraten, denn er zwinkerte ihr zu. Sie rührte Zucker in ihren Tee und fragte beiläufig: »Wer hätte deiner Meinung nach ein Motiv?«

Die Haushälterin blinzelte, als hätte sie die Frage nicht verstanden. »Niemand natürlich. In Clifden leben ausschließlich anständige Leute, die regelmäßig in die Kirche gehen, ihre Steuern zahlen und dankbar für das sind, was sie haben. Ist doch so, Seamus, oder etwa nicht?« Sie wog den Kopf nachdenklich hin und her. Schließlich lehnte sie sich vor. »Aber wenn, dann würde mir Harold Gray einfallen. Fiona ...«

»Sie hat ihn erpresst«, fiel ihr Marleen ins Wort. Gespannt hielt sie den Atem an.

»Nicht doch.« Erin winkte ab, als wäre dieser Gedanke völlig an den Haaren herbeigezogen. »Bei Harold gibt es nichts mehr zu holen. Sie hat ihn bereits um sein gesamtes Geld gebracht.« Daraufhin lehnte sie sich zurück und hob die Hände. »Aber ich habe schon zu viel gesagt. Zum Schluss heißt es, ich wäre eine Tratschtante.«

Seamus seufzte und warf ihr einen Seitenblick zu. »Glaubst du nicht, dass es dafür längst zu spät ist?« Er grinste frech, sodass seine Zähne hervorblitzten und

Marleen sich beherrschen musste, um nicht loszulachen.

»Seamus Abernethy, deine beiden Vorgänger waren nicht annähernd so vorlaut wie du.« Erin gab ihm einen sanften Klaps auf den Unterarm. Dann wandte sie sich erneut Marleen zu. »Was soll's, die Geschichte ist schnell erzählt.« Die Wangen der Haushälterin schimmerten rosig, vermutlich aus Freude darüber, etwas Klatsch weitergeben zu dürfen. »Fiona hat Harold finanzielles Glück und Unabhängigkeit vorausgesagt. Das hat den armen Mann dazu verleitet, sein Vermögen in Aktien zu investieren. Kurz darauf hat er alles verloren und er musste seine Autowerkstatt schließen.«

Erst an dieser Stelle wurde Marleen bewusst, von wem Erin sprach. »Harold? Der, der mein Auto nach Galway zur Reparatur gebracht hat, dieser Harold?«

»Genau. Hat angefangen zu trinken. Kurz darauf hat ihn seine Frau verlassen. Das würde erklären, weshalb bei Fiona kein Whiskey gefunden wurde.«

»Er hat den Alkohol mitgenommen?«, fragte Marleen.

Erin zuckte gleichgültig mit den Schultern. »Trunksüchtige sind schlechte Menschen. Sie denken nicht mehr klar. Mein Vater war auch so einer.«

Marleen stützte den Kopf in eine Hand. Diese Information rückte den Mord in ein völlig anderes Licht.

»Harold ist ein guter Mann. Er hatte in seinem Leben sehr viel Pech und ist ... Er hat seinen Weg aus den Augen verloren«, gab Seamus zurück.

Erin antwortete darauf mit einem missmutigen Schnauben. »Deswegen hat er ja ständig vor Fionas

Haus Krawall geschlagen. Ich habe es selbst nicht gehört, aber angeblich hat er mehrere Male damit gedroht, sie umzubringen.«

Überrascht riss Marleen die Augen auf. Konnte es so offensichtlich sein? Einen Augenblick später zog sie die Augenbrauen zusammen. »Davon hätte Mrs. Delaney nichts gesagt.«

»Die Frau schläft ja auch, als hätte sie Morphium geschluckt.« Erin machte eine wegwerfende Bewegung. »Sie würde es nicht mal mitbekommen, wenn eine Bombe neben ihr einschlägt.«

Bei diesen Worten zuckte Seamus kaum merklich zusammen, Marleen bemerkte es trotzdem. »Es ist eindeutig zu früh für Scherze über den Krieg«, sagte er leise. Sein Gesichtsausdruck verfinsterte sich. »Zu viele sind nicht nach Hause zurückgekehrt.«

Daraufhin murmelte Erin eine Entschuldigung in ihren Tee.

Marleen bekam die kleine Auseinandersetzung zwischen den beiden lediglich am Rande mit. Sie war zu sehr mit ihren eigenen Gedanken beschäftigt. Wie lange würde es dauern, bis Fitzgerald von der Geschichte mit Harold erfuhr? Sie musste unbedingt ein Geständnis aus ihm herausbringen und ihn anschließend dem Inspektor vor die Nase setzen. Dann würde Fitzgerald erkennen, dass er mit ihrer voreiligen Verhaftung einen Fehler begangen hatte, und sie konnte die Anschuldigung, dass sie die Täterin sei, endlich abschütteln.

Allerdings zeigte sich an diesem Punkt bereits ihre größte Schwierigkeit: Die Leute vertrauten ihr nicht.

Sie war eine Fremde, möglicherweise sogar eine Mörderin. Wie sollte ausgerechnet sie Harold dazu bringen, mit der Wahrheit herauszurücken? Davon abgesehen konnte sie kaum damit rechnen, dass sich die Menschen in Clifden ihr gegenüber kooperativ zeigten. Ihre ersten spärlichen Ermittlungsergebnisse waren Beweis genug dafür, dass sie auf diese Weise nicht vorankommen würde.

Während sie darüber nachgrübelte, streifte ihr Blick Seamus, der mit zusammengekniffenen Lippen in seine Tasse starrte.

»Ach, du liebe Güte! Schon so spät.« Erins hohe Stimme riss sie aus ihren Gedanken. »Wenn ich den Braten nicht schnell in den Ofen schiebe, essen wir um Mitternacht.« Damit sprang die Haushälterin auf. »Ich hole rasch die Kartoffeln aus dem Keller«, sagte sie zu Seamus und eilte dann aus der Küche. Der Saum ihres Kleides flog hinter ihr her und hätte sich beinahe in der zufallenden Tür verfangen, wenn Erin nur einen Herzschlag langsamer gewesen wäre.

Es war schwer zu sagen, ob Erin tatsächlich verschwunden war oder ob sie wieder einmal an der Tür lauschte. Marleen wollte jedenfalls kein Risiko eingehen, weshalb sie mit vorgehaltener Hand flüsterte: »Hilf mir, den Mörder zu finden. Bitte.«

Seamus blickte von seinem Tee auf und blinzelte sie einen Moment lang an, als würde er nicht begreifen, was er hier tat. Er sah zu dem leeren Stuhl, wo eben noch Erin gesessen hatte. Seiner Miene nach zu schließen hatte er nicht einmal mitbekommen, dass die Haushälterin gegangen war.

Dann trafen sich ihre Blicke und seine Gesichtszüge wurden mit einem Mal weicher. »Du glaubst doch nicht ernsthaft, dass Harold etwas damit zu tun hat? Er hat geholfen, dein Auto nach Galway zu bringen. Denkst du ...«

»Ich will bloß mit ihm reden.« Marleen streckte einen Arm aus, um in einer beschwichtigenden Geste nach Seamus' Hand zu greifen, zog sie aber rechtzeitig wieder zurück. Das war das Letzte, das sich gehörte. »Vielleicht hat er ja nur den Whiskey gestohlen.«

»Diebstahl ist ebenso eine Sünde wie Mord.«

»Und Lügen ebenfalls«, ergänzte Marleen. »Ich will lediglich die Wahrheit herausfinden. Liegt dir nichts daran, zu erfahren, was wirklich passiert ist?«

Seamus antwortete nicht gleich, sondern mahlte mit dem Unterkiefer und sah über Marleens Schulter ins Leere. Schließlich nickte er. »Du hast recht. Es ist wichtig, dass die Wahrheit ans Licht kommt. Außerdem ...« Er grinste sie an. »Jemand muss achtgeben, dass du nicht wieder verhaftet wirst.«

Kapitel 14

Seamus öffnete ihr die Tür zum *O'Malleys* und ließ sie zuerst eintreten, damit sie endlich dem nicht enden wollenden Regen entkam. Am frühen Abend war es im Pub relativ ruhig, da die Gäste noch nicht jenen Alkoholpegel erreicht hatten, an dem sie mit jedem weiteren Schluck lauter sprachen.

Ein Mann spielte auf der Gitarre, begleitet von einem zweiten Musiker, der eine schnelle Melodie auf der Geige anschlug und mit konzentrierter Miene die Augen geschlossen hatte. Dann setzte eine Frau mit einer Flöte ein. Auch diese Klänge trugen dazu bei, dass sich Marleen im *O'Malleys* wohlfühlte, obwohl sie die Gäste jedes Mal kritisch musterten, sobald sie hereinkam. Die Drohung, aus dem Pub verbannt zu werden, wirkte jedoch nach wie vor, weshalb es niemand wagte, sich gegen Marleens Anwesenheit zu äußern.

Faye winkte ihnen von der Theke aus zu und zapfte gleich darauf das nächste Bier an.

An einem der Tische entdeckte Marleen Fergus, der mit drei anderen Männern Karten spielte. Sie fing seinen Blick auf und hob grüßend die Hand. Der junge Polizist erwiderte den Gruß zögerlich, woraufhin er von einem seiner Kumpels grinsend angestupst wurde.

Seamus trat hinter Marleen in die Gaststube und ließ die Tür zurück ins Schloss fallen. Der kalte Luftstrom ebbte ab, was sie nur am Rande bemerkte. Sie suchte nach Harold, konnte ihn aber nicht entdecken. Frustriert zog sie die Lippen zusammen.

Seamus berührte sie am Ellbogen und deutete auf den Ecktisch, an dem sie bereits an ihrem ersten gemeinsamen Besuch gesessen hatten. »Es wird noch ein bisschen dauern, bis Harold kommt«, murmelte er ihr zu. Dann sah er zu Faye hinüber und streckte zwei Finger in die Höhe. Faye nickte ihm zu.

»Ist es zu spät, dich davon zu überzeugen, die Angelegenheit der Polizei zu überlassen?«, fragte Seamus, nachdem er sich Marleen gegenüber gesetzt hatte.

Sie schob herausfordernd das Kinn vor. »Wenn du dich für etwas entschieden hast, musst du dabei bleiben. Ansonsten hast du bereits verloren.«

Seamus quittierte diese Aussage lediglich mit dem Hochziehen einer Augenbraue.

Gleich darauf kam Faye mit zwei Gläsern Guinness zu ihnen, die sie auf dem Tisch abstellte. »Ich bin sofort bei euch. Conor sollte mich schon vor einer halben Stunde ablösen, aber er möchte den Sarg vorher fertigstellen. Wir wollen uns schließlich nicht nachsagen lassen, dass wir nicht rechtzeitig liefern.« Die letzten Worte rief sie ihnen über die Schulter zu, da sie bereits zum nächsten Tisch eilte, um dort eine Bestellung aufzunehmen.

»Meint sie den Sarg für Fiona?« Marleen verstand nicht, wie ein Pub gleichzeitig eine Tischlerei sein konnte.

Sie musste wohl verdutzt dreingesehen haben, da Seamus amüsiert die Luft ausstieß. »Ich habe ihnen den Auftrag erteilt. Bisher hat sich kein Angehöriger bei mir wegen des Begräbnisses gemeldet. Trotzdem möchte ich vorbereitet sein. Früher oder später wird die Polizei jemanden ausfindig machen. Davon abgesehen liegt Fionas Leichnam bis auf Weiteres in der Pathologie. Traurige Geschichte.« Er fuhr mit dem Finger über den Rand seines Glases und schien erneut mit den Gedanken an einem völlig anderen Ort zu sein. Dann ertönte im Hintergrund der helle Ton der Flöte, woraufhin sich Seamus aufrichtete und sein Guinness in die Höhe hob. »Sláinte.«

»Cheers.« Ihr Gläser klirrten leise aneinander. Marleen trank einen vorsichtigen Schluck von dem irischen Bier. Sie hatte es bislang nicht probiert, da sie für gewöhnlich ohne Begleitung am Tisch saß und allein Alkohol zu trinken seltsam wirkte. Das Guinness klebte süß und schwer an ihrer Zunge, was sie an Bitterschokolade erinnerte.

Schaum blieb an ihrer Oberlippe haften. Sie wischte sich mit einer schnellen Bewegung darüber und hoffte, dass Seamus nichts gesehen hatte. Dann stellte sie ihm die erste Frage, die ihr in den Sinn kam. »Gibt es in Clifden keinen Tischler? Oder weshalb bestellst du den Sarg in einem Pub?«

»Du kannst hier alles ordern.« Er breitete die Arme aus, um den gesamten Raum einzuschließen. »Werkzeug, Strickwaren, Lebensmittel. Die Brennans organisieren auch einen Leichenwagenservice, falls gewünscht.«

»Ist das nicht etwas makaber?«

Bevor Seamus darauf antworten konnte, kam Faye mit einem weiteren Bier zu ihnen zurück. »Das ist das Geschäft.« Sie zog einen Stuhl unter dem Tisch hervor und setzte sich. »Wir haben Kontakte über die gesamte Insel. Warum sollten wir die nicht nutzen?«

Marleen winkte beschwichtigend mit einer Hand. »So war das nicht gemeint.« Sie stieß mit Faye an und nahm einen tiefen Zug aus ihrem Glas. Ein sanftes Kribbeln breitete sich in ihren Gliedern aus. Sie musste aufpassen, dass sie nicht stockbetrunken war, bevor Harold auftauchte. Aus einem Impuls heraus schielte sie zu Seamus, der den Kopf im Takt der Musik bewegte. Steckte womöglich Absicht dahinter, damit sie zu beschwipst war, um ihren Plan in die Tat umzusetzen? Durfte ein Pfarrer so hinterlistig sein?

Offenbar standen ihr die Fragen ins Gesicht geschrieben, denn Seamus lächelte sie unschuldig an.

»Ach nein.« Faye seufzte schwer. »Ich will noch nicht zurück zur Arbeit.« Ihre Freundin verzog enttäuscht den Mund. Marleen folgte ihrem Blick.

Ein junger Mann stand in der geöffneten Küchentür und musterte aufmerksam den Gastraum wie ein General das Schlachtfeld. Er hatte dieselben dunklen Haare wie Faye und seine Gesichtszüge wirkten weich, was sich vermutlich ändern würde, sobald ihm ein Bart wuchs. An seiner Kleidung hingen Reste von Sägespänen. Das musste also Conor sein.

Inzwischen hatte er sie entdeckt und kam mit großen Schritten auf ihren Tisch zu. »Papa sagt, du sollst in der Küche mithelfen«, begrüßte er Faye. »Wir erwarten für heute einige Gäste und er möchte vorbereitet sein.« Conors Stimme klang tiefer als Marleen aufgrund seiner Jugend vermutet hätte.

»Ich bin in fünf Minuten da«, murrte Faye in ihr Bierglas.

Für Conor schien die Sache damit erledigt zu sein, denn er zuckte lediglich mit den Schultern und wandte sich dann an Seamus. »Der Sarg ist so weit fertig. Die Lackierung muss noch trocknen, aber danach kannst du ihn abholen.«

In diesem Moment öffnete sich die Tür zum Pub und trug einen Schwall nass-kalter Luft herein. Gefolgt von Harold, der ins Warme stolperte.

Augenblicklich umklammerte Marleen ihr Glas fester. Sie ließ Harold keine Sekunde aus den Augen, während sich dieser den Weg zu einem freien Tisch am gegenüberliegenden Ende bahnte. Noch bevor er sich gesetzt hatte, winkte er Conor bereits mit einer fahrigen Bewegung zu sich.

Dieser wechselte einen Blick mit Faye. Sie gab ihm mit einer Kopfbewegung zu verstehen, dass er zu Harold gehen sollte.

Marleen stand ebenfalls auf, aber da legte ihr Seamus eine Hand auf den Arm und sie stockte für einen Augenblick.

»Tu es nicht«, sagte er mit eindringlicher Stimme.

Anstelle einer Antwort entwand sich Marleen seinem Griff und schob sich unelegant zwischen Wand und Tisch an Seamus vorbei.

Faye sah von ihr zu Seamus. »Habe ich etwas verpasst?«

»Hältst du es für möglich, dass Harold Fiona umgebracht hat?«, fragte Seamus unvermittelt.

Ihr undamenhaftes Grunzen verriet bereits, was Faye von dieser Idee hielt. »Das ist ein Witz, oder?« Sie sah Marleen an. Offenbar hatte sie begriffen, von wem diese Theorie kam. »Harold trinkt zu viel, aber das ist auch schon alles. Er ist definitiv kein Mörder.«

»Da hast du's. Du handelst dir nur wieder Ärger ein.«

»Ich unterhalte mich mit ihm. Dagegen kann nicht mal Möchtegern-Inspektor Fitzgerald etwas sagen.« Marleen war es nicht gewohnt, dass ihr jemand widersprach.

Kurzentschlossen ging sie zum Ausschank, wo Conor soeben mit geübten Bewegungen Gläser auf ein Tablett stellte. Er sah nicht auf, als sie sich näherte, sondern zapfte ein weiteres Bier ab. Marleen lehnte sich über den Tresen, was sie gleich darauf bereute, da ihr Ellbogen in etwas Nassem landete.

»Kann ich dir helfen?«, fragte Conor, nachdem er das letzte Glas abgestellt hatte.

Marleen schnappte sich eine Serviette und tupfte damit die feuchte Stelle an ihrem Ärmel ab. Sie hoffte, dass es lediglich Wasser war und nichts, das auf ihrer beigefarbenen Jacke Flecken hinterließ. Dann deutete sie mit dem Kinn auf das vollgestellte Tablett. »Ich lade Harold auf einen Drink ein.«

Daraufhin sah Conor sie mit einem merkwürdigen Blick an. Es war unüblich, dass Frauen die Rechnung für Männer übernahmen. Vor allem für Männer, die sie nicht persönlich kannten.

»Als Dank, dass er bei meinem Auto geholfen hat«, fügte sie deshalb schnell hinzu.

Conors Miene hellte sich auf. »Klar.« Er stellte ihr drei Whiskey-Gläser hin. »Hier. Die übliche erste Runde.«

Marleen hob die Augenbrauen, sagte aber nichts. Stattdessen legte sie ein paar Münzen auf den Tresen und nahm die Gläser. Behutsam bahnte sie sich zwischen den Tischen hindurch ihren Weg zu Harold, der in einer der hinteren Ecken saß. Ihre Finger verkrampften sich, um bloß keines der Gläser fallen zu lassen. Dass ihre Hände vor Aufregung schweißnass waren, machte diese Übung nicht unbedingt einfacher.

Schließlich erreichte sie Harolds Tisch, wo sie den Whiskey mit einem erleichterten Seufzen abstellte.

Harold runzelte die Stirn, kippte dann aber einen Wimpernschlag später den ersten Drink hinunter. Das verschaffte Marleen einen Moment, um ihn zu mustern. Aussehen und Kleidung sagten viel über einen Menschen aus. Auch wenn es manche Personen gab, die dies für Unsinn hielten. Harolds Mantel wirkte abgetragen, seine Schuhe waren schmutzig und offenbar hatte er seine Haare selbst geschnitten. Trotzdem machte er keinen heruntergekommenen Eindruck, wie man ihn bei einem mittellosen Alkoholiker vermuten würde. Auch wenn die rot unterlaufenen Augen und die unregelmäßigen Stoppeln auf seinen Wangen eindeutige Zeichen dafür waren, dass er ein Problem hatte.

Einmal hatte Marleen in der Suppenküche ausgeholfen, wo sie einigen Männern begegnet war, die seit Jahren an der Flasche hingen. Das aufgedunsene Gesicht und der beißende Geruch von Alkohol fehlten bei Harold. Er schien also noch nicht lange zu trinken. Womöglich hatte er sogar eine Chance, wieder in ein geordnetes Leben zurückzufinden. Allerdings nicht, wenn Marleen ihn ins Gefängnis manövrierte. Falls er Fiona tatsächlich auf dem Gewissen hatte, was durchaus im Bereich des Möglichen lag, durfte er auch nicht frei herumlaufen.

Mit einem dumpfen Geräusch landete das leere Glas auf dem Tisch. Harold deutete ihr, dass sie sich setzen sollte.

Marleen kam der Aufforderung nach. »Die Runde geht auf mich.« Sie zeigte auf den Whiskey.

»Du bist die englische Dame mit dem Ford.« Sein Kopf wackelte ein wenig hin und her. Vermutlich hatte er bereits Schwierigkeiten damit, seinen Blick auf sie zu fokussieren. »Schickes Modell. Ist der Wagen schon repariert?« Er sagte das wie jemand, der über einen Patienten im Krankenhaus sprach.

Einen Augenblick lang wusste Marleen nicht, was sie darauf erwidern sollte. Sie hatte das Auto völlig vergessen. Nun fiel ihr ein, dass weder Faye noch Conor ein Wort darüber verloren hatten. Sie verzog das Gesicht zu einem schiefen Lächeln. »Nein. Es muss ein Ersatzteil aus Manchester bestellt werden.«

Harold gab ein Brummen von sich. »Dann kann man nur hoffen, dass die Werkstatt bei der Bestellung keinen Fehler gemacht hat. Wäre nicht das erste Mal.« Damit griff er nach dem zweiten Glas, das er ebenfalls in einem Zug leerte und zurück auf den Tisch knallte. »Vielen Dank übrigens für die Einladung.«

Zur Antwort lächelte Marleen unverbindlich. Sie sah über Harolds Schulter hinweg zu dem Fenster hinter ihm. Draußen war es bereits so dunkel, dass sich der Gastraum verschwommen darin spiegelte. Fayes und Seamus' Umrisse waren undeutlich zu erkennen. Dennoch glaubte sie, in Seamus' Gesicht ein besorgtes Stirnrunzeln zu sehen. Wenn sie eine schlechtere Erziehung genossen hätte, hätte sie ihm wohl in diesem Moment eine Grimasse geschnitten. Aber so legte sie das

Kinn in die gefalteten Hände und sah Harold aufmerksam an. »Schreckliche Sache mit Fiona, finden Sie nicht auch?«

Harold wollte bereits nach dem dritten Glas greifen, stockte allerdings mitten in der Bewegung, als Fionas Name fiel. Er lehnte sich zurück und verschränkte die Arme vor der Brust.

»Hat früher oder später so kommen müssen. Gwenhwyfer hat jeden betrogen, der über ihre Schwelle getreten ist.«

»Haben Sie ihre ... Dienste ebenfalls in Anspruch genommen?«

»Das ist kein Geheimnis.« Harold zog die Schultern hoch. »Ich habe mein Lehrgeld dafür bezahlt.« Mit einer bedächtigen Bewegung nahm er das letzte Glas und musterte die klare Flüssigkeit im Licht. Schließlich setzte er es an die Lippen, um es gleich darauf wieder zurückzustellen, ohne daran auch nur genippt zu haben. »Ich hätte ihr liebend gern selbst den Hals umgedreht.« Während Harold sprach, drehte er das Glas im Kreis. »Aber dann ist mir dieser verdammte Leprechaun zuvorgekommen.« Damit trank er den Whiskey in einem so schnellen Zug leer, dass Marleen die Bewegung wohl entgangen wäre, hätte sie geblinzelt.

Marleen entschied, nicht auf seine letzte Bemerkung einzugehen. Es war offensichtlich, dass Harold von sich ablenken wollte. Sobald der mordlustige Kobold zur Sprache kam, interessierten sich die Menschen für nichts anderes mehr. Aber sie würde nicht darauf hereinfallen. »Sie haben vor Fionas Haus randaliert. Gedroht, sie umzubringen.« Marleen hob vielsagend eine

Augenbraue. Vielleicht könnte ihn das ja aus der Reserve locken. »Das wirft – wie soll ich sagen – ein unpassendes Licht auf Sie«, folgerte sie in einem unschuldigen Tonfall.

»Wenn ich so verdächtig bin, warum hat mich dann die Polizei noch nicht verhaftet?«, antwortete Harold ruhig. Er wirkte tatsächlich kein bisschen beunruhigt.

Bevor Marleen etwas darauf erwidern konnte, spürte sie einen kalten Lufthauch im Nacken. Daraufhin hörte sie mehrere schwere Schritte, die sich näherten.

Harold starrte mit zugekniffenen Augen an Marleen vorbei. Offenbar gefiel ihm nicht, was er sah.

»Miss Glück, welche Freude, Sie wiederzusehen«, sagte eine inzwischen vertraute Stimme hinter ihr.

Er hatte es auf sie abgesehen, anders ließ sich das nicht erklären.

Marleen drehte sich nicht sofort zu ihm um, sondern schloss für einen Moment die Augen und atmete tief aus. »Inspektor. Die Freude ist ganz meinerseits. Sie haben doch hoffentlich nicht meinetwegen die weite Fahrt von Galway hierher gemacht?«, fügte sie in scherzhaftem Ton hinzu.

Sie bemerkte die plötzliche Stille im Pub. Die Musik war verstummt, keine Gläser klirrten und den Gästen dürfte es mit einem Mal die Sprache verschlagen haben. Obwohl Marleen es nicht überprüfte, war sie davon überzeugt, dass alle Blicke im Raum auf sie und Fitzgerald gerichtet waren.

Schön, ihr machte es nichts aus, im Mittelpunkt zu stehen. Es wäre eine Genugtuung, Fitzgerald auf der Stelle vor Publikum bloßzustellen. Allerdings war sie in

ihren Ermittlungen noch nicht weit genug vorange-
schritten.

Falls Fitzgerald ähnliche Gedanken durch den Kopf
gingen, ließ er sich nichts davon anmerken. »Mr. Gray,
darf ich Sie bitten, mit mir zu kommen?«, sagte er zu
Harold.

Dieser gab daraufhin ein grunzendes Lachen von
sich. »Bitten darfst du, Jungchen. Aber wenn du ernsthaft glaubst ...«

Der Inspektor ließ ihn nicht ausreden, sondern
winkte einen Polizisten in Uniform zu sich heran, der
sich bisher im Hintergrund gehalten hatte. »Leg dem
Verdächtigen Handschellen an.«

»Weswegen wollt ihr mich verhaften?« Harold lehnte
sich über den Tisch wie ein Wolf, der jeden Augenblick
zum Sprung ansetzte.

Marleen bemerkte, wie sich Fergus halb von seinem
Platz erhoben hatte, bereit, im Notfall einzugreifen.

Großartig! Sollte Harold auf die Idee kommen, sich
handfest gegen die Polizei zu wehren, würde sie zwischen die Fronten geraten. Nicht auszudenken, was das
mit ihrer Frisur anstellen würde. Geschweige denn,
wenn Flecken auf ihre neue Kleidung kämen.

Fitzgerald ließ sich von Harold nicht verunsichern. Er
hob das Kinn. »Verdacht auf Mord an Fiona Morris.«

Der Polizist zog die Handschellen aus seiner hinteren
Hosentasche und ging mit wachsamen Schritten auf
Harold zu, als wollte er sichergehen, den Wolf nicht zu
provozieren.

»Sie können ihn nicht so einfach mitnehmen.«
Marleen sprang mit einer entschiedenen Bewegung
auf, woraufhin ihr Stuhl umkippte und mit einem

Scheppern auf den Dielen landete. Sie war mit ihrer Befragung noch nicht am Ende. Allerdings würde sie sich hüten, auch nur eine Silbe davon zu erwähnen.

»Überlassen Sie das bitte der Polizei. Wir haben grundlegenden Verdacht, dass ...«, setzte der Inspektor an.

»Schwachsinn.« Vielleicht wäre es besser gewesen, wenn sie sich an dieser Stelle auf die Zunge gebissen hätte.

Fitzgerald schob verärgert das Kinn vor. »Entweder Sie gehen mir aus dem Weg oder Sie können uns gleich mit auf die Wache begleiten. Behinderung der Polizei während eines Einsatzes.« Zu dem Polizisten fügte er barsch hinzu: »Verhaften!«

»Lass mal stecken«, erwiderte Harold daraufhin. Er nahm eines der Whiskeygläser und benetzte mit einem zurückgebliebenen Tropfen seine Lippen. Dann stand er schnaubend auf. »Ich zeige mich ja kooperationsbereit.«

Marleen sah ihnen hinterher, die Hände auf dem Tisch zu Fäusten geballt. Sie war so dicht davor gewesen, mehr herauszufinden.

Kurz vor dem Ausgang drehte sich Fitzgerald erneut zu Marleen um. »Denken Sie ja nicht, ich wüsste nicht, was Sie hier veranstalten. Halten Sie sich aus den Ermittlungen raus. Das ist meine letzte Warnung.«

In diesem Moment stand Seamus auf. »Marleen wollte bloß mit Harold plaudern. Wegen ihres Wagens.«

Bei seinen Worten lockerten sich Marleens verkrampfte Hände. Erneut sprang ihr Seamus zur Seite.

Allmählich fühlte sie sich dazu verpflichtet, sich zum katholischen Glauben zu bekennen.

Fitzgerald zog eine Augenbraue nach oben. Die Geste machte allzu deutlich, dass er Seamus kein Wort glaubte. Aber er ging nicht weiter darauf ein, sondern verabschiedete sich lediglich mit einem knappen Kopfnicken und bugsierte Harold anschließend in Begleitung des Polizisten hinaus.

Mist. Da verschwand der beste Verdächtige, den sie bisher gefunden hatte. Vermutlich würde Fitzgerald den Fall bald gelöst haben.

Kapitel 15

Eine halbe Stunde später schielte Marleen in ihr zweites Bierglas, wo sich lediglich ein kümmerlicher Rest an Schaum sammelte. Wenn sie den Kopf zu schnell bewegte, wurde ihr bereits schwindelig.

Faye war inzwischen wieder in der Küche verschwunden, sodass sie mit Seamus allein am Tisch saß.

Marleen gab Conor ein Zeichen, dass er ihr ein weiteres Glas bringen sollte, und hatte deswegen beinahe ein schlechtes Gewissen. Der Junge wurde von einer Gruppe Halbstarker auf Trab gehalten, die vorhin hereingekommen war und ihre Getränke schneller leerten, als Conor sie nachfüllen konnte.

»Da macht man die ganze Arbeit und wozu? Schnappt mir den Hauptverdächtigen vor der Nase weg.« Marleen merkte, dass sich ihre Zunge nur schwer bewegen ließ und sie deswegen vor sich hin nuschelte. »Gottverdammter Fitzgerald ... entschuldige.« Sie winkte schwerfällig, was eine beschwichtigende Geste darstellen sollte.

»Du vergisst anscheinend, dass es Owens Arbeit ist, während du dich in der Sache verrannt hast.« Seamus setzte eine Miene auf, die sie sich wunderbar bei einer Predigt vorstellen konnte. Im Gegensatz zu ihr hatte er sein Guinness kaum angerührt. »Es steht dem Menschen nicht zu Rache zu üben.«

»Das ist keine Rache«, murmelte Marleen in ihr Glas. Sie stützte mit einer Hand ihren Kopf ab, um das Schwindelgefühl zu bremsen, das sich allmählich darin ausbreitete. »Wir wollten doch die Wahrheit herausfinden, oder etwa nicht?«

Seamus atmete schwer aus. »Wir wollten allerdings nicht riskieren, dass du im Gefängnis landest.« Er tippte energisch mit einem Finger auf die Tischplatte, um jedes seiner Worte zu betonen. »Und ich war von Anfang an dagegen, Harold als Verdächtigen zu behandeln. Der Mann hat bereits genug durchgemacht. Die Wahrheit sollte Leben retten und es nicht zerstören.«

Seine letzte Aussage kam ihr seltsam vor. Marleen legte den Kopf schief, was sie augenblicklich bereute. Der gesamte Raum geriet in Schieflage und für einen Moment befürchtete sie, von ihrem Stuhl zu kippen. »Wie meinst du das?«, fragte sie, sobald sie sich wieder gefasst hatte.

Bevor sie eine Antwort erhielt, tauchte Conor wie aus dem Boden geschossen neben ihr auf und tauschte ihr leeres Glas gegen ein volles. Seine Wangen waren vor Anstrengung gerötet. Vom Tisch der Halbstarken wurde ihm bereits eine neue Bestellung entgegengerufen. Er ließ sich davon nicht aus der Ruhe bringen, sondern erkundigte sich, ob sie etwas essen wollten. Sie lehnten jedoch beide ab. Es stimmte schon, was die Iren sagten: Das Guinness kam einer Mahlzeit gleich. Womöglich war ihr aber auch schlichtweg der Appetit vergangen. Wenn sie Fitzgerald den wahren Täter hätte präsentieren können, hätte er seinen Fehler eingestehen müssen. Damit wäre ihr Ansehen wieder hergestellt gewesen, aber so würde die Mordanschuldigung an ihr kleben wie Wachs, das man für die Haarentfernung verwendete. Diese Erkenntnis genügte, damit sich ihre Rippen enger um ihre Lunge schlossen und ihr den Atem abschnürten.

Bei dem Gedanken an ihre Niederlage nahm sie einen tiefen Zug von ihrem frischen Bier. Das schwummrige Gefühl, das sich daraufhin einstellte, erinnerte sie an den Abend, als sie Olivia im Ankleidezimmer ihrer Mutter – Adoptivmutter – überrascht hatte. Ab diesem Zeitpunkt hatte die Misere mit Clifden begonnen. Sie sollte diesen Ort endlich hinter sich lassen. Und wenn sie dafür öffentliche Verkehrsmittel nutzen musste.

Aber zuerst gab es eine weitere Sache zu erledigen. Am besten jetzt sofort.

Schwungvoll stellte sie ihr Bier ab, sodass ein Teil des Inhalts heraus schwappte. »Würdest du mir einen letzten Gefallen tun?«, fragte Marleen, ohne den Blick von dem Schaum zu wenden, der außen am Glas hinunterglitt.

Seamus lächelte schief und zupfte am Kragen seines Pullovers, wo sich ansonsten das Kollar befand. »Ist es etwas Illegales? Du willst doch nicht schon wieder in ein Haus einbrechen?«

»Ist es Einbruch, wenn niemand dort wohnt?«

Die kühle Nachtluft vertrieb das Schwindelgefühl und machte Marleen wieder weitestgehend klar im Kopf. Es reichte jedenfalls, damit sie bei dem Gedanken an ihr Vorhaben nervös wurde. Sie würde lediglich einen Blick in das Haus werfen und dann endlich die Suche nach ihren leiblichen Eltern abschließen. Immerhin hatten sie Clifden verlassen und konnten inzwischen am anderen Ende der Welt leben.

Ein letzter Abstecher in die Vergangenheit, mehr nicht. Danach würde Marleen nach Manchester zurückkehren und nie wieder daran denken. Sie hatte eine Familie. Wen interessierte es, ob Walter und Abigail Glück ihre leiblichen Eltern waren?

Inzwischen hatte es aufgehört zu regnen, jedoch mehrten sich die Pfützen auf der Straße. Marleen musste aufpassen, wohin sie trat, wenn sie ihre neu gekauften Wildlederstiefel nicht ruinieren wollte.

Die Laternen warfen in regelmäßigen Abständen helle Flecken auf den Boden, wodurch Marleen den Eindruck bekam, dass sie auf einem Fließband lief, ohne jemals einen richtigen Schritt nach vorn zu kommen.

Seamus begleitete sie auf diesem nicht enden wollenden Weg. Er schwieg geduldig, während Marleen ihm erzählte, was sie von Mrs. Delaney erfahren hatte. »Was hältst du davon?«, fragte sie, sobald sie ihn auf den neuesten Stand ihrer Erkenntnisse gebracht hatte. »Hast du von den beiden schon einmal etwas gehört?«

Sein Gesichtsausdruck war im Halbschatten nicht zu deuten. Marleen erkannte lediglich ein Kopfschütteln, das ihr das Herz schwer werden ließ. »Das war lange, bevor ich hierhergekommen bin.«

»Aber vielleicht hat Pfarrer Murphy ja eine Notiz dazu gemacht?«

»Nach deinem ersten Besuch habe ich seine Vermerke weiter durchforstet«, sagte er mit belegter Stimme. »Er erwähnt kein einziges Mal ein Paar, das unerklärlicherweise verschwunden ist. Ich konnte nicht einmal herausfinden, ob die beiden verheiratet gewesen sind.«

Es befand sich noch ausreichend Alkohol in ihrem Blut, um Marleen aufgrund seiner Worte sentimental werden zu lassen. Seamus hatte versucht, mehr über ihre Vergangenheit herauszufinden, obwohl er das nicht hätte tun müssen. Tränen der Rührung stiegen in ihren Augen auf, die sie rasch wegwischte. Dafür war nun wahrlich nicht der richtige Zeitpunkt. Sie wusste so gut wie nichts über ihn, was angesichts seiner Anstrengungen ihr gegenüber unverzeihlich war. »Es liegt dir wirklich viel daran, die Dinge aufzudecken. Warum bist du nicht beim Journalismus geblieben?«

Seamus ließ sich mit seiner Antwort Zeit. »Das ist ein bisschen kompliziert.« Die Art, wie er es sagte, machte deutlich, dass er nicht darüber reden wollte.

Er verbarg etwas. Davon war Marleen überzeugt. Konnte es womöglich sein, dass er ... Nein, die Vorstellung war zu absurd. Ein Pfarrer brachte niemanden um. Sie musterte ihn aus den Augenwinkeln. Seamus hatte keinen Grund, Fiona zu töten. Oder etwa doch?

»Da ist es.« Seamus blieb abrupt stehen. »Das Haus, in dem ein Púca wohnt.«

Marleen ließ den neuen Gedanken fallen und folgte stattdessen seinem Blick. Womöglich lag es an der Dunkelheit, jedenfalls sah das Gebäude nicht so baufällig aus, wie sie erwartet hätte. Es war nicht besonders groß, verfügte dennoch über ein Unter- und einem Obergeschoss. Die blaue Farbe an der Tür war stellenweise abgeblättert und selbst im schwachen Licht der

Laternen erkannte Marleen, dass die Außenwand dringend einen frischen Anstrich benötigte. Davon abgesehen deutete nicht viel darauf hin, dass seit über zwanzig Jahren niemand dort lebte.

Marleen betrachtete das Gebäude und den verwilderten Garten in der Hoffnung, dass eine längst vergessene Erinnerung in ihr aufblitzte. Aber das Wiedererkennen blieb aus.

»Möchtest du hineingehen?«, fragte Seamus gedämpft. Er schien zu begreifen, wie wichtig ihr dieser Moment war, und wollte sie wohl nicht aus ihren Gedanken aufschrecken.

Sie schlang die Arme um ihren Körper, dennoch zitterte sie und nickte. Zaghaft machte sie einen Schritt rückwärts. Am liebsten hätte sie auf der Stelle kehrtgemacht und wäre zurück in den Pub gelaufen.

Seamus berührte sie am Ellbogen, als wollte er sie davon abhalten, ihrem Impuls nachzugeben.

Marleen seufzte. »Du hast ja recht.« Damit schob sie das Gartentor auf. Es hing nur an einem Scharnier, das bei der ungewohnten Bewegung protestierend quietschte. Wie zur Antwort raschelte gleich darauf etwas im hohen Gras. »Was war das?« Marleen spähte mit zusammengekniffenen Augen in den Garten. Vor Anspannung hielt sie den Atem an.

Das Licht einer Laterne streifte einen Schatten, der sich in der Nähe des Hauses bewegte. Dann hörte sie das Meckern einer Ziege. Das Tier näherte sich dem Lichtkegel und blieb schließlich mitten im Laternenschein stehen. Sein Fell war pechschwarz, sodass es mit der Dunkelheit verschmolz.

Seamus lachte leise. »Und hier hätten wir unseren Púca.«

»Das ist eine Ziege«, erwiderte Marleen unbeeindruckt.

»Ja, das denkst du. Púcaí sind Gestaltwandler. Meistens sind sie als Pferd, Hund oder Ziege zu sehen. Man erkennt sie an dem schwarzen Fell. Manchmal zeigen sie sich auch als Mensch.«

»Dann sollten wir vielleicht die Ziege nach dem Kobold fragen.« Marleen schob das Gartentor vollständig auf und ging auf das Haus zu. »Wir können sie aber genauso gut gleich in den Kreis der Verdächtigen aufnehmen«, sagte sie über die Schulter hinweg zu Seamus.

Daraufhin gab die Ziege ein weiteres Meckern von sich, so als hätte sie Marleen verstanden.

»Du solltest den Púca nicht provozieren«, erwiderte Seamus.

Es war schwer zu sagen, wie ernst er seine Aussage meinte.

»Ja ja, schon klar«, gab Marleen zurück. Zur Ziege gewandt sagte sie: »Es ist doch okay, wenn wir einen Blick hineinwerfen, oder?«

Allerdings beachtete sie das Tier nicht weiter, sondern riss einige Grasbüschel aus, auf denen es herumkaute.

»Das deute ich als ein Ja.« Damit legte Marleen eine Hand auf die Haustür. Sie spürte die glatte Oberfläche der Lackierung. Von einem Atemzug auf den nächsten war sie unfähig, sich zu bewegen. Verbarg sich hinter dieser Tür womöglich ein Hinweis zu ihrer Vergangenheit? Würde sie endlich erfahren, was mit ihr als Baby passiert ist?

Seamus stand neben ihr, die Hände in den Hosentaschen versenkt. Sie sah ihn an und überlegte, was sie sagen könnte, um diesen entscheidenden Moment etwas länger hinauszuzögern. Nur so lange, bis sie dazu bereit war.

Ihr war selbst klar, dass sie sich lächerlich verhielt. Also würde sie die Sache schnell und schmerzlos hinter sich bringen. Wie die Wachsbehandlung im *House of Vanity.*

Mit zusammengebissenen Zähnen stemmte sie sich gegen die Tür. Es gab ein lautes Quietschen, gefolgt von einem Knacken und bevor Marleen verstand, was das zu bedeuten hatte, stolperte sie auch schon nach vorn in die Dunkelheit. Dennoch gelang es ihr, sich auf den Beinen zu halten und nicht der Länge nach im Flur zu landen.

Für zwei, drei Sekunden hing die Tür halb im unteren Scharnier, während sich der obere Bolzen bereits aus seiner Halterung gelöst hatte. Dann ertönte ein weiteres knackendes Geräusch. Die Tür kippte um und landete mit einem Knall auf dem Holzboden. Marleen gelang es nur knapp, mehrere Schritte zurückzuspringen, um nicht erschlagen zu werden.

Von draußen war zu hören, wie die Ziege einen erschrockenen Laut von sich gab und anschließend protestierend meckerte.

Marleen sah hinaus und hob entschuldigend eine Hand. »Tut mir leid. Ich lass das reparieren.«

Sofern es sich bei dem Tier tatsächlich um einen Púca handelte, hatte sie sich wohl nun dessen Zorn auf sich gezogen. Die Ziege würdigte sie nämlich keines weiteren Blickes, sondern stolzierte mit hoch erhobenem Kopf zur Hausrückseite.

»Falls demnächst meine Leiche gefunden wird, war die Ziege der Mörder.«

»Darüber scherzt man nicht.« Seamus machte ein Kreuzzeichen über der Brust.

Marleen setzte ein schiefes Lächeln auf, dann wandte sie sich wieder um. Es roch muffig nach feuchter Erde und Schimmel. Das Laternenlicht reichte kaum bis ins Haus hinein. Sie erkannte lediglich einen schmalen Flur und eine Treppe, die nach oben führte. Staub kitzelte ihr in der Nase.

Plötzlich tauchte ein Lichtkegel vor ihr auf.

Als wäre es absolut selbstverständlich, eine Taschenlampe bei sich zu haben, schwenkte Seamus das Licht von einer Seite des Flurs zur anderen.

»Wo hast du die her?«

Seamus zuckte mit den Schultern. »Von Faye. Ich hab sie danach gefragt, bevor wir gegangen sind.«

»Hast du eine zweite mitgenommen?«

»Wozu? Willst du dich im Alleingang hier umsehen?«

Da hatte er zugegebenermaßen recht. Beim Anblick der dicken Staubschicht, die den Boden wie eine graue Decke überzog und den Spinnennetzen in den oberen Ecken bekam sie auch so schon Gänsehaut.

»Sehen wir uns zuerst unten um?«, schlug Seamus vor.

Marleen nickte lediglich. Ihr Mund war auf einmal viel zu trocken, als dass sie etwas hätte sagen können. Unruhig rieb sie sich die kalten Hände. Trotzdem ging sie weiter in den Flur hinein. Seamus blieb dicht hinter ihr und leuchtete ihr den Weg.

Die Dielen knarzten unter ihren Sohlen und mit jedem Schritt wirbelten sie noch mehr Staub auf, der Marleen in der Kehle kratzte.

Unwillkürlich erinnerte sie sich daran, wie sie Fionas Haus zum ersten Mal betreten hatte und durch einen ähnlichen Flur geschlichen war. Würde sie erneut auf eine Leiche stoßen? Womöglich auf die Überreste ihrer leiblichen Eltern?

»Pass auf. Dort liegen Scherben.« Seamus war eindeutig konzentrierter bei der Sache als sie selbst.

Marleen ging in die Hocke und hob eine der Scherben auf. »Sieht nach den Resten einer Vase aus. Ist vielleicht von der Kommode gefallen.« Sie sah zu dem Möbelstück, das ebenfalls von einer dicken Staubschicht bedeckt wurde. Darüber hing ein angelaufener Spiegel. »Könnte eine Ratte gewesen sein«, überlegte Marleen laut.

Seamus zog die Augenbrauen zusammen und suchte den Boden mit der Taschenlampe ab. »Sieht nicht so aus, als gäbe es hier Ratten. Keine Abdrücke im Staub oder ... andere Hinterlassenschaften.«

»Frag die Ziege. Vielleicht weiß sie mehr«, erwiderte Marleen trocken. Sie erhob sich wieder und bemühte sich gar nicht erst, den Staub aus ihrem Rock zu klopfen. Das wäre ein sinnloses Unterfangen gewesen. Außerdem wollte sie diesen vermeintlichen Besuch in ihre Vergangenheit schnell hinter sich bringen.

Deswegen öffnete sie die erste Tür, die sich wenige Schritte weiter auf der linken Seite befand. Dahinter verbarg sich eine Abstellkammer, deren Wände bis oben hin mit Regalen versehen waren. Marleen entdeckte ein Bügeleisen sowie das zugehörige Brett, zwei Paar Gummistiefel, Eimer, Wischmopp und einen Besen. Über ihrem Kopf hing eine dicke Spinne in ihrem Netz. Reflexartig gab Marleen ein angeekeltes Geräusch von sich und schlug die Tür wieder zu.

Im nächsten Raum befand sich die Küche, wo der modrige Geruch nach Schimmel stärker wurde und sich mit dem von vergorenem Obst mischte. Im Lichtkegel der Taschenlampe erkannte sie einen altmodischen Gasherd. Vorsichtig, um bloß in kein Spinnennetz zu laufen, ging Marleen hinein und öffnete einige Schränke. Diese waren ausgestattet mit Geschirr, Tee, Zuckerwürfeln und einer aufgerissenen Packung Haferflocken. Einige Ameisen krabbelten von der Fensterbank über die Arbeitsfläche und hinauf zu den übrig gebliebenen Lebensmitteln. Marleen ging einen Schritt zurück und wischte mögliche Tierchen von den Ärmeln ihres Cardigans. Trotzdem glaubte sie, dass kleine Beinchen über ihre Haut huschten.

Im Wohnzimmer zeigte sich ein ähnliches Bild. Es war vollständig eingerichtet und wirkte wie eine zwanzig Jahre alte Zeitkapsel. Ein wuchtiger Wandschrank nahm einen großen Teil des Raumes ein. Unter dem Staub waren Umrisse von Schnitzereien zu erkennen, die womöglich stilisierte Weinreben darstellen sollten. Die altmodische Tapete schälte sich von den Wänden, verdorrtes Holz lag im Kamin und die Gardinen waren von der Sonne ausgebleicht, ansonsten wirkten die Möbel weitestgehend in Takt. Sogar der Plattenspieler könnte noch funktionieren, wenn man ihn nur ordentlich reinigte.

Hohe Fenster zeigten hinaus in den Garten und ließen milde Sommerabende erahnen, an denen man bei einer Tasse Tee zusammensaß. Allerdings trübten die dunklen Flecken, die sich rund um die Fensterrahmen zeigten, dieses Bild. Marleen betrachtete den Teppichboden im dicht gedrängten Art déco Stil und versuchte sich vorzustellen, wie sie als Baby darauf gespielt haben könnte. Aber es gelang ihr nicht.

»Es sieht so aus, als hätten sie nichts mitgenommen.« Endlich sprach Seamus aus, was sie schon die ganze Zeit über dachte. Darüber hinaus gab es einen zweiten Gedanken, den sie nicht laut zu formulieren wagte: Vielleicht waren ihre leiblichen Eltern nicht weggezogen, sondern längst verstorben.

Am liebsten hätte sich Marleen auf dem Sofa niedergelassen, bis sich ihre zitternden Knie beruhigt hatten. Allerdings würde sie von dem Staub und den Spinnweben, die sie damit aufwirbelte, vermutlich einen Hustenanfall bekommen, was ihr in Seamus Gegenwart unangenehm gewesen wäre. Wie ein Kohlearbeiter zu husten gehörte wirklich nicht zu den Dingen, die eine Dame machen sollte. Davon abgesehen würde sie wahrscheinlich ihren Rock ruinieren, was sie auf keinen Fall riskieren wollte.

Sie spürte, wie Seamus ihr eine Hand auf den Rücken legte. Augenblicklich verlangsamten ihre rasenden Gedanken das Tempo, sodass sie sich nicht mehr fühlte, als würde sie sich auf einem durchgeknallten Karussell befinden.

»Willst du nach oben gehen?«, fragte Seamus leise. Er schien zu ahnen, dass ihr Innerstes wie ein Spiegel zersprungen war und sie nun Mühe hatte, die Scherben wieder zusammenzusetzen.

Marleen schüttelte langsam den Kopf. »Ich habe genug gesehen.«

Kapitel 16

Am nächsten Morgen saß Marleen gedankenversunken in ihrem Zimmer und drehte den filigranen Anhänger ihrer Kette zwischen den Fingern. Eigentlich war es lächerlich gewesen, sich deswegen auf den Weg nach Clifden zu machen. Von dem Ärger, den sie sich innerhalb kürzester Zeit eingehandelt hatte, völlig abgesehen.

Und wofür? Anstelle von Antworten war sie auf weitere Fragen gestoßen und als Verdächtige in einen Mordfall geschlittert, den sie doch nicht lösen konnte. Zum allerersten Mal in ihrem Leben war sie auf ganzer Linie gescheitert.

Eine ihrer Privatlehrerinnen hatte ihr beigebracht, jeweils drei Bücher auf dem Kopf und in den gestreckten Händen zu balancieren, ohne eines davon fallenzulassen. Sie hatte behauptet, diese Übung würde Marleens Haltung verbessern, womit sie auch recht behalten hatte. Es war schwierig gewesen, aber letzten Endes hatte Marleen es geschafft. Indessen kam es ihr inzwischen so vor, als müsste sie zehn Bücher in der Schwebe halten, um nicht aus dem Gleichgewicht zu geraten. Und dieser Kraftaufwand zehrte an ihr.

Es war an der Zeit, Irland den Rücken zuzukehren und nach vorn zu blicken. Das Gewicht der Kette hing mit einem Mal schwer um ihren Hals. Aus einem Impuls heraus tastete sie nach dem Verschluss in ihrem Nacken. Es brauchte drei Anläufe, bevor sie ihn richtig zu fassen bekam und öffnen konnte.

Schließlich legte Marleen die Halskette auf ihrer Schminkkommode ab. Einen Augenblick länger als nötig verharrte ihre Hand schützend darüber. Dann gab sie sich einen Ruck und schob die Kette von sich weg.

Erschöpft rieb sie sich über das Gesicht. Zwischen den Fingern betrachtete sie ihr Spiegelbild. Sie hatte bei Weitem schon bessere Tage gesehen. Ihre Haare standen in krausen Wellen vom Kopf ab. Ein wenig Make-up hätte ihr nicht geschadet. Allerdings erschien es ihr viel zu mühsam, nach ihrem Puder zu greifen, um zumindest die glänzenden Stellen an ihrer Stirn und Nase abzudecken.

Stattdessen rappelte sie sich hoch. Faye musste unten inzwischen das Frühstück vorbereitet haben. Sie zog die Tür ihres Gästezimmers hinter sich zu und hatte dabei das Gefühl, einen wichtigen Teil ihrer selbst zurückzulassen.

Auf der Treppe zum Gastraum kam ihr bereits der Duft von Kaffee, Tee und gebratenen Eiern mit Speck und Toast entgegen. Auf der letzten Stufe bemerkte sie, dass ein Zipfel ihrer Bluse nicht ordentlich in ihrem Rock steckte. Hastig behob sie den Fehler und schleppte sich dann weiter zu ihrem üblichen Tisch. Außer ihr befanden sich keine Gäste im Pub, was ihr nur recht war. Niemand musste sie in diesem Zustand zu sehen bekommen.

An ihrem Stammplatz angekommen, verbarg sie das Gesicht erneut hinter den Händen. Sie würde sich bestimmt besser fühlen, sobald Faye ihr Schwarztee brachte und ein paar Sätze mit ihr plauderte.

Erst als sie hörte, wie jemand aus der Küche kam, hob sie schwerfällig den Kopf. Jedoch war es nicht Faye, sondern eine Frau mittleren Alters. Sie hatte die Haare ihres Bobs mit einer Spange nach hinten geklemmt und eine Schürze um die Taille gebunden. Verwundert runzelte Marleen die Stirn. Dann begriff sie, dass es sich wohl um Fayes Mutter handeln musste. Marleen war ihr bisher nicht begegnet, da sie sich anscheinend bevorzugt in der Küche aufhielt und den Kontakt mit Gästen ihren Kindern überließ. Immerhin wusste sie, dass ihr Name Aislyn lautete.

Aislyn schien Marleen nicht bemerkt zu haben, denn sie summte leise vor sich hin. Die Melodie kam Marleen bekannt vor, aber sie erinnerte sich nicht an den zugehörigen Text.

Fayes Mutter sah das Regal mit den Flaschen durch, als suche sie etwas Bestimmtes. Sie hatte Marleen den Rücken zugekehrt und ließ die Gefäße leise aneinander klirren.

Sollte Marleen auf sich aufmerksam machen? Nicht, dass sich Aislyn am Ende zu Tode erschrak, wenn sie sich umdrehte und Marleen entdeckte. Sie hatte nach dem Aufstehen nicht die Kraft gefunden, auch nur die Haarbürste zu benutzen, und sah dementsprechend furchtbar aus.

Schließlich räusperte sich Marleen hörbar. »Guten Morgen.«

Aislyn fuhr überrascht herum. Dabei riss sie eine Flasche vom Regal, die sie gerade noch auffing. Hastig schob sie die Flasche zurück an ihren Platz, woraufhin erneut Glas aneinander klirrte.

»Tut mir leid. Ich wollte Sie nicht erschrecken.« Marleen kam hinter ihrem Tisch hervor und machte einige Schritte auf den Tresen zu. »Wir sind uns bisher nicht über den Weg gelaufen.«

Anstelle einer Antwort sah Aislyn Marleen mit großen Augen an. Sie war blass im Gesicht. Fayes Mutter öffnete den Mund und schloss ihn gleich darauf wieder.

Zugegeben, die Frau mutete etwas seltsam an. Womöglich war das der Grund, weshalb sie sich hauptsächlich in der Küche aufhielt. Dennoch wollte sich Marleen nicht unhöflich zeigen. Sie lächelte weiterhin freundlich und streckte die Hand aus. Allerdings schien Aislyn die Geste nicht einmal zu bemerken. Stattdessen presste sie die Lippen aufeinander und verschränkte die Arme im Rücken. Marleen zog die Hand zurück. Womöglich brach eine unverbindliche Konversation das Eis. »Ihr Frühstücksomelett ist wirklich hervorragend. Könnten Sie mir das Rezept dafür geben? Vielleicht bekommt unsere Köchin es dann ebenso gut hin.« Der letzte Satz war gelogen. Ihr Vater hatte Mrs. Lewis vom *The French* abgeworben, weil niemand so köstliche Steaks zubereitete wie sie. Das war nicht nur seine Meinung gewesen, sondern auch die der Manchester Restaurantkritiker.

Aber auf die Schnelle war ihr nichts Besseres eingefallen, um ein unverfängliches Gespräch zu beginnen. Offenbar stand Aislyn weiterhin unter Schock. Hätte

Marleen doch zumindest etwas Rouge aufgetragen, damit sie nicht wirkte wie ein Vampir, der den Sonnenaufgang übersehen hatte.

Fayes Mutter senkte langsam das Kinn, was Marleen als Nicken interpretierte.

Bevor sie die einseitige Unterhaltung fortführen konnte, kam Faye aus der Küche. »Mamaí, hast du den Rum gefunden?« Einen Augenblick blieb sie im Türrahmen stehen. »Ach herrje ...« Damit legte sie Marleen die Hände auf die Schultern und schob sie ein Stückchen von Aislyn weg. »Das ist Marleen, unser Gast«, sagte sie zu ihrer Mutter, »es ist alles in Ordnung. Der Teig für den Teekuchen ist so weit fertig. Fehlt nur noch der Rum.«

Als wäre dies ein geheimes Stichwort gewesen, griff Aislyn nach der entsprechenden Flasche und eilte zurück in die Küche.

Marleen sah ihr mit gerunzelter Stirn hinterher. »Habe ich etwas falsch gemacht?«

»Das hat nichts mit dir zu tun«, antwortete Faye beschwichtigend. Sie zog die Mundwinkel nach unten. »Mamaí ist Fremden gegenüber sehr zurückhaltend. Deswegen ist sie die meiste Zeit in der Küche.« Faye seufzte und lehnte sich gegen den Tresen. »Eigentlich schade. Sie hat den Pub von ihren Eltern geerbt. Deshalb wäre es ja auch schön, wenn sie sich mit den Gästen unterhalten würde, aber ...« In einer ratlosen Geste hob sie die Schultern. »Du hast es ja gesehen.« Einen Augenblick lang schwieg sie. Schließlich neigte sie den Kopf. »Was ist mit deinem Gesicht passiert?«

»Nichts.« Marleen legte eine Hand in den Nacken und seufzte. »Das ist ja das Problem.«

»Ich hol uns gleich mal Frühstück und dann erzählst du mir alles.« Faye rieb begeistert die Handflächen aneinander.

»Wie kommst du darauf, dass etwas gewesen sein soll?«

Daraufhin warf ihr Faye einen empörten Blick zu. »Dafür muss man nun wirklich kein Genie sein.«

»Jedenfalls sind sie verschwunden, ohne irgendetwas mitzunehmen.« Marleen lehnte sich in der gepolsterten Rückenlehne zurück und strich verstohlen über ihre Augenwinkel. Zwar fühlte sie sich erleichtert, Faye endlich von ihren leiblichen Eltern erzählt zu haben, dennoch blieb das verkrampfte Gefühl in ihrer Brust weiterhin bestehen. »Vermutlich sind sie tot.« Sie hatte es laut ausgesprochen. Damit wurde dieser Gedanke von einer bloßen Theorie zur handfesten Wahrheit. Marleen rührte lustlos in ihrem Porridge herum.

»Das ist doch völliger Schwachsinn.« Energisch spießte Faye einen Teil ihres Rühreis mit Bohnen auf.

Marleen sah hoch. Es war nach wie vor seltsam, wenn ihr jemand widersprach. Aber zum ersten Mal fühlte es sich gut an.

»Woher willst du wissen, dass sie nichts mitgenommen haben?«, setzte Faye mit vollem Mund fort. »Hast du nachgesehen, ob vielleicht etwas im Kleiderschrank fehlt?«

»Nein«, antwortete Marleen kleinlaut. Sie war bereits damit überfordert gewesen, die Küche und das Wohnzimmer zu durchsuchen. In die Intimität der Schlafzimmer und Schränke vorzudringen, hätte sie nicht verkraftet. Dadurch wäre sie ihren leiblichen Eltern viel zu nahe gekommen und das hätte vermutlich mehr weh getan, als fluchtartig das Haus zu verlassen und ihrer Vergangenheit somit den Rücken zu kehren.

Faye wedelte mit der Gabel vor ihrem Gesicht herum und riss Marleen damit aus ihren Gedanken. »Also ist es möglich, dass du etwas übersehen hast. Oder etwa nicht?«

Das war natürlich ein guter Punkt, der sich schwer bestreiten ließ.

Bevor Marleen weiter darüber nachdenken konnte, wurde sie von einer Bewegung in ihren Augenwinkeln abgelenkt.

Harold Gray kam soeben bei der Tür herein, nahm seinen Hut ab und klopfte ihn nach draußen hin einmal kräftig aus. Mehrere winzige Regentropfen flogen daraufhin von der Kopfbedeckung davon. »Einen wundervollen guten Morgen«, wandte er sich anschließend an Marleen und Faye.

Außerstande etwas zu sagen, klappte Marleen lediglich der Mund auf. Sie starrte Harold mit großen Augen an und fühlte sich einen Augenblick lang wie Aislyn, die vergeblich nach Worten rang.

»Da staunt ihr, was?« Harold kam zu ihnen und hinterließ dabei nasse Spuren auf dem Fußboden. Aus seiner Hosentasche zog er einen Autoschlüssel und legte ihn vor Marleen auf den Tisch. »Hab ich gleich mitgenommen, wenn ich schon mal in der Gegend gewesen bin. Parkt in Conors Stall. Kannst mir danken. Ansonsten hätte der Wagen wahrscheinlich noch länger in der Werkstatt herumgestanden.«

Allmählich kamen Marleens Gedanken wieder in Gang. »Warum sind Sie hier?«

Er sah vielsagend auf den Schlüssel und dann erneut zu Marleen. »Na ja, ich bringe den Wa...«

»Hat Fitzgerald Sie gehen lassen?«, fiel sie ihm ins Wort.

Daraufhin hob Harold die Augenbrauen und setzte sich zu ihnen, ohne eine Aufforderung abzuwarten. Er schnupperte. »Ihr habt nicht zufällig eine Portion von eurem Frühstück übrig?«, fragte er Faye.

»Wenn du zahlen kannst.«

»Heute nicht, aber bald.«

Faye seufzte und schob ihren Stuhl zurück. »Ich schau mal, was sich auftreiben lässt.«

Marleen fuhr mit dem Daumen über den Schlüsselbart. »Sind Sie aus der Polizeiwache geflohen?«, fragte sie, sobald Faye in der Küche verschwunden war. Ihr gefiel der Gedanke nicht, dass ihr Wagen als Fluchtauto benutzt worden ist. Vor allem, da sie sich dadurch in Fitzgeralds Augen vermutlich wieder in die Ermittlungen einmischte.

»So etwas habe ich nicht nötig.« Harold lachte auf. »Ich wurde einwandfrei entlassen. Wasserdichtes Alibi.«

»Bitte was?« Marleen blinzelte ihn ungläubig an.

»Du hast mich also auch für den Mörder gehalten.« Harold beugte sich vor und tippte energisch mit einem Finger auf den Tisch, um jedes einzelne Wort zu betonen. »Dann pass mal auf, Fräulein: Zur Tatzeit war ich mit Callahan Doyle im Pub. Es gibt mehrere Zeugen, die uns gesehen haben.«

In diesem Moment kam Faye aus der Küche zurück. »Meinst du etwa den Chief Superintendent?« Sie stellte vor Harold einen Teller mit Würstchen, Eiern und Bohnen ab und nahm dann wieder Platz. »Die beiden sitzen häufig zusammen«, erklärte sie Marleen.

»So ist es«, ergänzte Harold. Mit zufriedener Miene schnitt er ein Stück von einem Würstchen ab. »Seit ich ihm sein Auto innerhalb eines halben Tages repariert habe, sind wir so.« Er kreuzte Mittel- und Zeigefinger übereinander. »Nachdem Ian, Fayes Vater«, fügte er auf ihr Stirnrunzeln hinzu, »nachdem wir deinen Wagen in der Werkstatt abgegeben haben, sind wir zusammen wieder nach Clifden. Danach habe ich mich mit Callahan in einem anderen Pub getroffen. Ist eine lange Nacht geworden.« Daraufhin schob er sich eine ordentliche Portion Rührei in den Mund.

»Ihr seid doch gegen Mittag zurück gewesen«, sagte Faye.

Harold zuckte mit den Schultern. »Die Nacht hat eben früher als sonst begonnen.« Mit einem Mal verschwand das Lächeln aus seinem Gesicht. Er sah ernst auf den Rand seines Tellers. »Ich weiß, dass ich auf meine jüngste Vergangenheit nicht unbedingt stolz sein kann, aber jeder durchlebt schwierige Zeiten, oder etwa nicht? Dafür darfst du einen Mann nicht verurteilen.«

Marleen räusperte sich zum Zeichen, dass er nicht vom Thema ablenken sollte.

Harold machte eine beschwichtigende Geste. »Jedenfalls ist Callahan in den Verhörraum geplatzt und hat Fitzgerald zur Schnecke gemacht«, erklärte er durch den Mundwinkel, während er eifrig auf einem Würstchen herumkaute.

Faye lehnte sich mit verschränkten Armen zurück und starrte mit zusammengekniffenen Augen auf ihren leeren Teller. »Der Fall ist auch knifflig. Abgesehen von dem anonymen Anruf hat niemand etwas gesehen oder gehört. Es gibt keine Angehörigen und keine Hinweise auf den Täter.«

»Das ist doch völlig klar«, Harold Worte waren zwischen den Kaugeräuschen kaum zu verstehen, »der Kobold war's.« Damit hatte sich das Thema für ihn wohl erledigt, denn er erzählte Faye daraufhin, dass er mit dem Leiter der Autowerkstatt gesprochen hat und dieser ihm eine Stelle als Mechaniker angeboten hatte. »Das ist immerhin ein guter Anfang, um ... na ja, wieder auf die richtige Spur zu kommen.« Harolds Augen leuchteten vor Begeisterung.

Marleen lächelte schwach, hörte ihm aber nur mit halbem Ohr zu. Stattdessen tippte sie sich mit dem Löffel an die Lippen. Ihr ging etwas durch den Kopf, das Faye gesagt hatte. Allerdings wollte sie nicht erneut falsche Schlüsse ziehen wie bei Harold. Sie hatte die Chance, den Fall doch noch vor Fitzgerald zu lösen. Und dieses Mal würde sie keinen Fehler machen. »Woher kennen sich Seamus und Fitzgerald?«, fragte sie schließlich.

Harold hob die Schultern, als wäre es absolut offensichtlich. »Kommen beide aus Galway, sind etwa im selben Alter. Also womöglich aus der Schulzeit oder gemeinsame Bekannte.«

Faye warf ihr einen fragenden Blick zu, worauf Marleen nicht weiter einging. Sie setzte ein Lächeln auf und kratzte die Reste ihres Porridges aus der Schüssel.

Marleen gefiel nicht, in welche Richtung ihre Ermittlungen sie führten, trotzdem musste sie dieser Spur
nachgehen, obwohl sie absolut abwegig schien.

Kapitel 17

Nach dem Frühstück lieh sich Marleen von Faye einen Regenschirm aus und machte sich auf den Weg zum Pfarrhaus. Sie achtete peinlich genau darauf, nicht in eine der Pfützen zu treten, die sich alle paar Schritte auf dem Gehsteig sammelten. Dadurch ließ sich ein gewisser Zickzack-Gang nicht vermeiden, wodurch sie länger für die Strecke brauchte als üblich. Allerdings war ihr das auch ganz recht. Vielleicht würde sich so das flaue Gefühl in ihrem Magen legen, bis sie an ihrem Ziel angekommen war.

Sie verdächtigte einen Pfarrer des Mordes. Allein für diesen Gedanken würde sie wohl in der Hölle landen, wenn sie katholisch gewesen wäre.

Als sie bei Seamus' Haus ankam, hatte sich ihre Übelkeit kein bisschen gelegt. Sie blieb an der Tür stehen und hob zweimal die Hand, um anzuklopfen, ließ sie jedoch gleich wieder sinken. Seamus hatte bereits so viel für sie getan. Andererseits hatte er eben auch einen guten Draht zu Fitzgerald. Womöglich war der Inspektor gerade deswegen so erpicht darauf, einen Schuldigen zu finden, um seinen alten Freund zu decken.

Davon abgesehen war er am selben Abend an den Tatort zurückgekehrt wie Marleen. Angeblich um das Haus zu segnen. Das hätte aber ebenso gut eine Ausrede sein können. Möglicherweise hatte er in Wahrheit seine Spuren verwischen wollen. Sie war lediglich zu überrascht gewesen, um seine Aussage zu hinterfragen.

Während sie noch darüber nachdachte, öffnete sich die Tür von innen.

Erin zuckte zusammen, als sie Marleen entdeckte. »Himmel, hast du mich erschreckt.« Sie legte sich eine Hand auf die Brust. In der anderen trug sie ihren Einkaufskorb, den sie auch schon bei ihrer ersten Begegnung bei sich gehabt hatte.

»Entschuldige«, sagte Marleen rasch. Wenn sie den Leuten weiterhin einen solchen Schreck einjagte, wäre es nur eine Frage der Zeit, bis jemand ihretwegen einen Herzinfarkt erlitt. Sie machte einen Schritt zur Seite, um Erin vorbeizulassen. »Ist Seamus da?«

Die Haushälterin sah über die Schulter zurück in den Flur, als würde sie überprüfen, ob Seamus hinter ihnen stand. »Er ist am Vormittag weg. Seamus übernimmt heute eine Religionsstunde in der Grundschule. Er kann so wunderbar mit Kindern umgehen.« Sie blickte auf ihre Armbanduhr. »Er sollte in etwa einer halben Stunde wieder da sein. Zumindest hoffe ich das, bis dahin bleibt der Auflauf im Ofen warm.«

»Könnte ich vielleicht so lange auf ihn warten? Drinnen?«, plapperte Marleen los, bevor ihr bewusst war, was sie mit dieser Frage bezwecken wollte. Sie deutete in den Himmel. »Der Regen wird stärker und ich möchte mir keine Erkältung einfangen.«

Zu ihrer Verwunderung kniff Erin die Lippen missbilligend zusammen. »Nichts für ungut, aber ... Du kannst in der Zwischenzeit in die Kirche gehen. ›Gottes Haus steht für alle offen, die Unterschlupf suchen.‹« Einen

Moment lang schien die Haushälterin in einer Erinnerung festzuhängen. »Das hat Pfarrer Barnes immer zu sagen gepflegt.« Sie bekreuzigte sich sorgsam. »Der Herr hab ihn selig.«

Marleen neigte den Kopf. »Ich dachte, Hugo Murphy war Seamus' Vorgänger?«

»Das stimmt ja auch«, erwiderte Erin mit einer abwinkenden Bewegung. »Arthur Barnes war vor Murphy unser Pfarrer. Bei ihm habe ich mit meiner Arbeit begonnen.«

Es dauerte einen Augenblick, bis Marleen die richtige Amtsreihenfolge beisammenhatte. Arthur Barnes, Hugo Murphy und danach Seamus. Nun erinnerte sie sich auch, dass Erin erwähnt hatte, Seamus sei der dritte Pfarrer, in dessen Diensten sie stand. Ihr fielen die grauen Strähnen auf, die das Haar der Haushälterin zierten. Erin hatte als junges Mädchen mit ihrer Arbeit begonnen und ist seither dabei geblieben. Dennoch kam ihr dieser häufige Wechsel zwischen den geistlichen Seelsorgern ungewöhnlich vor. »Wie lange war Pfarrer Barnes in der Gemeinde tätig?«

Sofort legte sich ein Schatten über Erins Miene. »Bedauerlicherweise nur zehn Jahre. Er starb 1922, dabei war er erst fünfunddreißig.«

»Das tut mir leid. Ich wollte nicht ...«

»Mach dir nichts daraus. Das ist eine alte Geschichte.« Erin hob die Hand, als wollte sie Marleens Wange tätscheln, schien es sich im letzten Augenblick aber anders zu überlegen. Stattdessen sah sie erneut auf ihre Uhr. »So, jetzt muss ich wirklich los. Ansonsten komme ich zu spät zu unserem Samstagsstammtisch. Dieses Mal wird mich Deirdre nicht beim Bridge schlagen.«

Damit schloss Erin die Haustür ab. »Wie gesagt: Warte einfach in der Kirche. Seamus ist bestimmt bald da.«

Marleen begleitete Erin die Straße hinunter und verabschiedete sich vor dem Gotteshaus bei ihr. Sie winkte der Haushälterin zum Abschied, bis diese hinter der nächsten Straßenbiegung nicht mehr zu sehen war.

Dann eilte Marleen zurück. Obwohl sie wusste, dass die Tür verschlossen war, rüttelte sie einmal daran. Verstohlen sah sie sich um, konnte jedoch niemanden entdecken. Das Pfarrhaus stand ein wenig abseits am Ende einer Sackgasse, was sie mit etwas Glück vor neugierigen Blicken schützte.

Flink huschte sie um das Haus herum. Der Rasen unter ihren Schuhen gab dabei schmatzende Geräusche von sich. Vermutlich ruinierte sie sich soeben ihre Stiefeletten. Aber was tat man nicht alles für die Wahrheit?

Vor dem Wohnzimmerfenster blieb sie einen Atemzug lang stehen und sah sich nach einem Stein um. Wenn es so etwas wie eine Hölle wirklich gab, war ihr dort bereits ein Platz reserviert worden. Da kam es auf ein bisschen Vandalismus auch nicht mehr an. Sie dachte daran, wie sie erst vor Kurzem in Fionas Haus eingebrochen war ... und was Seamus über Hintertüren gesagt hatte.

Tatsächlich befand sich nur wenige Schritte weiter eine unscheinbare Tür an der Rückseite des Gebäudes. Allerdings erschien es Marleen fast zu simpel, über diesen Weg hineinzukommen. Trotzdem zog sie einmal kräftig daran, woraufhin die Tür überraschend leicht aufschwang. Marleen stolperte und landete im nassen Gras, das sicherlich furchtbare Flecken auf ihrer Kehrseite hinterließ. Darum würde sie sich später kümmern. Sie stand auf und wischte sich den gröbsten Schmutz von ihrem Rock.

Die Tür führte ähnlich wie ihr Pendant an der Vorderseite in einen Flur, der sie zur Treppe brachte. Ihr Atem ging stoßweise, als sie die Stufen hinauflief. Bis zu Seamus' Rückkehr blieb ihr vermutlich nicht viel Zeit.

Von ihrem allerersten Besuch wusste sie bereits, wo das Arbeitszimmer lag. Es grenzte direkt an das provisorische Pfarrarchiv. Die beiden Räume waren durch eine Tür miteinander verbunden. Wenn Seamus etwas zu verbergen hatte, würde er es dort verstecken.

Sobald sie vor dem Schreibtisch stand und die ordentlichen Papierstapel darauf betrachtete, machte sich ihre Vernunft bemerkbar. Beging sie nicht erneut einen Fehler? Womöglich den schlimmsten von allen, bei dem sie Seamus' Vertrauen verlor?

Hitze stieg in ihr auf und ihr Herz schlug so schnell, dass es ihr den Atem raubte. Trotzdem konnte sie nicht zurück. Wahrscheinlich war das ihre einzige Chance, um die Wahrheit herauszufinden. Dieser Gedanke beruhigte sie ein wenig.

Marleen ging um den Schreibtisch herum. Es war ein schlichtes Möbelstück aus dunklem Holz, dessen Oberfläche abgenutzt wirkte. Zuerst blätterte sie die Papiere durch. Darunter befanden sich Notizen zu einer Predigt, eine Ausgabe der *Galway Newspaper* und einige Briefe, die an Seamus adressiert waren. Nichts davon sah auch nur annähernd verdächtig aus. Andererseits hatte sie nicht erwartet, dass Seamus Beweise für ein Verbrechen offen herumliegen ließ.

Daraufhin zog sie die Schubladen von unten nach oben auf und fühlte sich dabei erst recht wie eine Einbrecherin. Außer einer Schere, leerem Schreibpapier und einer Schatulle mit mehreren Stiften entdeckte sie nichts Besonderes. Mit jeder Sekunde wuchs ihr schlechtes Gewissen gegenüber Seamus.

Sie zerrte an der obersten Lade, die sich jedoch nicht bewegen ließ. Daraufhin ging sie in die Hocke und rüttelte daran, um sicherzugehen, dass die Schublade nicht klemmte. Allerdings blieb sie verschlossen. Nun bemerkte sie auch, dass sich unterhalb des Griffs ein Schlüsselloch befand.

Marleen rieb die Lippen aneinander und sah sich im Arbeitszimmer um. Wo könnte der Schlüssel versteckt sein? Ihr Blick schweifte über die Bücherregale, entdeckte jedoch keine Schachtel oder etwas Ähnliches, worin man dergleichen aufbewahren konnte. Sie kramte in der Schatulle mit den Schreibutensilien, ohne auf etwas Verdächtiges zu stoßen.

Ihr Puls beschleunigte sich mit jedem Augenblick, den sie länger tatenlos herumstand. Wie viel Zeit war inzwischen vergangen? Sie legte den Kopf schief und lauschte in die Stille des Hauses, darauf gefasst, Schritte zu hören, die die Treppe heraufkamen. Aber es blieb ruhig.

Sie sah erneut zu den Regalen. Es wäre möglich, dass der Schlüssel in einem Buch steckte. Wenn dem tatsächlich so war, hatte sie keine Chance, ihn schnell zu finden.

Völlig abgesehen von der Unordnung, die sie unweigerlich anrichten würde. Seamus sollte nicht bemerken, dass sie herumgeschnüffelt hatte. Nicht auszudenken, wenn er davon erfuhr und dann wider Erwarten unschuldig war.

»Okay, wo würde ein Pfarrer etwas verstecken?«, fragte sie sich leise. Immerhin beruhigte es sie, ihre eigene Stimme zu hören. »Denk nach.«

Kaum hatte sie die Worte ausgesprochen, blieb ihr Blick an der Bibel hängen, die auf dem Schreibtisch lag. Marleens Schultern sackten hinunter. Er würde doch nicht ... Sie griff nach dem Buch und schüttelte es aus. Wieder so eine Sache, von der sie nicht wusste, ob sie dafür den Zorn des Allmächtigen auf sich zog.

Der Schlüssel fiel mit einem hellen Klimpern auf die Tischplatte.

Marleens Finger zitterten, als sie den Schlüssel in das Schloss steckte und herumdrehte. Die Schublade sprang mit Leichtigkeit auf. Darin befand sich lediglich ein Briefumschlag, der sauber geöffnet worden war. Marleen nahm den Umschlag heraus. Er wirkte abgegriffen und zerknittert, als hätte man ihn bereits unzählige Male gelesen. Kein Absender, aber Seamus war als Empfänger mit einer Dubliner Adresse angegeben. Dem Poststempel nach zu urteilen, war der Brief 1943 abgeschickt worden. Also vor neun Jahren. Sie erinnerte sich daran, dass Seamus eine Weile in der irischen Hauptstadt studiert hatte.

Bevor sie weiter darüber nachdenken konnte, zog Marleen auch schon das einzelne Stück Papier aus dem Umschlag und faltete es vorsichtig auf. Es war ebenfalls verknittert und an den Knickstellen konnte man die Handschrift kaum mehr entziffern.

Bei Einladungskarten überprüfte man zuerst den Absender, um festzustellen, ob es wert war, sich näher mit dem Inhalt zu beschäftigen. Aus diesem Reflex heraus huschte Marleens Blick auch als Erstes zur Unterschrift des Verfassers.

Patrick.

Marleen zog nachdenklich den Mund zusammen. Sie erinnerte sich nicht daran, dass Seamus jemanden mit diesem Namen erwähnt hätte. Vielleicht gab der Inhalt ja mehr Aufschluss darüber, in welcher Beziehung die beiden zueinanderstanden.

Patrick bedankte sich bei Seamus, dass dieser ihm geholfen hatte, nach London zu kommen. Es war ihm gelungen, sich beim britischen Heer einzuschreiben. Dem Tonfall nach zu schließen betrachtete Patrick den Krieg gegen Deutschland als ein Übel, dem Einhalt geboten werden musste. Er sah es als seine Pflicht an, den Frieden in Europa wieder herzustellen.

Weshalb bewahrte Seamus diesen Brief in einer verschlossenen Schublade auf? Natürlich, die Zeilen waren für ihn wohl von Bedeutung, aber sie enthielten nichts, was hätte versteckt werden müssen.

Dann hörte sie, wie unten eine Tür ins Schloss fiel und jemand die Treppe heraufkam.

»Oh, Mist.« Hastig legte Marleen den Brief zurück in die Schublade und schob sie vorsichtig zu. Allerdings klemmte das Ding nun tatsächlich, weshalb es etwa einen halben Zentimeter weit offen stand. Es blieb ihr keine Zeit mehr, das Problem zu beheben, da sich Seamus inzwischen in unmittelbarer Nähe befand.

Mit klopfendem Herzen wandte sich Marleen der Tür zu, die zum Archiv führte. Ihre Gedanken überschlugen sich. Wenn sie ins Archiv huschte, würde Seamus mitbekommen, wie die Tür einrastete.

»Erin? Bist du noch da?«, war Seamus zu hören. »Du verpasst deinen Stammtisch.«

Sie sah, wie die Klinke von der anderen Seite herunter gedrückt wurde. Aus einem bloßen Instinkt heraus warf sie sich unter den Schreibtisch und kauerte sich dort zusammen.

Keine Sekunde zu früh, denn Seamus betrat beinahe im selben Augenblick den Raum. »Erin?«

Marleen hielt sich beide Hände vor Nase und Mund, um ihre Atemgeräusche zu unterdrücken. Dennoch war sie davon überzeugt, dass Seamus ihren pochenden Puls hören musste.

Seine schwarzen Schuhe und der Saum seiner Robe bewegten sich knapp neben ihrem Gesicht. Vor dem Schreibtisch befand sich eine Platte, die wenige Zentimeter über dem Boden endete. Mit etwas Glück würde er sie nicht entdecken, sofern er den Raum gleich wieder verließ.

Seamus atmete seufzend aus. Dann hörte sie, wie ein Buchdeckel zugeklappt wurde.

Ihr Herz setzte für eine Sekunde aus. Sie hatte vergessen, die Bibel an ihren ursprünglichen Platz zurückzulegen.

Die Robe raschelte, als Seamus sich hinkniete und ihr durch den Spalt direkt ins Gesicht sah. »Sag bitte nicht, dass du wieder ein Fenster eingeschlagen hast.«

»Natürlich nicht.« Marleen rappelte sich auf und schlug dabei mit dem Kopf gegen die Tischkante. »Ich bin durch die Hintertür rein. Wie jeder vernünftige Mensch es tun würde.« Sie rieb sich die schmerzende Stelle und versuchte, möglichst unschuldig auszusehen. Dennoch spürte sie, wie ihr die Hitze in die Wangen schoss.

Seamus verschränkte die Arme und hob eine Augenbraue. »Und was genau suchst du unter meinem Schreibtisch?«

»Das ist eine interessante Geschichte ...« Marleen knetete ihre Finger, was nur wenig dabei half, die richtigen Worte zu finden. Versehentlich schielte sie zu der Schublade, die sie verraten konnte.

Seamus folgte ihrem Blick und riss gleich darauf die Augen auf. Er griff nach der Bibel und blätterte die Seiten rasch durch. »Wo ist der Schlüssel?«

Wie ein artiges Schulmädchen verschränkte sie die Hände hinter dem Rücken. »Ich weiß nicht, wovon ...«

»Marleen, halte mich nicht zum Narren.« In Seamus' Tonfall schwang eine Nuance mit, die ein panisches Summen in ihren Ohren auslöste.

Bevor sie etwas erwidern konnte, spähte er bei der Tür hinaus, als erwarte er, dass jemand dahinter lauschte. Aus ihrer bisherigen Erfahrung mit Erin wusste Marleen, dass dieser Gedanke durchaus seine Berechtigung hatte. Davon abgesehen hätte sie es zum ersten Mal bevorzugt, wenn die Haushälterin mithörte, was sich hinter der verschlossenen Tür abspielte.

Ihre Knie begannen zu zittern. Hatte Seamus womöglich erraten, dass sie ihm auf die Spur gekommen war? Ihr brach der kalte Schweiß aus. Würde er sie töten, damit sie sein Geheimnis nicht ausplauderte? Was hatte sie sich auch dabei gedacht, ins Haus eines Mörders zu schleichen? Selbstverständlich würde er sie umbringen. Sie hatte genug Kriminalromane gelesen, um zu wissen, wie so etwas ablief: Die neugierige Ermittlerin geriet in Lebensgefahr. Aber normalerweise stürmte an dieser Stelle die Polizei oder jemand anderes herein, um sie in letzter Sekunde zu retten. In ihrem Fall wusste allerdings niemand, dass sie hier war.

Unwillkürlich näherte sie sich der Tür zum Archiv. Zur Not konnte sie sich darin einschließen. Vorerst musste sie jedoch einen klaren Verstand bewahren. Sie fasste sich ans Schlüsselbein, um ihren Atem zu beruhigen. Zum ersten Mal wurde ihr mit einem beklemmenden Gefühl bewusst, dass Seamus um einen Kopf größer war als sie. Sollte es zu einem Kampf kommen, hätte sie keinerlei Chance gegen ihn.

»Alles in Ordnung mit dir? Du bist auf einmal so blass.« Seamus kam um den Tisch herum und schob ihr den Schreibtischstuhl hin. »Setz dich.«

Marleen schüttelte so energisch den Kopf, dass ihr schwindlig wurde. Wenn sie sich hinsetzte, gab es keine Möglichkeit, schnell zu fliehen. Am Ende würde er sie von hinten erdrosseln. Der Leichenbestatter würde später einiges an Aufwand betreiben müssen, um die Würgemale zu verdecken. Zumindest hoffte sie, dass der Bestatter seine Arbeit ordentlich erledigte.

Anstatt der Aufforderung nachzukommen, streckte sie ihm den Schlüssel hin. Sie biss die Zähne zusammen und konzentrierte sich darauf, bloß nicht zu zittern. Damit würde sie ihm ansonsten verraten, dass sie hinter sein Geheimnis gekommen war. Er hatte Fiona umgebracht. Ihr fehlten zwar die Beweise, aber es ergab alles Sinn.

Er nahm ihr den Schlüssel ab. »Du hast den Brief gelesen, oder?«, fragte er mit gedämpfter Stimme. Sein Blick flog zu der Schublade, die nach wie vor einen Spalt offen stand.

»Was?« Marleens Gedanken rasten so sehr, dass sie im ersten Moment nicht verstand, worauf er hinauswollte. Sie presste die Lippen zusammen, um nicht vorschnell etwas zu sagen, das sie bereuen konnte. Dann begriff sie allmählich und ihr Herzschlag beruhigte sich. Wenn es ihm lediglich um den Brief ging, befand sie sich auf sicherem Terrain. Zumindest bestand in ihren Augen keine Verbindung zwischen diesem Patrick und Fiona.

Seamus rieb sich mit einer Hand über den Unterkiefer. »Ich würde ...« Er rang sichtlich um Worte. »Sag es bitte niemandem, okay?«

Immerhin schien er nicht vorzuhaben, sie in den nächsten Minuten zu erwürgen. Vor Erleichterung wurden Marleens Knie weich und sie ließ sich nun doch auf dem Stuhl nieder. »Ich verstehe es ohnehin nicht.« In einer ahnungslosen Geste hob sie die Schultern. »Wer ist Patrick?« Solange Seamus davon überzeugt war, dass sie ihm nicht auf die Schliche gekommen war, bestand keine Gefahr für sie. Aber vielleicht rutschte ihm etwas heraus, mit dem sie ihn überführen könnte, sofern sie dieses Gespräch überlebte.

Seamus sah auf seine Schuhspitzen. Marleen folgte seinem Blick. Spuren von Regen und getrockneter Erde zeigten sich auf dem schwarzen Leder. »Patrick war mein älterer Bruder. Er wäre jetzt ...« Seamus schaute zur Decke und bewegte tonlos die Lippen. »Zweiunddreißig geworden.«

»Aber er ist im Krieg gefallen?«, folgerte Marleen. Sie hatte genug Geschichten über persönliche Verluste gehört, die so ähnlich angefangen hatten.

Seamus nickte, den Blick fest auf die Bibel gerichtet.

»Irland war doch neutral?«

»Deswegen hat er sich freiwillig bei der britischen Armee gemeldet. Gegen den Willen unserer Eltern.« Er atmete zitternd aus. »Dann bin ich nach Dublin, um Journalismus zu studieren. Patrick hat mich begleitet. Er meinte, dass er in der Stadt bessere Chancen auf eine Arbeit hätte. Die Zeitung unseres Vaters hat ihn nie interessiert.«

Bei diesen Worten fiel Marleen die *Galway Newspaper* ein, die sie vorhin gesehen hatte. Sie schielte auf das Titelblatt. In der oberen Ecke entdeckte sie den Namen des Inhabers: William Abernethy. Das war zweifellos Seamus' Vater. Sie erinnerte sich daran, dass er ihr von dem Familienbetrieb erzählt hatte.

»Jedenfalls ist Patrick weiter nach England, kurz nachdem wir in Dublin angekommen sind. Er hat mich gebeten, unseren Eltern vorerst nichts zu erzählen«, setzte Seamus fort. Er fuhr sich über das Gesicht, als versuche er, einen schlechten Traum loszuwerden. »Also habe ich sie angelogen und gesagt, Patrick wäre weiterhin bei mir.«

»Und dann ist er gefallen«, sagte Marleen tonlos.

»Ja, wenig später. In Frankreich.« Seamus senkte den Blick. »Er hat es nie nach Hause geschafft.«

Langsam erhob sich Marleen von ihrem Platz. Sie hatte das dringende Bedürfnis, Seamus zu umarmen und zu trösten. Ein Gefühl, dass sie selten bei jemandem verspürte. Trotzdem beschränkte sie sich darauf, ihm lediglich eine Hand auf die Schulter zu legen.

»Wenn ich meinen Eltern die Wahrheit gesagt hätte, hätten sie Patrick vielleicht davon abhalten können, sich freiwillig zu melden.« Er deutete mit dem Kinn auf die Schublade. »Das ist der letzte Brief, den ich von ihm bekommen habe.« Dann sah er Marleen ernst an. »Seitdem habe ich kein einziges Mal mehr gelogen. Die Wahrheit sollte dazu dienen, Leben zu retten, anstatt sie zu verlieren.«

So etwas Ähnliches hatte er schon einmal gesagt. Allmählich verstand Marleen, weshalb es ihm so wichtig war, Fionas Todesumstände aufzuklären. Erneut drückte sie seine Schulter. »Dein Geheimnis ist bei mir sicher«, flüsterte sie schließlich.

Seamus blinzelte, dann wischte er sich mit dem Ärmel über die Augen. Einen Atemzug später entspannte sich seine Körperhaltung wieder. »Also, was machst du in meinem Arbeitszimmer?« Er setzte einen Gesichtsausdruck auf, den er ansonsten vermutlich ausschließlich im Beichtstuhl verwendete.

Verlegen kratzte sich Marleen im Gesicht. »Weißt du, es gab da ein furchtbares Missverständnis.« Sie kräuselte die Nase und machte eine abwinkende Bewegung. »Aber das hat sich inzwischen alles geklärt.« Nachdem, was Seamus ihr soeben erzählt hatte, hielt sie es für ausgeschlossen, dass er etwas mit dem Mord zu tun hatte. Er gab sich die Schuld für den Tod seines Bruders, da würde er sich nicht die Last eines weiteren Menschenlebens auf die Schultern legen.

Als hätte er ihre Gedanken erraten, hob er eine Augenbraue. »Du hast mich für Fionas Mörder gehalten, richtig?« Seamus lachte auf und schüttelte den Kopf. »Du bist unglaublich.«

Marleen spürte, wie sich ihre Wangen vor Verlegenheit rot färbten. In diesem Fall war das sogar etwas Gutes. So wirkte sie immerhin weniger blass.

Kapitel 18

Die Worte, dass Seamus sie unglaublich fand, hallten in ihrem Gedächtnis nach und verliehen ihr das Gefühl, mit den Absätzen kaum den Boden zu berühren. Marleen schwebte geradezu zurück in Richtung Pub.

Ihr Wagen stand noch immer im Stall, der sich hinter der Gaststätte befand und in dem Conor eine Werkstatt für seine Holzarbeiten eingerichtet hatte. Die Mördersuche hatte sie so sehr in Anspruch genommen, dass sie es nicht einmal geschafft hatte, ihr Gepäck auszuladen. Vermutlich waren ihre Sachen inzwischen völlig zerknittert und stanken nach Motoröl, aber es würde dennoch ihre strapazierten Nerven beruhigen, wenn sie ihre Kleidungsstücke sichtete. Vielleicht würde ihr dabei ja etwas einfallen, das sie bislang übersehen hatte.

Aus der Entfernung erkannte Marleen Faye, die vor dem Pub auf und ab marschierte und ihre Hände knetete.

Marleen beschleunigte ihren Schritt. »Was ist los?«, fragte sie, sobald sie in Hörweite kam.

Als wäre dies ihr Stichwort gewesen, wirbelte Faye zu ihr herum und lief mit wedelnden Armen auf sie zu. »Versteck dich!«

Verwirrt blieb Marleen stehen. Hatte ihre Freundin den Verstand verloren? Sie wollte soeben eine entsprechende Frage formulieren, kam allerdings nicht mehr

dazu, diese laut auszusprechen. Faye packte sie nämlich an den Schultern und schob sie den Weg zurück,
bis sie bei einer Hecke ankamen. Dahinter ging Faye in
die Hocke. »Duck dich!«, zischte sie und unterstrich
ihre Anweisung mit einer energischen Geste. »Fitzgerald ist hier.«

Marleen ließ sich neben Faye nieder, was sie unwillkürlich an ihr letztes Versteck erinnerte. Sie schob den
peinlichen Gedanken daran beiseite. »Na und?« Der Inspektor war hartnäckig, das musste sie ihm lassen.

»Er will dich verhaften.«

Marleen zuckte ungerührt mit den Schultern. »Das
scheint sein Hobby zu sein.«

Faye schüttelte den Kopf. »Dieses Mal ist es anders. Er
hat einen Haftbefehl.«

»Einen richterlichen Beschluss?«

»Hat er mir soeben unter die Nase gehalten«, erklärte
Faye schnell. Sie spähte vorsichtig hinter der Hecke
hervor, um gleich darauf wieder in Deckung zu gehen.
»Er ist hinauf zu deinem Zimmer.«

Diese Information ließ Marleen stutzen. »Wie furchtbar ungehörig.« Dann wurde sie ernst. »Was hat er gegen mich in der Hand? Es ist doch bereits klar, dass ich
nichts mit dem Mo...«

»Behinderung der Justiz.«

Marleen formte mit den Lippen ein stummes »Oh«.
Das war natürlich etwas völlig anderes.

»Hat ihm anscheinend nicht gefallen, dass du dich
ihm bei Harolds Verhaftung in den Weg gestellt hast.«

»Der Mann ist aber auch empfindlich.« Marleen rieb
sich das Kinn. Sie schlug einen bewusst lockeren Tonfall an, um die Sorge in Fayes Gesicht zu vertreiben. In

Wahrheit hatte sich jedoch das leichte Gefühl von vorhin zu einem Klumpen gebildet, der ihr nun schwer im Magen lag. »Er will mich doch nur aus dem Weg haben, bis er den Mörder gefunden hat. Wenn er allerdings so weitermacht, dauert das Jahre.«

»Du kannst jedenfalls nicht zurück in den Pub. Ich bin mir sicher, dass Owen ihn beobachten lässt, sobald er weg ist. Vermutlich wird er auch Leute vor den anderen Gasthäusern abstellen.«

Marleen zog eine Augenbraue hoch. »Übernimmt das wieder Fergus?« Der junge Polizist hatte in letzter Zeit in seiner Observierung nachgelassen. Zumindest hätte sie ihn auf dem Weg zu Seamus nicht bemerkt. Wenn der Pfarrer nun wirklich der Täter gewesen wäre, hätte er sie unbemerkt verschwinden lassen können. So viel zu sorgfältiger Polizeiarbeit.

»Ich muss zurück«, riss Faye sie aus ihren Grübeleien. Sie warf einen erneuten Blick über die Hecke. »Es fällt auf, wenn ich zu lange weg bin. Kannst du in der Zwischenzeit irgendwo hin?«

Aus einem ersten Impuls heraus fiel ihr Seamus ein, sie verwarf den Gedanken aber rasch wieder. Sollte Fitzgerald sie nicht im Pub vorfinden, würde er als Nächstes im Pfarrhaus anklopfen. Außerdem wollte sie Seamus nicht erneut Ärger bereiten. Es genügte vollkommen, ihn einmal täglich in Bedrängnis zu bringen.

Es gab eine Alternative, die sie jedoch ungern in Anspruch nehmen wollte. Marleen seufzte. Ihr blieb lediglich diese eine Möglichkeit.

Bei Tageslicht wirkte das Haus weniger gruselig, dafür war der Schmutz umso besser sichtbar. Marleen raffte ihren Rock, damit der Saum nicht über den staubigen Boden streifte.

Die Ziege hatte sie bislang nicht entdeckt, was sie als ein gutes Zeichen deutete. Der Púca schien sie zu dulden.

Marleen schüttelte den Kopf. Allmählich übernahm sie die abergläubische Denkweise der Clifdener. Sie musste zurück in die Stadt, wo rational denkende Menschen lebten und das einzige Mysterium darin lag, die Modetrends der nächsten Saison zu erraten.

Wie bei ihrem ersten Besuch ging sie den Flur entlang, an der Küche vorbei und weiter ins Wohnzimmer. Dort erkannte sie, dass sich bei einem der Fenster ein Sprung wie ein Spinnnetz über das Glas zog. Der Anblick erinnerte sie an den Tisch neben Fionas Leiche, der ein ähnliches Muster aufgewiesen hatte. Bei dieser Erinnerung legte sich ein bitterer Geschmack auf ihre Zunge.

Um sich davon abzulenken, sah sie sich erneut im Wohnzimmer um. Staub bedeckte die Möbel wie ein durchscheinender Überwurf und kitzelte ihr mit jedem Atemzug in der Nase. Sie versuchte, sich vorzustellen, wie ihre leiblichen Eltern hier gelebt haben mochten. Ihr drängte sich das Bild eines Mannes auf, der im Ledersessel saß und eines der Bücher aus dem Regal las. Tatsächlich handelte es sich bei ihrer Vorstellung um eine Kindheitserinnerung, die ihren Adoptivvater in der Bibliothek zeigte.

Enttäuscht wandte sie den Blick ab. Hatte womöglich ihre leibliche Mutter die Vorhänge und Gardinen drapiert, als sie in dieses Haus eingezogen waren? Die

Stoffe waren inzwischen von der Sonne ausgebleicht und grau von Staub und Spinnweben.

Marleen seufzte. Es hatte keinen Sinn, vermeintliche Erinnerungen heraufzubeschwören. Die Gegenwart erforderte bereits ihre gesamte Aufmerksamkeit. Unter anderem musste sie sich hier vorerst häuslich einrichten. Allerdings fehlte ihr jede Idee, wie sie das bewerkstelligen sollte.

Probeweise zog sie an der Schnur einer Stehlampe. Es ertönte ein klickendes Geräusch, aber die Glühlampe hinter dem Schirm leuchtete nicht auf. Wie sollte sie hier ohne Strom und vermutlich ohne fließendes Wasser leben?

Zumindest Streichhölzer wären nicht schlecht, damit sie abends nicht völlig im Dunkeln saß. Womöglich wurde sie in dem Vitrinenschrank fündig? Marleen musterte den Inhalt hinter der Glasscheibe genauer als bei ihrem ersten Besuch. Mehrere Porzellanfigürchen, die weitestgehend vom Staub verschont geblieben waren, reihten sich aneinander. Zwischen den Figuren befand sich ein eingerahmtes Foto, darauf erkannte sie zwei Personen.

Mit angehaltenem Atem drehte Marleen an einem filigranen Schlüssel, um die Vitrine zu öffnen. Das Schloss klickte leise und die Vitrinentür sprang ein Stückchen auf, so als müsste sie nach Luft schnappen.

Ihre Finger zitterten vor Aufregung, als sie den Fotorahmen herausnahm. Die feine Staubschicht, die sich über das Bild gelegt hatte, wischte sie mit dem Ärmel weg.

Das Foto war vermutlich in den Zwanzigerjahren gemacht worden. Zumindest ließen das A-linienförmige

Kleid und die lange Perlenkette der abgebildeten Frau darauf schließen. Auf dem Sepiafoto wirkten ihre Lippen dunkel geschminkt, ansonsten hatte sie kaum Make-up aufgelegt. Viel interessanter war jedoch, dass sie hochschwanger war. In einer liebevollen Geste lag eine Hand auf ihrem gewölbten Bauch.

Der Mann neben ihr hatte einen Arm um ihre Taille geschlungen. Er trug einen schlichten Anzug, keinen maßgeschneiderten Smoking, wie ihn Walter Glück bevorzugte. Sein Sakko hatte er lässig über eine Schulter geworfen, sodass man seine Hosenträger sah.

Hinter den beiden erkannte sie das Meer, das gegen die Klippen schlug. Womöglich war Marleen bei ihrer Fahrt nach Clifden genau an dieser Stelle vorbeigekommen. Sie hielt das Bild näher an ihre Augen heran und stieß endlich die Luft aus, die sie angehalten hatte. Die Gesichtszüge der Frau erinnerten Marleen an ihre eigenen, wohingegen sie die Nase des Mannes zu haben schien. Ihre Gedanken stockten für einen Augenblick, außerstande, die richtigen Worte für diese Erkenntnis zu finden: Das hier waren ihre leiblichen Eltern.

Sie drehte den Rahmen um, fand jedoch keinen Hinweis darauf, wann und wo das Foto entstanden ist. Marleen beugte sich tiefer über das Bild, als könnte sie auf diese Weise hineinpurzeln und die beiden Menschen kennenlernen.

Ein Klopfen ließ sie hochschrecken. Dann hörte sie, wie Absätze über die Tür schlichen, die seit ihrem ersten Besuch aus den Angeln gefallen war.

Mist. War ihr Fitzgerald bereits auf die Spur gekommen?

»Marleen?«, flüsterte jemand.

Es dauerte eine Sekunde, bis Marleen die Stimme erkannte. Faye. Dennoch klopfte ihr Herz weiterhin so schnell wie die galoppierenden Hufe des Pferdes, von dessen Rücken sie gestürzt war. Die feine Narbe an ihrer Schulter pochte im Rhythmus ihres Pulses.

»Da bist du.« Faye lugte ins Wohnzimmer. »Du kannst reinkommen!«, rief ihre Freundin zurück in den Flur. Dann kam sie auf Marleen zu und blickte auf den Bilderrahmen, den sie nach wie vor festhielt. Faye runzelte die Stirn. »Wer ist das? Deine Eltern?«

Marleen musste mehrmals schlucken. Ihr Mund war viel zu trocken, um zu sprechen. »Ich denke schon, ja.«

Faye zog die Augenbrauen zusammen. Die Frage, die ihr auf der Zunge lag, stand ihr deutlich ins Gesicht geschrieben.

»Ich wurde eigentlich hier geboren. In Clifden«, erklärte Marleen. Dabei kam ihr ein völlig neuer Gedanke. Sie sah sich in dem Raum um, als würde sie ihn zum ersten Mal betreten. »Vielleicht sogar in diesem Haus.«

Im selben Augenblick ächzte jemand im Flur. Conor erschien mit einem ihrer riesigen Reisekoffer in der Tür. »Hi«, sagte er etwas außer Atem.

Beim Anblick des Gepäckstücks wurde Marleen flau im Magen, denn er bedeutete endgültig, dass sie gescheitert war und Clifden schleunigst verlassen sollte. Langsam ließ sie das Foto sinken, hielt es aber weiterhin zwischen ihren kalten Fingern fest.

Sie würde auf keinen Fall hierbleiben. Es gab nichts mehr für sie zu entdecken. Sofern ein geheimer Schlüssel zu ihrer wahren Herkunft existierte, war er unauffindbar. Ebenso wie Fionas Mörder. Sollte Fitzgerald doch zusehen, wie er die Angelegenheit löste. Jedenfalls würde sie seinetwegen bestimmt nicht in einem Haus voller Staub und Motten übernachten.

Ihre Entscheidung stand fest. Marleen hob das Kinn. »Du kannst die Sachen im Wagen lassen«, sagte sie zu Conor. »Ich fahre nach Galway.« Und von dort über Dublin zurück nach Manchester. Es wurde Zeit, dass sie die Geister der Vergangenheit ruhen ließ.

»Du hast es ihr noch nicht gesagt, oder?«, fragte Conor seine Schwester.

Marleen sah zwischen den beiden hin und her. »Was gesagt?« Ein unangenehmes Kribbeln breitete sich von ihrem Magen in ihre Brust aus und schnürte ihr die Luft ab.

Das Gefühl verstärkte sich, als Faye eine entschuldigende Grimasse schnitt und die Schultern hob. »Fitzgerald hat deinen Wagen beschlagnahmt. Und das restliche Gepäck.« Sie deutete mit dem Kopf zu Conor. »Das ist alles von deinen Sachen, was wir retten konnten, bevor er das Auto im Stall gefunden hat.«

»Wir haben uns hintenrum aus dem Haus geschlichen, während Papa Fergus und seinem Kollegen einen Happen zu essen rausgebracht hat.« Conor atmete hörbar aus. »Puh, das Teil ist echt schwer.« Er stellte den Koffer neben seinen Füßen ab. »Es gehört sich zwar nicht zu fragen, aber was hast du da drin?«, fragte er in einem Plauderton, der sehr dem von Faye ähnelte.

»Alles, was ein Mädchen so braucht«, antwortete Marleen. Einen Augenblick lang starrte sie den Koffer an und überlegte, welche Kleidungsstücke sich darin befanden. Dann erst wurde ihr bewusst, was Faye gesagt hatte. »Er hat meine Sachen beschlagnahmt?«

»Und das Auto.«

Marleen machte eine wegwerfende Handbewegung. »Der Wagen gehört meinem Vater.« Streng genommen gehörte es zum Firmenbestand von Ford. »Mein Vater hat genug Kontakte, um sich den Wagen zurückzuholen und Fitzgerald auf dem Mond Strafzettel verteilen zu lassen.« Aber ihr Chanel-Kleid, die Handtasche von Prada und ihre Wildlederhandschuhe waren nun ebenfalls in Fitzgeralds Besitz. Und das war etwas völlig anderes.

Während Marleen in Gedanken eine Bestandsaufnahme ihrer Dinge machte, die sich in Polizeigewahrsam befanden, griff Faye in ihre Rocktasche. Sie zog die Halskette heraus, die Marleen auf ihrer Kommode zurückgelassen hatte. »Das konnte ich noch retten.« Faye sah verlegen zur Seite. »Du hast es doch immer getragen. Ich dachte, es ist dir vielleicht wichtig.«

Tatsächlich löste sich beim Anblick des Herz-Anhängers etwas Schweres von Marleens Schultern, so als würde sie einen dieser schrecklichen Wanderrucksäcke abstreifen. Sie nahm Faye die Kette dankend ab und hängte sie sich wieder um. Wie von selbst strich sie mit dem Daumen über die feine Gravur. Und auf einmal hatte sie das Gefühl, nicht völlig allein zu sein.

»Könnt ihr mich nicht nach Galway bringen?«, fragte sie die Geschwister. Von dort aus würde sie es schon nach Dublin schaffen. Notfalls musste sie öffentliche Verkehrsmittel benutzen. So eine Zugfahrt hatte sicherlich etwas Nostalgisches, solange währenddessen kein Mord aufzuklären war.

Faye schüttelte den Kopf. »Owen lässt die Ausfahrten überwachen. Jeder Wagen, der Clifden verlässt, wird kontrolliert.«

»So viele Männer hat er doch niemals unter seinem Kommando.« Allmählich ging ihr Fitzgerald mit seiner Hartnäckigkeit auf die Nerven.

»Er ist Inspektor. Und er hat einen Mordfall, bei dem er nicht weiterkommt. Natürlich setzt er alle Hebel in Bewegung, um endlich Fortschritte zu machen.« So wie Faye das sagte, klang es absolut logisch. Marleen verzog den Mund. »Vorher wird er mich nicht in Frieden lassen«, überlegte sie laut. Erneut betrachtete sie das Foto ihrer Eltern. Die Gesichter schienen ihr aufmunternd zuzulächeln, so als wollten sie ihr aus der Ferne Mut zusprechen.

Plötzlich legte Faye ihr einen Arm um die Schultern und drückte sie an sich, als wären sie Kumpels einer Rugby-Mannschaft. »Was hältst du davon, wenn wir hier ein wenig Ordnung schaffen? Dann fühlst du dich bestimmt wohler.«

Mehrere Gedanken schossen Marleen durch den Kopf. Sie rieb die Lippen aneinander. Offensichtlich blieb ihr nichts anderes übrig, als noch eine Weile in Clifden zu verweilen. Zumindest, solange Fitzgerald hinter ihr her war. Bis dahin konnte sie ebenso gut in dem vermeintlichen Spukhaus wohnen. »Das ist eine wunderbare Idee.« Sie grinste schief. »Aber was mache ich in der Zwischenzeit?«

»Sehr witzig.« Faye wuschelte ihr durchs Haar, wodurch es furchtbar durcheinandergeriet.

Marleen wusste genau, was sie zu tun hatte: Sie würde den Fall vor Fitzgerald lösen. Um ihren Stolz willen. Sie schielte auf das Foto. Und vielleicht auch ein bisschen für ihre Eltern, die sie nie kennengelernt hatte. Die beiden sollten nicht glauben, dass ihre Tochter jemand war, der so einfach klein beigab.

Kapitel 19

Es war bereits Abend, als sich Marleen und die Geschwister auf das Sofa fallen ließen. Obwohl sie die letzten Stunden damit verbracht hatten, die Wohnung zu säubern, flog Staub von den Polstern auf, sodass Marleens Hals kratzte.

Immerhin waren Küche und Wohnzimmer vom schlimmsten Staub befreit. Wie so vieles andere hatten Marleens leibliche Eltern auch Besen, Mopp und Eimer und weitere Putzutensilien zurückgelassen. In der Küche funktionierte sogar der Wasseranschluss, was Marleen sehr erleichterte. So würde sie zumindest nicht verdursten und – weitaus wichtiger – sie konnte sich waschen.

Conor hatte den Eingang notdürftig repariert, aber betont, dass sie die Tür vorsichtig öffnen und schließen durfte, da die provisorische Vorrichtung ansonsten erneut aus den Angeln fallen würde. Wenn in Clifden weiterhin ein Mörder herumlief, wäre Marleen ein leichtes Opfer, da die Tür im Wesentlichen bloß dazu diente, die kalte Nachtluft draußen zu halten.

Das Schlafzimmer war ebenfalls so weit bewohnbar, dass Marleen dort schlafen konnte. Allerdings wagte sie es nach wie vor nicht, das obere Stockwerk zu betreten, obwohl Faye meinte, dass es nichts Schlimmes zu entdecken gab. Trotzdem spielte sie mit dem Gedanken, die Nacht auf dem Sofa zu verbringen, auch wenn ihr die Vorstellung nicht behagte. Sie spürte bereits, wie ihr Nacken von der ungewohnten körperlichen Arbeit verspannte. Kein Wunder, dass ihre Adoptiveltern eine Schar an Personal mit der Hausarbeit beauftragte.

»Wir bringen dir nachher noch frisches Bettzeug«, riss Faye sie aus ihren Gedanken.

»Danke«, antwortete Marleen pflichtschuldig, obgleich sie sich nicht vorstellen konnte, auch nur einen Fuß auf die Treppe zu setzen. Sie wollte soeben etwas sagen, aber in diesem Moment klopfte es an der Tür, gerade einmal laut genug, damit sie das Geräusch hören konnten.

Marleen fuhr erschrocken hoch. »Wer ist das?« Sie hatte keine Lust darauf, sich nach den mühevollen Stunden von Fitzgerald verhaften zu lassen.

»Vielleicht ist es der Púca.« Conors Augen weiteten sich vor Begeisterung. »Ich will seit Ewigkeiten mal auf einem reiten.«

»Du weißt schon, dass er dich abwerfen wird und du dir womöglich den Hals brichst?«, gab Faye trocken zurück.

Dieses Mal klopfte der Besucher lauter.

Conor sagte etwas auf Irisch, das wie ein Fluch klang. »Wenn er nicht aufpasst, knallt die Tür gleich wieder um.«

Marleen hielt den Atem an. Sollte sie sich hinter dem Sofa verstecken? Sie verwarf die Idee jedoch sofort. Die Vorstellung, wie der Inspektor sie zusammengekauert auf dem Boden vorfand, gefiel ihr nicht im Mindesten.

Wenn sie Fitzgerald gegenübertreten musste, dann mit hoch erhobenem Kopf.

»Ich seh nach.« Conor sprang auf.

Faye folgte ihm. »Nein, mach nicht die Tür ...« Einen unerträglichen Herzschlag lang herrschte absolute Stille im Haus. Daraufhin war Faye wieder zu hören: »Mamaí, was tust du hier?«

Leises Gemurmel drang durch den Flur zu Marleen. Sie entspannte sich und ging zu den anderen. Solange nicht die Polizei auftauchte, war ihr so ziemlich jeder Besucher recht.

Sobald Marleen den Hausflur betrat, verstummte das Flüstern.

Aislyn Brennan sah zur Seite und knetete nervös ihre Hände.

In gewisser Weise war dies ja ihr Haus und Aislyn ihr Gast. Es gehörte also zum guten Ton, die Frau hereinzubitten. Marleen deutete mit einer einladenden Geste ins Wohnzimmer. »Kommen Sie doch rein.«

Einen Augenblick lang erstarrte Aislyn, dann nickte sie zögerlich und folgte Marleen, begleitet von ihren beiden Kindern.

»Ich würde Ihnen ja gerne Tee anbieten«, begann Marleen in dem Versuch, eine Unterhaltung in Gang zu bringen, »aber ich bin noch nicht vollständig eingerichtet.« Mit einer vagen Handbewegung schloss sie das gesamte Haus ein.

Die Geschwister setzten sich wie Leibwächter links und rechts von Aislyn auf das Sofa, während Marleen im Ohrensessel gegenüber Platz nahm. Bei dem Gedanken, dass womöglich ihr leiblicher Vater genau hier

Zeitung gelesen oder eine Zigarre geraucht hat, bekam sie eine Gänsehaut.

»Mamaí muss dir etwas sagen. Es hat mit Fiona zu tun«, sagte Faye.

Ihre Worte brachten Marleen wieder zurück in die Gegenwart. Sie beugte sich vor, soweit es eben möglich war, ohne dabei undamenhaft zu wirken. »Worum geht es?«, wandte sie sich mit einem Lächeln an Aislyn.

Allerdings erzielte sie nicht den gewünschten Effekt. Aislyn hatte den Blick auf ihre zitternden Hände gerichtet.

Faye berührte die Schulter ihrer Mutter. »Du kannst es auch mir oder Conor sagen.«

Daraufhin schüttelte Aislyn energisch den Kopf. Das war die erste entschlossene Bewegung, die Marleen bei ihr beobachtete.

»Es ist ihr unangenehm, weil sie sich bei deinem Anblick heute Morgen so erschreckt hat.«

Die unerwartete Begegnung im Pub hatte Marleen völlig vergessen. Seither hatte sich einiges ereignet, sodass es Marleen vorkam, als lägen bereits Tage dazwischen und nicht erst wenige Stunden. Sie machte eine wegwerfende Geste in der Hoffnung, so Aislyns Vertrauen zu gewinnen. »Das passiert mir ständig.«

Zumindest Conor grunzte bei diesen Worten amüsiert auf. Er grinste seine Mutter an, womit er ihr offensichtlich Mut zusprach, denn sie öffnete den Mund. »Fiona hat einen Bruder. In Galway. Neil.« Aislyn flüsterte, als befürchtete sie, ihre Stimme könnte zerbrechen, wenn sie zu laut sprach. »Vielleicht weiß er, wer Fiona umgebracht hat.« Sie schnappte nach Luft wie jemand, der abrupt losgelaufen und wieder zum Stillstand gekommen war. Ihre Wangen schimmerten in einem zarten Rosa.

Faye und Conor klopften ihr anerkennend auf den Rücken.

Erstaunt über diese Information lehnte sich Marleen zurück. Sie nahm den beißenden Geruch von Zigarrenrauch wahr. Das Bild ihres leiblichen Vaters, der hier gesessen und geraucht hatte, verfestigte sich vor ihrem inneren Auge. Ein warmes Gefühl breitete sich um ihr Herz herum aus, aber es war der falsche Zeitpunkt für Tagträumereien. Deshalb konzentrierte sie sich auf Fayes Worte, die für einen Augenblick in den Hintergrund getreten waren.

»Fiona hat ihr gegenüber mal einen Bruder erwähnt, als sie schon etwas angeheitert gewesen ist«, erklärte Faye.

Conor grinste nach wie vor. »Die Leute erzählen ihr gern Geheimnisse, weil sie wissen, dass sie bei ihr sicher sind, nicht wahr?«

Zur Antwort nickte Aislyn kaum merklich.

Nun galt es nicht überstürzt zu handeln. Dieser Fehler war ihr in letzter Zeit viel zu häufig passiert. Marleen hob eine Augenbraue, wie sie es sich immer bei Sherlock Holmes vorgestellt hatte. »Es weiß sonst niemand etwas davon? Auch nicht Fitzgerald?«

Aislyn schüttelte den Kopf.

»Mamaí spricht nicht gern mit der Polizei«, ergänzte Faye.

»Unser Onkel Brendan ist in der Jugend einige Male mit dem Gesetz aneinandergeraten. Unabhängigkeitskampf und so weiter«, sagte Conor mit gesenkter Stimme. »Und sie stand dadurch immer mit unter Generalverdacht, am Widerstand beteiligt zu sein.«

Bei dieser Erklärung rieb Aislyn unruhig die Hände zwischen den Knien.

Faye warf ihrem Bruder daraufhin einen vorwurfsvollen Blick zu. »Trotzdem möchte Mamaí, dass der Fall gelöst wird. Sie und Fiona haben sich gut verstanden.«

Marleen rieb sich die Unterlippe. Sie erinnerte sich an die moderne Einrichtung des Hauses. Wer auch immer Fionas Hinterlassenschaft erbte, hätte vermutlich keine Geldsorgen mehr. Und da die Polizei bislang keine Verwandtschaft ausfindig gemacht hatte, war es höchstwahrscheinlich, dass der Bruder das gesamte Vermögen erhielt. Damit ergab sich ein hervorragendes Motiv für einen Mord.

Evaine Delaney hatte doch erwähnt, dass Fiona jeden Sonntagvormittag Besuch von einem Mann bekommen hatte. Konnte das Neil gewesen sein, der seine Schwester regelmäßig um Geld gebeten hatte?

Ein sanftes Kribbeln breitete sich in Marleen aus. Dieses Mal musste sie sich einfach auf der richtigen Spur befinden.

»Du bringst dich wieder in Schwierigkeiten, oder?«, fragte Faye skeptisch.

Unwillkürlich dachte Marleen an Seamus, der wohl etwas Ähnliches gesagt hätte. Sie lehnte sich in dem Sessel zurück. »Natürlich nicht.« Sie achtete kaum darauf, was Faye daraufhin erwiderte, sondern überlegte stattdessen, wie sie den Täter stellen konnte.

Morgen war wieder Sonntag. Wenn Neil also klug war, würde er am Vormittag auftauchen und den überraschten Bruder spielen, der aus fadenscheinigen Gründen bisher nichts vom Tod seiner Schwester erfahren hatte.

Und genau das wäre ihre Chance, den Fall vor Fitzgerald zu lösen.

Kapitel 20

Wie ein himmlisches Zeichen brach die Sonne zwischen den Wolken hervor und strahlte auf den Eingang der Kirche, wo Seamus stand und die Menschen verabschiedete, die an der Messe teilgenommen hatten. Soeben nahm er die dritte Einladung zum Essen dankend an. Wenn das so weiterging, müsste Erin bald nicht mehr für ihn kochen, da er vom gesamten Ort versorgt wurde. Das würde ihr nicht gefallen. Dennoch freute er sich darüber, da dies zeigte, wie sehr die Bewohner des kleinen Ortes seine Arbeit als Pfarrer schätzten.

Er hob die Hand, um nicht von der Sonne geblendet zu werden, während Padraig ihm eine Anekdote aus seiner Zeit als Seemann unter der britischen Krone erzählte. Seamus hörte die Geschichte nicht zum ersten Mal, weshalb seine Gedanken für einen Moment abschweiften. Marleen war nicht zur Sonntagsmesse erschienen, was er zugegebenermaßen bedauerte. Andererseits verwunderte es ihn auch nicht. Schließlich war sie nicht katholisch. Dennoch hätte er sich gewünscht, dass sie womöglich um seinetwillen gekommen wäre. In derselben Sekunde wurde ihm bewusst, dass dies kein Gedanke war, mit dem er sich beschäftigen sollte.

Gerade noch rechtzeitig konzentrierte er sich wieder auf Padraig, um sich von ihm zu einem Guinness einladen zu lassen und ihn dann zu verabschieden.

Evaine Delaney gehörte zu den Letzten, die die Kirche verließen. Sie zündete jeden Sonntag eine Kerze für ihren verstorbenen Mann an. »Eine wirklich schöne

Messe.« Sie griff nach seinen Händen und drückte sie fest. »Vor allem der Teil mit der Wahrheit hat mir sehr gut gefallen.«

»Vielen Dank.« Seamus neigte den Kopf.

Die ältere Dame setzte zu einer Erwiderung an, sah dann jedoch zur Seite, als hätte sie etwas abgelenkt. Ein Mann kam auf die Kirche zu und blieb einige Schritte von ihnen entfernt stehen. Weit genug, um außer Hörweite zu sein, aber ausreichend nah, um auf sich aufmerksam zu machen. Er verschränkte die Arme hinter dem Rücken und sah nach oben.

»Der kommt mir bekannt vor.« Evaine kniff die Lippen zusammen. »Ich hab ihn schon mal gesehen, aber ich erinnere mich nicht, wo … Kennst du ihn?«, wandte sie sich an Seamus.

Daraufhin sah er erneut zu dem Fremden hinüber. Allerdings blendete ihn das Licht zu sehr, um Details zu erkennen, während Evaine mit dem Rücken zur Sonne stand.

»Leistest du mir die Tage wieder Gesellschaft?« Sie schien sich nicht länger für den Mann zu interessieren. »Ich backe auch einen Apfelkuchen.« Sie lächelte Seamus an, wie sie es vermutlich vor fünfzig Jahren getan hatte, um jemanden zu verführen.

Seamus beugte sich zu ihr hinunter. »Es wäre mir eine Freude.« Er verstand, weshalb der Heilige Franziskus das Konzept der Armut so leicht hatte vertreten können. Wenn dieser auch nur annähernd so oft wie er Angebote zum Essen erhalten hatte, war dieses Vorhaben problemlos umzusetzen.

Damit verabschiedete sich Evaine von ihm. Als sie an dem unbekannten Mann vorbeikam, schaute sie ihn unverhohlen an. Dieser achtete nicht weiter auf die ältere Dame, sondern eilte mit großen Schritten zu Seamus.

Er streckte ihm bereits aus der Ferne die Hand entgegen. Seine Augen waren rot unterlaufen. Seine Haut war aschfahl, sodass die feinen Fältchen um seine Mundwinkel tiefer wirkten, als es zu seinem geschätzten Alter passte. »Guten Tag, ich bin Stanley Morris. Entschuldigen Sie, dass ich erst heute auftauche, aber ...« Seine Stimme geriet mit jedem Wort mehr ins Zittern, bis sie ihm schließlich völlig versagte.

Bei der Erwähnung des Namens hielt Seamus die Luft an. Morris. Er musste ein Verwandter von Fiona sein. Zumindest ein Mensch schien sie demnach zu vermissen. Er deutete in Richtung Pfarrhaus. »Bei einer Tasse Tee lassen sich die Dinge besser besprechen.«

Auf dem kurzen Weg musterte Seamus Stanley heimlich von der Seite. Der Mann kam ihm ebenfalls bekannt vor. Allerdings konnte er sich nicht erinnern, ihm zuvor schon einmal begegnet zu sein.

Er wusste aus eigener Erfahrung, dass Schweigen den Schock über den Verlust eines Menschen lediglich verstärkte, da sich die Hinterbliebenen in ihren Gedanken verfingen und keinen Ausweg aus der Trauer fanden. Seine Aufgabe als Seelsorger bestand darin, diesen Schmerz zu lindern. Deshalb verwickelte er Stanley in ein belangloses Gespräch über das Wetter und den zunehmenden Verkehr, da Autos allmählich leistbar wurden. Dabei dachte er erneut an Marleen. Ihr Wagen war inzwischen repariert. Wie lange würde sie wohl noch in Clifden bleiben?

In der Küche sackte Stanley schwer auf einem der Stühle zusammen, als wäre endgültig sämtliche Kraft aus ihm gewichen. Seamus schenkte ihnen Schwarztee ein, den er vor der Messe in einer Isolierkanne warmgehalten hatte.

Danach setzte er sich ebenso und faltete die Hände. Dieses Mal schwieg er bewusst. Es brachte nichts, die Menschen zu drängen. Vor allem dann nicht, wenn sie schlichtweg jemanden brauchten, der ihnen zuhörte.

Sein Besucher nippte an der Tasse, um sie gleich darauf wieder abzustellen. »Ich wollte heute zu ihr. Wie jeden Sonntag.« Stanley sah unentwegt auf seinen Tee.

Bei seinen Worten runzelte Seamus die Stirn. War das der Mann, den Evaine beobachtet hatte? Nach Marleens Theorie sollte Fiona ihn erpresst haben.

»Dann habe ich das Polizei-Siegel an ihrer Tür gesehen«, fuhr Stanley monoton fort. Er schüttelte ungläubig den Kopf. »Ich wollte über den Hintereingang ins Haus, aber da war das zerschlagene Fenster ... Ich habe nach ihr gerufen. Sie hat nicht geantwortet.« Er schluchzte auf.

Seamus legte ihm eine Hand auf den Arm, sagte jedoch nichts.

»Bei der Polizei habe ich schließlich erfahren, dass sie ...« Der Rest des Satzes ging in einem erneuten Schluchzen unter. Es dauerte mehrere Atemzüge, bis er sich wieder gefasst hatte. »Mir wurde gesagt, ich solle mich in Galway bei dem zuständigen Ermittler melden. Trotzdem wollte ich zuerst die Beerdigung in die Wege leiten. Immerhin ist schon zu viel Zeit seit ihrem ...«, er atmete zitternd aus, »... Tod vergangen.«

Nun sprach Seamus sein Beileid aus und versicherte, ihn bei den Vorbereitungen zu unterstützen. »In welcher Beziehung stehen Sie zu Fiona?«, fragte er schließlich.

Stanleys Mundwinkel zuckte. Allmählich kehrte etwas Farbe in sein Gesicht zurück. »Ich bin ihr Sohn.«

Nach ihrem Gespräch klopfte Seamus gedankenversunken auf den Küchentisch. Er hätte schwören können, Stanley schon einmal gesehen zu haben. Fionas Sohn war auf dem Weg zu ihrem Haus, um ein paar Erinnerungsstücke zu holen. Es war verständlich, dass er seiner Mutter ein letztes Mal so nahe wie möglich sein wollte, bevor er endgültig von ihr Abschied nahm.

Während Seamus darüber nachgrübelte, wo er Stanley begegnet sein könnte, kam Erin herein, begleitet von einem Schwall warmer Sommerluft. »Entschuldige die Verspätung«, begann sie völlig außer Atem. Ihre Handtasche baumelte in ihrer Armbeuge. »Ich habe mich nach der Messe mit Mary festgequatscht – also die, die den stellvertretenden Leiter der Connemara Pony Breeders Society heiraten wird – nicht die Mutter Gottes.« Erin lachte über ihren eigenen Scherz, dann fiel ihr Blick auf die zweite Teetasse am Tisch. »Hatten wir Besuch?« Eilig holte sie sich eine frische Tasse aus dem Schrank und setzte sich Seamus gegenüber, wo vor wenigen Minuten noch Stanley gesessen hatte. »Habe ich etwas verpasst?« Sie goss sich den letzten Rest aus der Isolierkanne ein und kräuselte die Lippen, als sich damit lediglich die Hälfte der Tasse füllen ließ. »Ich hoffe, du hast endlich Vernunft angenommen und jagst nicht weiter einem Mörder hinterher. Das gehört nicht zu den Aufgaben eines Pfarrers. Ich kannte deine beiden Vorgänger und die wären niemals auch nur auf die Idee gekommen, sich in die Polizeiarbeit einzumischen.«

Eine Erinnerung blitzte durch seine Gedanken. Erst jetzt sah er Erin direkt an. »Was hast du gesagt?«

Seine Haushälterin legte den Kopf schief. »Arthur und Hugo waren ... Böse Zunge würden behaupten, sie waren nicht so weltoffen, wie du es bist.«

»Das ist es!« Seamus sprang auf und lief aus der Küche, wobei er beinahe über den Teppich vor der Treppe stolperte. Er hastete die Stufen hinauf, kam schlitternd vor seinem Schreibtisch zum Stehen und riss die Verbindungstür ins Archiv auf. Mit konzentrierter Miene ging er das Regal auf der linken Seite ab. »Irgendwo hier muss es sein«, murmelte Seamus zu sich selbst. Er fühlte das bekannte Kribbeln, wenn er einem Geheimnis auf der Spur war, das einer Story das i-Tüpfelchen aufsetzte. Dann entdeckte er den abgegriffenen Einband, nach dem er gesucht hatte, und stieß einen triumphierenden Laut aus. Er zog das Fotoalbum heraus und blätterte es rasch durch. Es enthielt hauptsächlich Landschaftsbilder von Connemara und Fotos von Clifden. Aber es zeigte ebenso die ersten Porträts von Pfarrern, die hier tätig gewesen waren. Im Grunde war das Album die jüngste Ergänzung einer schriftlichen Chronologie, in der lediglich die Namen und Dienstzeiten der geistlichen Amtsträger festgehalten worden sind.

Hugo Murphy hatte die Meinung vertreten, dass ein wenig Modernisierung nicht schadete. Es hatte ihn fasziniert, Vergangenes mithilfe der Fotografie zu dokumentieren. Eine Flut an Erinnerungen zu gemeinsamen Ausflügen in die Umgebung schwappte über Seamus hinweg und versetzte ihm einen schmerzhaften Stich in der Brust. Dann konzentrierte er sich wieder auf die Fotos.

Sein Mentor hatte auch Porträts seiner Vorgänger eingeklebt, sofern er welche gefunden hatte und deren Namen und Dienstzeiten darunter notiert. In dem Album befand sich ebenfalls ein Foto von Seamus, das Hugo gegenüber von seinem eigenen Porträt platziert hatte. Einen Augenblick lang betrachtete er die beiden Fotografien. Er konnte bloß daran arbeiten, ein annähernd so guter Mensch zu werden wie Hugo, ohne ihm vermutlich jemals das Wasser reichen zu können.

Er blätterte eine Seite zurück und fand endlich die Sepia-Fotografie, die Arthur Barnes zeigte. Der Vorgänger von Hugo Murphy stand vor der Kirche und sah mit ernstem Gesichtsausdruck in die Kamera.

Seamus griff nach dem Vergrößerungsglas, um das Foto genauer zu betrachten.

»Jetzt wirkst du erst recht wie Sherlock Holmes.« Erin hatte sich unbemerkt ins Archiv geschlichen und verschränkte nun die Arme vor der Brust.

Seamus ließ sich davon nicht weiter irritieren. Inzwischen hatte er sich daran gewöhnt, dass seine Haushälterin wie ein Geist jederzeit und überall auftauchte. »Arthur Barnes«, las er die Daten unterhalb des Porträts laut vor, »1912-1922.« Er stutzte und sah Erin an. »Er war nur zehn Jahre lang hier?«

Anstelle einer Antwort setzte sich Erin auf den einzigen Stuhl im Raum und atmete schwer aus. »Arthur verstarb sehr plötzlich mit fünfunddreißig«, sagte sie schließlich und deutete mit dem Kinn auf das Album. »Das Foto wurde wenige Monate zuvor gemacht.«

»Kennt man den Grund?«

Erin zuckte mit den Schultern. »Fotografie war damals etwas völlig Neues, da wollte eben jeder ...«

»Ich meine zur Todesursache«, unterbrach Seamus sie ungeduldig.

Seine Haushälterin kniff die Lippen zusammen. Dann schüttelte sie den Kopf. »Wir sollten die Toten ruhen lassen.«

Erneut betrachtete Seamus die Fotografie. »Er könnte beinahe sein Spiegelbild sein.« Stanley war etwa im selben Alter wie damals Arthur Barnes, als das Foto gemacht worden war.

»Von wem sprichst du?«, fragte Erin.

»Stanley Morris, Fionas Sohn.«

Überrascht schnappte Erin nach Luft und fasste sich ans Schlüsselbein. »Du meinst?«

»Barnes ist Stanleys ...«

»Weißt du eigentlich, was du sagst?« Erin stemmte sich hoch und sah ihn fassungslos an. »Du beschuldigst Arthur, sein Gelübde gebrochen zu haben.«

Seamus nahm das Foto aus seiner Halterung und klappte das Album zu. Beinahe wäre ihm herausgerutscht, dass er nicht der erste Mann Gottes wäre, dem das passiert sei. Aber er wollte Erin nicht vor den Kopf stoßen. Sie hielt weiterhin große Stücke auf den verstorbenen Pfarrer, das war ihr anzusehen, sobald sie seinen Namen aussprach. »Hast du davon gewusst? Von der ... Beziehung zwischen den beiden?« Er musste nachfragen, denn womöglich brachte ihn das ja Fionas Mörder etwas näher, obwohl er es bezweifelte. Erin hätte ihm längst eine Liste von Verdächtigen vorgelegt, sobald ihr auch nur eine Kleinigkeit zu Ohren gekommen wäre.

Seine Haushälterin verschränkte die Arme vor der Taille. Sie wiegte den Kopf hin und her. »Es gab Gerüchte, aber ich habe das damals schon für Tratsch gehalten und daran hat sich auch nichts geändert.« Einen Augenblick lang schwieg sie mit zusammengepressten Lippen. »Jedoch war Fiona auffällig oft in der Kirche. Sie ist nach Clifden gekommen, kurz nachdem ich die Anstellung bei Arthur begonnen hatte.« Erin gab ein verächtliches Schnauben von sich. »Ist um ihn herumgeschwänzelt, ohne Respekt vor seinem Amt. Sie hat einige Male angedeutet, dass sie meine Stelle übernehmen würde, falls ich heirate. Dabei hätte ich Arthur niemals ...« Sie atmete tief durch und fuhr erst dann mit gefasster Stimme fort. »Ich hätte ihn nie im Stich gelassen. Schließlich gehörte es zu meiner Aufgabe, mich um ihn zu kümmern.« Erin lächelte Seamus an und tätschelte ihm in einer zärtlichen Geste die Wange, was sie noch nie zuvor getan hatte. »So, wie ich eben jetzt für dich da bin.«

Die unerwartete Berührung erschien ihm seltsam. Womöglich hing es schlichtweg mit der Sentimentalität einer älteren Dame zusammen, die in letzter Zeit zu häufig mit der Vergangenheit konfrontiert worden war. Deshalb erwiderte er einfach ihr Lächeln. Er würde ihre keine weiteren Fragen mehr zu Fiona und Barnes stellen. Die Beziehung der beiden wühlte sie zu sehr auf.

Kapitel 21

Die Schafherde, die unweit von Marleen träge vor sich hin kaute, erinnerte sie an langweilige Cocktail-Partys, die sie im besten Fall mied oder zumindest schnellstmöglich wieder verließ. Sie gähnte und lehnte sich gegen den Baum, der sich einige Meter hinter Fionas Haus auf der gegenüberliegenden Weide befand. Niemand hatte erwähnt, dass eine Observation so ermüdend sein konnte.

Die vergangene Nacht hatte sie tatsächlich auf der Couch verbracht. Gefühlt hatte sie lediglich für wenige Minuten am Stück geschlafen, um dann gleich wieder aufzuwachen. Das Haus knackte und gelegentlich hörte sie das Kratzen von kleinen Füßen, die in der Etage über ihr herumliefen. Die Ziege war ebenfalls da und meckerte oder scharrte lautstark in der Erde. Davon abgesehen hielt sie die Vorstellung ihrer leiblichen Eltern wach und der Gedanke, dass sie einen Mörder mit seiner Tat konfrontieren würde. Immerhin Letzteres bereitete ihr ein freudiges Kribbeln im Bauch und entschädigte sie für die schlaflosen Stunden.

Ein Ahornblatt segelte herunter und landete auf ihrem Scheitel. »Also wirklich«, murmelte Marleen und zupfte es von ihrem Kopf. Zwei einzelne Haare lösten sich aus ihrem locker gebundenen Pferdeschwanz und fielen ihr ins Gesicht. Ärgerlich wischte sie Marleen zurück.

Allmählich schmerzten ihre Beine vom Stehen. Marleen ging in die Hocke, den Blick weiterhin auf Fionas Haus gerichtet. Sie vermied es allerdings, sich ins Gras zu setzen, da die dadurch entstehenden Flecken so furchtbar schwierig zu entfernen waren. Olivia würde vermutlich einen Ohnmachtsanfall erleiden, wenn sie mit der Reinigung beauftragt wurde. Dabei brauchte sie das Dienstmädchen unbedingt, um ihre Haare in Ordnung zu bringen.

Während sie überlegte, wie lange es dauern würde, bis Oliva nach Irland kommen konnte, trottete eines der Schafe auf sie zu. Marleen bemerkte es erst, als es ihr lautstark ins Ohr blökte.

Vor Schreck verlor Marleen beinahe das Gleichgewicht. »Husch, geh weg!«, zischte sie und unterstrich die Worte mit einer entsprechenden Handbewegung. Die Geste verfehlte ihre Wirkung, denn das Schaf kam näher und schnupperte an ihrem Rock. »Verschwinde.« Marleen deutete zu der Herde. »Da drüben stehen deine Freunde. Husch!«

»Hallo Marleen«, sagte jemand hinter hier.

Sie schrie auf und landete endgültig im Gras. »Fergus, du kannst dich nicht so anschleichen.« Marleen fasste sich an den Hals, wo sie das Pochen ihres Pulses deutlich spürte.

Das Schaf gab einen protestierenden Laut von sich und trampelte davon.

»Du sollst dich doch von Fionas Haus fernhalten.« Er hielt ihr die Hand hin und half ihr auf die Beine.

Marleen blinzelte und hoffe, auf diese Weise Verwunderung vorzutäuschen. Dennoch sah sie verstohlen zu dem Haus hinüber. Von ihrer Position hatte sie eine gute Sicht auf den Hintereingang. Immerhin würde Neil nicht so dumm sein und das polizeiliche Siegel an der Vordertür aufreißen. Der Bruder konnte jeden Augenblick auftauchen. Sie musste sich schnell etwas einfallen lassen, um Fergus loszuwerden. »Ach, das ist Fionas Haus? Das habe ich nicht bemerkt. Ich war so fasziniert von …«, hilfesuchend sah sie sich um, »… den Schafen. In der Stadt bekommt man selten welche zu sehen. Abgesehen vom Lammbraten, den unsere Köchin gern sonntags zubereitet.« Sie beugte sich vor und klatschte auffordernd in die Hände. »Hierher, Schäfchen. Kommt her.« Tatsächlich stakste ein Jungtier einige Schritte in ihre Richtung. Bei dem Anblick überkam Marleen ein mulmiges Gefühl. Beim nächsten Lammbraten würde sie sich wohl auf die Beilagen beschränken.

Fergus schien ihre Darbietung wenig zu beeindrucken, denn er nahm sie am Arm. »Ich habe mir gedacht, dass ich dich hier finde. Komm mit zu Inspektor Fitzgerald, bevor du die Sache noch schlimmer machst.«

Damit er sie verhaftete? Diese Genugtuung würde sie Fitzgerald garantiert nicht geben. Deswegen durfte sie ihren Posten auch nicht verlassen. Ansonsten verpasste sie einzige Chance, den Mörder zu stellen.

Hastig zog sie ihren Geldbeutel aus der Handtasche hervor und zählte einige Scheine ab, die sie Fergus hinstreckte. »Wenn du vergisst, dass du mich gesehen hast, bekommst du heute Abend noch mehr.«

Er runzelte die Stirn und vergrub die Hände in seiner Uniformjacke. »Willst du mich etwa bestechen?«

»Sieh es als Entschädigung an«, erwiderte sie schnell. »Es ist ja wirklich furchtbar, mich ständig zu beschatten, oder nicht? Fitzgerald honoriert das bestimmt nicht ausreichend.« Sie wedelte mit den Scheinen, als wollte sie eines der Schafe mit einer Karotte anlocken. »Das tun sie doch nie, hab ich recht?«

Der junge Polizist wackelte zustimmend mit dem Kopf hin und her. Er nahm eine Hand aus der Jackentasche und ließ sie gleich wieder sinken. »Das geht nicht. Wenn das der Inspektor herausfindet ...«

Marleen brummte frustriert. Dabei hieß es immer, dass Männer im *Civil Service* nahezu darauf warteten, dass man ihnen heimlich Bares zusteckte. »Solange du nichts sagst. Von mir erfährt er kein Wort.«

Unruhig verlagerte Fergus das Gewicht von einem Bein auf das andere. »Okay, ich nehme das Geld«, sagte er schließlich. Dennoch machte er keine Anstalten, ihr die Scheine abzunehmen.

»Eine kluge Entscheidung«, ermunterte Marleen ihn.

»Aber unter einer Bedingung.«

»Okay?«, gab Marleen gedehnt zurück.

»Ich nehme das Geld nur, wenn ich dich dafür zum Essen ausführen darf.«

Darauf war sie nicht gefasst gewesen. Natürlich hatte sie schon einige Einladungen von Männern erhalten, aber das hier war eine völlig andere Situation. Marleen öffnete und schloss den Mund mehrmals. Entweder ging sie auf den Handel ein oder sie verpasste die Chance, Fitzgerald endlich eins auszuwischen. »Einverstanden.«

Die Röte schoss in Fergus' Ohren. »Prima. Ich melde mich bei dir, wann und wo wir uns treffen«, sagte er rasch. Erst danach griff er nach dem Geld und steckte es in die Innentasche seiner Jacke.

»Ich kann es kaum erwarten.« Marleens Kiefer schmerzte bei dem aufgesetzten Lächeln. Sie musste endlich weg aus Clifden. Ihre Lage spitzte sich mit jedem Tag weiter zu.

Die Sonne stand inzwischen hoch am Himmel, was Marleen allmählich schläfrig machte. Immerhin hielt sie ihr knurrender Magen wach. Fergus hatte sich vorhin verabschiedet, nicht ohne sich zum wiederholten Male zu vergewissern, dass ihre Verabredung zum Abendessen fixiert war. Sobald sie den wahren Täter gefunden hatte, musste sie sich auch keine Gedanken mehr über Fitzgerald machen, der ihr auflauern könnte.

Die Observation gestaltete sich so langweilig, dass Marleen bereits überlegte, wohin Fergus und sie ausgehen würden und was sie zu diesem Anlass anziehen sollte. Selbstverständlich würde sie sich herausputzen, das gehörte zum guten Ton. Allerdings durfte sie ihm mit ihrer Kleiderwahl keine falschen Hoffnungen machen.

Während sie verschiedene Outfits gegeneinander abwägte, nahm sie eine Bewegung in der Nähe des Hauses wahr. Augenblicklich hielt sie den Atem an und presste sich gegen den Baumstamm, um nicht entdeckt zu werden.

Ein Mann marschierte zielstrebig durch den Garten, öffnete die hintere Tür und schlüpfte hinein.

Marleens Herzschlag beschleunigte sich. Neil war also tatsächlich gekommen. Vermutlich, um sich die ersten Erbstücke einzuheimsen. Sie schlich das kurze Stück zum Haus und kletterte über den Zaun, der Fionas Garten begrenzte. Der Saum ihres Rockes blieb an dem spröden Holz hängen. Vorsichtig befreite sie den Stoff, ohne ihn zu beschädigen.

Dann huschte sie zur Tür und drückte die Klinke millimeterweise hinunter, um bloß kein verräterisches Geräusch zu verursachen. Sie betrat den rückseitigen Hausflur und lehnte die Tür hinter sich lediglich an.

Marleen wagte kaum zu atmen und hielt sich dicht an der Wand. Wo befand sich Neil? Wie zur Antwort hörte sie ein Schluchzen aus dem Schlafzimmer. Vermutlich übte er schon einmal seine Rolle als schockierter Bruder.

Behutsam schob Marleen die Tür zu dem Zimmer einen Spalt auf, um hineinzuspähen. Obwohl sie die vergangenen Stunden darüber nachgedacht hatte, wusste sie noch nicht, wie sie den Täter zu einem Geständnis bringen sollte. Aber sie würde improvisieren. Bei den Ansprachen für die Gala-Abende war ihr das bisher auch immer gelungen. Mit etwas Glück brachte ihn ihr plötzliches Auftauchen so aus dem Konzept, dass sie leichtes Spiel hatte.

Neil saß mit dem Rücken zu ihr vor der Schminkkommode. Klarerweise wollte er sich den wertvollsten Schmuck sichern. Womöglich gab es ja doch weitere Angehörige, die ebenfalls etwas von dem Erbe abbekommen sollten.

Falls er sie bereits bemerkt hatte, ließ er sich nichts anmerken. Stattdessen verbarg er das Gesicht in den

Händen. Seine Schultern zitterten gelegentlich. Er beherrschte seine Rolle wirklich hervorragend.

Marleens Herzrasen erinnerte sie daran, wie sie unter Seamus' Schreibtisch in Panik ausgebrochen war. Erneut würde sie sich nicht hilflos einem Mörder ausliefern. Sollte sie aus der Küche ein Messer holen? Sie verwarf den Gedanken schnell wieder. Davon abgesehen, dass sie nicht mit Blut bespritzt werden wollte, könnte Neil ihr die Waffe aus der Hand reißen und dann standen ihre Chancen, den Fall zu lösen, außerordentlich schlecht.

In diesem Moment blickte Neil auf und entdeckte sie über den Spiegel. Ruckartig drehte er sich zu ihr um. Dabei stieß er mit dem Ellbogen ein Foto um, das daraufhin über die Kante der Kommode rutschte und mit einem leisen Klirren auf dem Boden landete.

Es blieb keine Zeit mehr, sich einen vernünftigen Plan zurechtzulegen. Instinktiv streifte sich Marleen einen Schuh vom Fuß und hielt ihn in einer drohenden Geste, sodass sie ihn jederzeit nach Neil werfen konnte. »Keine Bewegung!«, rief sie mit erstickter Stimme.

Neil sah sie einen Augenblick lang an, als wäre er unsicher, ob sie lediglich eine Halluzination sei. Dann wischte er sich mit den Händen über das Gesicht und stand auf. »Wer sind Sie?«

Anstelle einer Antwort umklammerte Marleen den Absatz ihres Stöckelschuhs fester. Sollte sie ihn Neil gleich gegen die Stirn schleudern? Sie hatte die Schuhe erst im vergangenen Jahr als limitierte Ausgabe in London gekauft und es wäre eine Schande, wenn sie unnötig Schaden nahmen. Vorbehaltlich der Annahme, dass sie damit ihr Leben verteidigen konnte, war es das Opfer aber wohl wert. Sie machte einen halben Schritt auf ihn zu. Je näher sie war, desto eher würde sie ihr Ziel auch treffen. »Sie haben Fiona getötet. Leugnen hat keinen Zweck. Das Haus ist umstellt«, sagte sie schließlich selbstsicher.

Ihr Gegenüber zog die Augenbrauen hoch. »Was reden Sie da? Lady, geht es Ihnen gut?« Er sprach mit ihr, als hätte er eine Irre vor sich, die er keinesfalls provozieren wollte.

Davon ließ sich Marleen jedoch nicht irritieren. Sie hielt den Schuh nun wie ein Schwert vor sich. Durch die verkrampfte Wurfhaltung kribbelte ihr Arm unangenehm. »Sie werden mich jetzt auf die nächste Polizeiwache begleiten.«

»Sagten Sie nicht gerade, das Haus wäre umstellt?« Neil spähte aus dem Fenster. »Ich kann niemanden entdecken.«

Mist. Marleen lachte laut auf, als könnte sie damit ihren Fehler übertönen. »Die Polizei ist hier. Sie hat sich ... gut versteckt.«

»Wozu?«

»Ich stelle hier die Fragen«, gab Marleen zurück. »Warum haben Sie Fiona umgebracht? Ging es Ihnen um das Erbe?«

Neil trat einen Schritt näher.

»Ich sagte keine Bewegung.« Drohend hob Marleen den Schuh etwas höher.

Er machte eine beschwichtigende Geste. »Ist ja schon gut.«

»Also?«

»Was?«

Marleen unterdrückte ein frustriertes Brummen. Waren Verhöre immer so mühsam? Kein Wunder, dass Fitzgerald so ein Griesgram war. »Warum haben Sie Fiona umgebracht?«, fragte sie betont langsam.

Er verzog das Gesicht. »Weshalb sollte ich meine eigene Mutter töten?«

»Ich sagte, ich stelle …« Dann erst begriff sie die Bedeutung seiner Worte. Sie blinzelte irritiert und ließ den Schuh ein wenig sinken. »Mutter? Sind Sie nicht Neil Morris?«

Ihr Gegenüber schüttelte den Kopf. »Neil Morris ist mein Onkel.«

»Marleen, was tust du da? Warum trägst du nur einen Schuh?« Die Stimme war so abrupt hinter ihr aufgetaucht, dass sie herumwirbelte. Ihre seltsame Waffe hielt sie aber weiterhin auf den Unbekannten gerichtet.

Seamus sah sie verwirrt an. Sie hingegen atmete erleichtert auf. Zu zweit gelang es ihnen bestimmt, den Mann zu überwältigen – wie auch immer er heißen mochte. »Ich konfrontiere Fionas Mörder mit seiner Tat.«

»Sagen Sie dieser Verrückten bitte, dass ich kein Krimineller bin!«, rief der Unbekannte Seamus zu, ohne sich von seinem Platz am Fenster wegzubewegen.

Nun runzelte Seamus die Stirn. Er schob die Tür weiter auf, um einen besseren Blick ins Schlafzimmer zu erhaschen. »Oh, hallo Stanley. Gut, dass ich dich erwische. Ich wollte mich mit dir über deinen Vater unterhalten.«

Stanleys Augen weiteten sich überrascht. »Du kennst ihn? Meine Mutter hat mir lediglich erzählt, er hätte uns verlassen.«

»Was soll das bedeuten?« Marleen sah die beiden abwechselnd an.

Seamus seufzte. »Das ist Stanley Morris, Fionas Sohn.«

Marleen sog scharf die Luft zwischen den Zähnen ein. »Dann ist er der Mö…«

»Um Himmels willen, nein!«, warf Stanley gereizt ein.

»Er sagt die Wahrheit, Marleen. Und jetzt lass bitte den Schuh sinken.« Ein Grinsen stahl sich über seine Lippen, das Marleen zum wiederholten Male in Seamus' Gegenwart die Hitze ins Gesicht schießen ließ.

Als hätte es nicht genügt, dass sie unter seinem Schreibtisch gekauert und ihn des Mordes bezichtigt hatte. Und nicht nur das. Sie hatte denselben Fehler wie Fitzgerald begangen und einem Unschuldigen den Mord angehängt. Das war eine Peinlichkeit, über die sie erst einmal hinwegkommen musste.

Umständlich balancierte sie auf einem Bein, um sich den Schuh wieder anzuziehen. Sie zitterte jedoch noch immer so sehr vor Aufregung, dass sie das Gleichgewicht verlor und zur Seite kippte. Seamus fing sie auf.

»Er ist also nicht der Mann, den Mrs. Delaney gesehen hat?«, fragte sie, um ihn von ihren glühenden Wangen abzulenken.

»Doch, ich denke schon«, antwortete Seamus. Seine Hände lagen den Bruchteil einer Sekunde länger auf ihren Schultern als nötig.

»Aber was macht er dann hier?« Endgültig verwirrt sah sie Stanley an.

Dieser bückte sich nach dem Foto, das auf den Boden gefallen war, und hielt es so in die Höhe, dass Marleen die Abbildung erkennen konnte. Darauf war eine jüngere Fiona zu sehen, die mit strahlendem Gesicht einen Jungen umarmte, dem der vordere Schneidezahn fehlte. »Ich wollte ein paar Erinnerungsstücke holen.«

»Sind sie wertvoll?«, hakte Marleen sofort nach.

»Wir haben das doch eben klargestellt. Stanley hat nichts mit dem Mord zu tun.«

»Ist ja schon gut«, nuschelte sie. Manchmal konnte Seamus wirklich ein Prinzipienreiter sein.

Stanley räusperte sich. »Nachdem wir nun alle Missverständnisse geklärt haben ... Darf ich euch auf eine Tasse Tee einladen?«

»Ist das hier nicht nach wie vor ein Tatort?«, fragte Seamus.

Zur Antwort zuckte Stanley mit den Schultern. »Es ist das Haus meiner Mutter.«

Wenig später saßen sie zusammen in der Küche. Sie hatten sich stillschweigend darauf geeinigt, das Wohnzimmer nicht zu betreten. Es wäre unpassend gewesen, gemütlich Tee zu trinken, wo vor Kurzem jemand gestorben war.

Stanley erzählte ihnen, dass er bei seinem Onkel Neil in Galway aufgewachsen war. Allerdings war dieser mit seiner Frau und den beiden Kindern bereits vor einigen Jahren in die USA ausgewandert. Briefkontakt gab es nur sporadisch. Deshalb hatte die Polizei bisher wohl auch keine Angehörigen ausfindig machen können.

»Und du hast Fiona sonntags besucht und ihr Geld gegeben?« Marleen verstand nach wie vor nicht, was Mrs. Delaney beobachtet hatte.

Stanley nahm einen Schluck von seinem Tee. Er runzelte die Stirn. »Vermutlich hat mich die Dame von gegenüber an dem Tag gesehen, als mir meine Mutter erneut Geld geben wollte.« Stanley lächelte zaghaft. »Mama hat immer darauf bestanden, mich finanziell zu unterstützen.« Einen Moment lang starrte er auf die geklöppelte Tischdecke. Einen Augenblick später klärte sich sein Blick wieder. »Ich arbeite inzwischen als Chauffeur bei einer Familie in Galway und verdiene gut. Bei einem meiner letzten Besuche wollte sie mir abermals einige Scheine zustecken, was ich jedoch abgelehnt habe.«

Marleen schnappte nach Luft. »Dann hat Mrs. Delaney das beobachtet und falsch interpretiert.«

»Vermutlich«, ergänzte Seamus. Sein Tonfall machte deutlich, dass die ältere Dame nicht die Einzige war, die Situationen missdeutete.

Kurz war Marleen versucht, ihm unter dem Tisch einen sanften Tritt zu verpassen, riss sich dann aber zusammen. Trotz ihrer Freundschaft war Seamus nach wie vor ein Geistlicher und verdiente Respekt. Davon abgesehen hatte er nicht unrecht. Offensichtlich neigte sie dazu, überstürzt zu handeln. Eine Eigenschaft, die ihr bislang nicht aufgefallen war. Ihr Magen verkrampfte sich. Ob sie diesen Charakterzug von ihren leiblichen Eltern geerbt hatte?

Sie schüttelte den Gedanken ab und lächelte Seamus nichtssagend zu. Es war endgültig an der Zeit, die Vergangenheit dort zu lassen, wo sie hingehörte.

Kapitel 22

Wenig später verabschiedeten sich Marleen und Seamus von Stanley. Dieser wirkte erstaunlich gefasst, wenn man bedachte, dass er am selben Tag vom Tod seiner Mutter und der Identität seines Vaters erfahren hatte.

Marleen wollte schon aus der Tür treten, da hielt Seamus sie zurück. »Nur für den Fall, dass Owen inzwischen herausgefunden hat, wo du bist.« Er spähte durch den Hinterausgang. »Okay, die Luft ist rein.« Seamus deutete ihr, dass sie ihm folgen konnte.

Um keinem Polizisten zu begegnen, schlugen die beiden einen weiten Bogen um Fionas Haus, indem sie ein Stück über die Schafweide spazierten. Die Schafe waren inzwischen lediglich aus der Ferne als Schemen zu erkennen, die gemächlich einen Hügel hinauf marschierten.

Eine Weile gingen sie schweigend nebeneinander her. Marleen musste sich eingestehen, dass es ein schönes Gefühl war, an Seamus' Seite zu sein. Rasch schob sie diesen Gedanken wieder beiseite. Wäre er kein Geistlicher, sondern ein gewöhnlicher Journalist gewesen, hätte sich die Sache wesentlich unproblematischer gestaltet.

Unwillkürlich dachte sie an Patrick. Vermutlich hätte Seamus niemals einen anderen Berufsweg eingeschlagen, wenn sein Bruder noch leben würde. Andererseits war dies auch der Grund, weshalb Seamus so viel Wert auf die Wahrheit legte und ihr half. Wobei es ihrer Meinung nach übertrieben gewesen war, Stanley über die verbotene Beziehung seiner Eltern aufzuklären. Sie selbst hätte ihm gegenüber kein Wort darüber verloren.

Patrick. Fiona. Arthur Barnes. Innerhalb kürzester Zeit war sie viel zu vielen Toten begegnet.

Abrupt blieb sie stehen. Die plötzlichen Todesfälle rund um das heimliche Liebespaar erschienen ihr merkwürdig.

Seamus ging zwei, drei Schritte weiter. Erst danach bemerkte er, dass sie ihm nicht mehr folgte. »Was hast du?«

Sie antwortete ihm nicht gleich, sondern sah mit gerunzelter Stirn zu Boden. »Kommt es dir nicht auch seltsam vor?« Nun blickte sie zu ihm auf.

Seamus hob die Schultern und schüttelte leicht den Kopf. »Was?«

Langsam setzte sich Marleen wieder in Bewegung. Sie schlug die nächste Möglichkeit zur Hauptstraße ein. Mit einem Schuh landete sie in einer Pfütze, was sie jedoch kaum bemerkte. Sie biss sich auf die Unterlippe, um nicht erneut vorschnell einen Verdacht zu äußern. Aber dieses Mal passte wirklich alles zusammen. In ihr stieg wieder dieses Kribbeln hoch, das immer dann auftauchte, sobald sie glaubte, sich der Lösung zu nähern. Konnte sie abermals das Risiko eingehen, falschzuliegen? Wenn sie so weitermachte, würde sie bald einmal den gesamten Ort des Mordes verdächtigt haben. Schweigen brachte sie allerdings auch nicht weiter. »Wusste jemand, dass Barnes und Fiona ein Paar gewesen sind?«

»Erin meinte, es gab Gerüchte.«

»Sie wusste also, dass die Beziehung der beiden über das gebührliche Maß hinausging?« Marleen und Seamus näherten sich einer Kreuzung, die in der einen Richtung zur Kirche führte und in der anderen zu dem angeblichen Spukhaus, in dem sich ein Púca eingenistet hat. Unschlüssig, wohin sie sich wenden sollte, blieb Marleen stehen.

Seamus steckte die Hände in die Hosentaschen. »Anscheinend wusste der halbe Ort darüber Bescheid. Wie gesagt: Gerüchte verbreiten sich hier schnell.«

Marleen rieb sich die Nase, eine Angewohnheit, die sie eigentlich abgelegt hatte, da sie wenig damenhaft wirkte. »Und Erin hat nicht gewusst, dass Fiona schwanger war? So etwas lässt sich ja nicht ewig verbergen.« Aus einem Impuls schlug sie den Weg zur Kirche ein.

Seamus schloss zu ihr auf. »Womöglich hat Fiona eine Weile bei ihrem Bruder in Galway gelebt. Das würde auch erklären, weshalb Stanley dort aufgewachsen ist. Aber was hat das mit Erin zu tun?«

»Sie war Barnes Haushälterin.« Marleen fuchtelte aufgeregt mit den Händen in der Luft herum. Olivia kam ihr in den Sinn. »Da kennt man die täglichen Routinen. Wie jemand seine Frühstückseier mag, wann man ins Bett geht und in welcher Schublade die Unterhosen liegen.«

Darauf erwiderte Seamus nichts, sondern kratzte sich lediglich an der Wange.

Es ergab Sinn. Und es war so offensichtlich, wenn man die Teile richtig nebeneinanderlegte. Marleen beschleunigte ihre Schritte. Ihr Atem ging schneller. Olivia wusste alles über sie. Ihre Lieblingsfarben, welchen Kuchen sie bevorzugt aus der Küche mitgehen lassen sollte und wie sie ihre Haare je nach Anlass und Stimmung zu frisieren hatte. Sie hatte sogar gewusst, dass etwas in Marleens Vergangenheit lag, von dem sie selbst nichts geahnt hatte. Erin musste demnach mitbekommen haben, was zwischen Barnes und Fiona gelaufen war. Und es wäre ihr definitiv aufgefallen, wenn Fiona für mehrere Monate verschwand und Barnes häufiger als sonst nach Galway fuhr.

Atemlos blieb Marleen im Schatten einer Bäckerei stehen. Sie stützte die Hände auf die Knie. Der Duft von frisch gebackenem Brot kam ihr entgegen, woraufhin sich ihr Magen wieder meldete. Ihre letzte Mahlzeit lag viel zu lange zurück und sie hätte so einiges für ein Scone mit Frischkäse gegeben. Dennoch war dafür nun keine Zeit. Denn eines lag offensichtlich auf der Hand: Die Todesfälle von Pfarrer Barnes und Fiona hingen zusammen. »Und jedes Mal taucht Erin auf«, murmelte sie kaum hörbar.

Seamus beugte sich zu ihr hinunter. »Was ist mit Erin?«

Ein weiterer Gedanke schoss durch ihren Kopf und ließ sie so abrupt hochfahren, dass sie beinahe mit Seamus zusammenstieß. »Wo war Erin, als Fiona ermordet wurde?«

Er zog die Augenbrauen zusammen. »Einkaufen. Du bist ihr danach über den Weg gelaufen.«

Ihre erste Begegnung mit der Haushälterin kam Marleen wieder in den Sinn. Erin hatte einen Korb bei sich getragen. Aber sie hatte nie gesehen, dass sie ihre Besorgungen ausgepackt hätte. Sie versuchte, sich daran zu erinnern, wie sie in der Pfarrküche gesessen und Erin Tee zubereitet hatte. Was war danach mit dem Korb passiert? Es fiel ihr nicht ein. »Hat sie womöglich ...«, begann Marleen langsam, »... in dem Korb den Whiskey versteckt?«

»Warum sollte Erin ... warte, du denkst doch nicht ...?«

»Wo ist sie jetzt?« Marleens Herz poche fest gegen ihre Brust. Sie befand sich auf der richtigen Spur, davon war sie überzeugt.

Seamus sah auf seine Armbanduhr. »Vermutlich im Pfarrhaus. Sie wird mit dem Mittagessen auf mich warten ... Hey, wo willst du hin?«

Die letzten Worte rief er ihr hinterher, da Marleen längst ihren Rock gerafft hatte und weiterlief. Sie drehte sich zu ihm um, ohne ihr Tempo zu verlangsamen. »Eine Mörderin stellen!«

Marleen streckte bereits die Hand nach der Tür aus, da umschloss Seamus ihren Arm und hielt sie zurück.

»Was ist?« Sie rang nach Atem.

Er ließ sie wieder los. »Lass mich zuerst mit ihr sprechen.«

»Ganz bestimmt nicht.« Sie würde garantiert nicht draußen warten, während Seamus das Rätsel um Fionas Tod löste und anschließend die Lorbeeren einstrich. Das wollte sie Fitzgerald selbst unter die Nase reiben.

»Falls an deiner Theorie etwas dran ist, was ich sehr stark bezweifle ...« Er kam nicht dazu, seinen Satz zu beenden, da in diesem Moment eine Autotür zugeschlagen wurde und eine Person auf sie beide zukam.

»Wie schön, Sie wiederzusehen, Miss Glück.« Fitzgerald lüftete seinen Hut.

Marleen unterdrückte einen Fluch. Sie hätte sich denken können, dass er sich vor dem Pfarrhaus auf die Lauer legte, wenn sie im Pub nicht aufzufinden war. Sie reckte das Kinn. »Inspektor.«

»Wie Sie vermutlich wissen, habe ich die Anweisung erhalten, Sie vorläufig in Gewahrsam zu nehmen.« Bei diesen Worten zog er Handschellen aus seiner Manteltasche.

Das Spiel kannte Marleen bereits. Sie neigte den Kopf und lächelte ihn schief an. »Wenn Sie mir fünf Minuten geben, können wir uns diesen Aufwand sparen.«

Seamus hob beschwichtigend eine Hand. »Ich spreche mit Erin. Wartet einen Augenblick.« Damit eilte er auch schon ins Haus. Seine Schritte verhallten schnell, sobald er den Flur durchquert hatte.

Währenddessen packte Fitzgerald die Handschellen wieder weg, näherte sich aber Marleen ein Stück. Wahrscheinlich befürchtete er, sie könnte jeden Moment die Flucht ergreifen. »Ich habe mich über Sie erkundigt«, sagte er in vertraulichem Ton zu ihr. »Sie kommen aus gutem Haus, sind in wohlhabenden Verhältnissen aufgewachsen ...«

»Darüber weiß ich Bescheid, vielen Dank.«

Mit ihrer spitzen Bemerkung entlockte sie ihm tatsächlich ein grunzendes Lachen. »Und Sie sind garantiert nicht auf den Mund gefallen.« Er steckte die Hände in die Manteltaschen. »Ich verstehe allerdings nicht, weshalb Sie nach Clifden gekommen sind. Was tun Sie hier? Davon abgesehen, dass Sie mir unheimlich auf die Nerven gehen.«

Marleen setzte soeben zu einem verbalen Seitenhieb an, als Seamus zu ihnen zurückkam. Er atmete schwer, so als wäre er die Treppe hinauf und wieder hinunter gelaufen. »Erin ist nicht da.«

Der Inspektor hob eine Augenbraue. »Deine Haushälterin?« Er deutete mit dem Kinn zur Kirche. »Die ist vorhin auf den Friedhof gegangen, wieso?«

»Und das sagen Sie erst jetzt?« Ohne eine Antwort abzuwarten, lief Marleen in die angezeigte Richtung.

Die Absätze ihrer Schuhe klackten laut auf dem Gehweg, bis sie im weichen Kies landeten, der durch den Friedhof führte. Marleen reduzierte ihr Tempo und blieb schließlich wenige Meter hinter dem Eingang stehen. Hinter sich hörte sie eilige Schritte, die gleich darauf langsamer wurden. Sie musste sich nicht umdrehen, um zu wissen, dass Seamus und Fitzgerald ihr folgten. Immerhin schien der Inspektor genügend Anstand zu besitzen, sie nicht hier zu verhaften. Das verschaffte ihr mehr Zeit, um endlich die Wahrheit herauszufinden.

Gräber und Steinkreuze verteilten sich in unregelmäßigen Reihen über das Gelände. Dazwischen befanden sich einige Bäume und Sträucher, wodurch die Anlage eher einem Park glich als einer letzten Ruhestätte. Abgesehen vom Knirschen der Steinchen unter den Sohlen der wenigen Besucher und dem Zwitschern der Vögel blieb es weitestgehend still. Unweit von Marleen stand eine Familie mit zwei Kindern vor einem Grab, dessen Kreuz unter Efeuranken beinahe verschwand. Eine ältere Dame saß auf einer Bank in der Nachmittagssonne und las ein Buch.

Sie entdeckte Erin im Schatten einer Eibe. Bei diesem Anblick erinnerte sie sich daran, die Haushälterin dort schon einmal beobachtet zu haben.

Es wäre unangemessen, wie ein aufgescheuchtes Huhn über das Gelände zu hetzen. Davon abgesehen würde sie damit die Aufmerksamkeit aller anwesenden Personen auf sich lenken. Deswegen ging sie ruhig weiter, vorbei an einer der zahlreichen steinernen Engelsfiguren, die den Weg säumten.

Je näher sie Erin kam, desto langsamer wurde sie. Ebenso wie die Schritte hinter ihr, bis diese endgültig verklangen. Marleens Hände zitterten, weshalb sie die Finger ineinander verschränkte. Nach allem Aufruhr der letzten Tage hatte sie nun endlich die Gelegenheit, den Fall zu lösen. Und das vor Fitzgeralds Augen. Sie legte die letzten Meter zurück, bis sie schließlich neben Erin stand.

Diese wandte sich ihr erst in diesem Augenblick zu, obwohl sie Marleen wahrscheinlich schon viel früher gehört hatte. Wie vermutet, befand sich das Grab von Arthur Barnes unter dem Baum. Die Wurzeln tasteten sich an dem Stein vorbei wie in einer Umarmung.

»Arthur hat gern hier gesessen und seine Predigten geschrieben«, sagte Erin kaum hörbar. Sie blickte hinauf in das dichte Blattwerk, das über ihnen in die Höhe ragte. Gelegentlich blitzte das Sonnenlicht zwischen den Blättern hindurch und schimmerte wie Goldregen auf das Grab. »Es heißt, dass aus jedem Toten eine Eibenwurzel herauswächst.« Erin berührte den Stamm, der aus dicken, ineinander verschmolzenen Wurzeln zu bestehen schien. »Ein seltsamer Gedanke, aber er gefällt mir auch.«

Marleen erinnerte sich an ein Buch über die keltische Kultur, das sich in der Bibliothek ihrer Eltern befand. Darin hieß es, dass die Kelten die Eibe als Symbol der Wiedergeburt und dem Leben nach dem Tod betrachteten. Angeblich wachte der Baum zwischen der Welt der Toten und der Lebenden.

Bei diesem Gedanken lief ihr ein kalter Schauer über den Rücken. Sie hatte sich in den vergangenen Tagen ebenfalls viel zu oft zwischen dem Diesseits und Jenseits bewegt. Aber nun war Schluss damit. Sie wollte zurück zu ihrem alten Leben. Alles, was sie noch brauchte, war der Triumph über Fitzgerald. Marleen vergewisserte sich, dass er nach wie vor in Hörweite war. Er und Seamus standen nur wenige Schritte entfernt. Seamus wirkte besorgt, während sie in der Miene des Inspektors Skepsis erkannte.

Sie wandte sich wieder Erin zu. »Und es gibt ausreichend Platz für ein zweites Grab.«

»Nur über meine Leiche«, entgegnete die Haushälterin scharf. »Fiona wird keinesfalls ...«

»Du hast ihr nie verziehen, dass Arthur Barnes sie dir vorgezogen hat, nicht wahr?« Marleen machte einen Schritt auf sie zu. Der süße Geruch von Whiskey kam ihr entgegen.

Erin lachte trocken auf. »Sie hat ihn mir weggenommen. Natürlich, er war ein Mann Gottes und hätte sich niemals mit einer Frau eingelassen. Fiona war ... Sie hat sich nicht viel darum gekümmert, was sich gehört.« Erin zog ihre Hand zurück, die bis dahin den Baumstamm berührt hatte, und ballte sie zur Faust. »Sie hat ihn umworben wie eine läufige Hündin. Kein Respekt vor ihm oder der seinem Amt.«

»Du wusstest also von den beiden?« Erneut drehte sich Marleen zu Fitzgerald um und hob vielsagend eine Augenbraue, was nicht nötig gewesen wäre, denn der Inspektor hatte sich auch so bereits interessiert vorgelehnt.

»Jeder hat es geahnt, aber ich wusste es. Ich war seine Haushälterin. Natürlich wusste ich es.«

Bei diesen Worten räusperte sich Seamus. Vermutlich war ihm wieder eingefallen, was Marleen über Bedienstete und ihr Wissen über deren Arbeitgeber gesagt hatte. Er schloss zu ihnen auf und blieb an Erins anderer Seite stehen. Bei seinem Anblick wurde Marleen schwer ums Herz. Diesen enttäuschten Gesichtsausdruck hatte sie bei ihm bisher nicht gesehen. Beinahe wünschte sie sich, niemals ihren Verdacht geäußert zu haben, wenn sie ihm dafür die Bekümmertheit hätte ersparen können, die sich nun in seinen Augen zeigte.

»Du bist Stanley begegnet, oder?«, fragte er leise.

»Fiona war mehrere Monate weg. Arthur hat sie in dieser Zeit mit keinem Wort erwähnt.« Erin schluckte schwer und wankte dabei ein wenig zur Seite. Daraufhin legte ihr Seamus sanft eine Hand auf die Schulter, um sie zu stützen. »Ich dachte schon, wir wären sie endlich losgeworden. Dann war sie auf einmal wieder da. Und das Versteckspiel der beiden ging von vorn los.«

»Hat Barnes nie erwähnt, dass er einen Sohn hat?«, hakte Marleen nach.

Erin sah sie an, als wäre dieser Gedanke völlig verrückt. »Natürlich nicht. Es gehört sich nicht für einen Pfarrer, ein Kind zu haben.«

»Hast du ihn deswegen umgebracht?« Marleen hatte Mühe, nicht aufgeregt mit den Füßen zu wippen. Dies war der Moment, in dem sie …

»Wen? Arthur?« Etwas in Erins Stimme ließ das soeben aufgestiegene Hochgefühl in Marleens Magengrube wieder abrupt absacken. Die Haushälterin bekreuzigte sich. »Niemals.« Sie kniff die Lippen zusammen. »Das war Fiona, diese Hexe.«

Seamus schnappte hörbar nach Luft. »Fiona?«

»Sie hat wegen Arthur ihren Sohn in Galway gelassen.« Erin zuckte mit den Schultern, als wäre dies nicht mehr weiter wichtig. »Aber nachdem die beiden … Nachdem Arthur zur Besinnung gekommen ist, war Fiona wütend. Sie hat ihn vergiftet.«

»Lassen Sie mich raten.« Fitzgerald trat dicht an sie heran und deutete auf den Baum. »Sie hat die Samen einer Eibe verwendet.«

Marleen warf ihm einen finsteren Blick zu. Er sollte sich nicht einmischen, wenn sie soeben dabei war, den Fall zu lösen. Besaß der Mann denn kein Benehmen? Der Inspektor bemerkte ihren Gesichtsausdruck zwar, hob jedoch in einer gleichgültigen Geste die Augenbrauen.

Die stille Auseinandersetzung zwischen ihnen beiden blieb Erin verborgen. Sie nickte langsam als Antwort auf Fitzgeralds indirekte Frage. »Sie hat ihm die zerstoßenen Samen in die Milch gemischt, die der Lieferant vor die Tür gestellt hat. Arthur hat seinen Tee immer mit Milch getrunken.«

»Oh, Erin«, seufzte Seamus. Seine Schultern sackten ein Stück weit nach unten. »Warum hast du nichts gesagt?«

»Es ging alles viel zu schnell.« Erin kniete sich vor das Grab, als fehlte ihr die Kraft, sich länger auf den Beinen zu halten. »Ich habe ihren Sohn gesehen, als ich vom Samstagsbridge auf den Markt wollte. Ich dachte, mir bleibt das Herz stehen, als er aus Fionas Haus kam.«

Seamus ging neben Erin die Hocke. »Er sieht aus wie Arthur.«

»Ich habe Fiona damit konfrontiert. Sie hat alles abgestritten. Und das hat mich wütend gemacht.« Ihre Hände krampften sich um den Stoff ihres Rockes. »Sie ist der Grund, weshalb ich nicht mehr Zeit mit Arthur verbringen durfte. Es wäre völlig in Ordnung gewesen, wenn ich nur seine Haushälterin geblieben wäre. Aber so … Sie hat ihn mir genommen. Und sie besaß tatsächlich die Frechheit, mich um Verständnis für den Mord an Arthur zu bitten. Immerhin sei sie eine Mutter, die sich wegen eines Mannes von ihrem Sohn getrennt hat.« Sie presste die Lippen fest aufeinander und sah zu dem Grabstein, als könnte sie darin das Gesicht von Arthur Barnes erkennen. »Hätte sie sich mit jemandem eingelassen, der nicht der Kirche verpflichtet gewesen wäre, dann hätte sie ihr Kind bei sich aufziehen können, anstatt den Leuten mit ihrer Wahrsagerei das Geld aus der Tasche zu ziehen.« Erin fummelte ein Taschentuch aus ihrer Weste und schnäuzte sich geräuschvoll.

»Und daraufhin haben Sie ihn mit dem Hammer erschlagen?«, fragte Fitzgerald mit ruhiger Stimme.

Das war die entscheidende Frage, die sie hatte stellen wollen. Ihr fiel wieder das hässliche Bild mit den Mondphasen ein, das an der Wand gelehnt hatte. Demnach hatte der Hammer wohl im Wohnzimmer gelegen und Erin so eine hervorragende Tatwaffe geboten.

»Sie hat es nicht besser verdient«, antwortete die Haushälterin zwischen zusammengebissenen Zähnen.

Das Rufen von Kindern schallte zu ihnen herüber. Marleen sah der Familie von vorhin hinterher, die soeben den Friedhof verließ. Die alte Dame hatte inzwischen ihr Buch zugeschlagen und blickte in ihre Richtung. Sie reckte den Hals, um zu erkennen, was sich bei der Eibe abspielte.

Der Wind wurde stärker, wodurch Marleen ein kalter Schauer über den Rücken lief. Ihre Bluse war völlig durchgeschwitzt, was sie momentan jedoch nicht weiter kümmerte. Stattdessen grübelte sie darüber nach, was Erin gesagt hatte, und schüttelte leicht den Kopf. »Aber wieso diese Kobold-Geschichte?«

Erin schnaubte, als läge dies auf der Hand. »Eigentlich sollte der Verdacht auf Harold gelenkt werden. Er hätte ein gutes Motiv, nicht wahr?«

Marleen verstand, was sie damit meinte. Der gestohlene Whisky wäre ein hervorragender Hinweis auf Harold gewesen. »Und diese Tarotkarte?« Sie war sicher, dass das »Ass der Münzen« nicht zufällig zwischen Fionas Fingern gesteckt hatte.

»Das ist doch offensichtlich«, antwortete Fitzgerald anstelle von Erin. Zum ersten Mal grinste er sie frech an. »Das war eine Anspielung darauf, dass Harold wegen Fiona viel Geld verloren hat.« Dann mahlte er nachdenklich mit dem Unterkiefer. »Der anonyme Anruf kam demnach von Erin selbst. Es sollte so aussehen, als hätte sich Harold mit Fiona gestritten und sie daraufhin getötet.«

Marleen verengte die Augen und unterdrückte den Drang, ihm die Zunge herauszustrecken. Fitzgerald wollte offenkundig beweisen, dass er sehr wohl fähig war, richtig zu kombinieren.

»Aber warum Harold?«, fragte Seamus tonlos.

Langsam richtete sich Erin auf. Sie stützte sich dabei schwer auf Seamus' Arm, als wäre sie soeben um Jahre gealtert. Dennoch hielt sie das Kinn stolz erhoben. »Weil er ein Trinker ist. Wie mein Vater. Das sind schlechte Menschen.«

Kapitel 23

Es hätte nicht viel gefehlt, um sich einzubilden, dass sich das *Lowry's* in Manchester befand. Es gab Tischdecken, Kerzen, gepolsterte Stühle und eine Speisekarte, die kein sentimentales Relikt darstellte.

Der Gastraum war kleiner als jener von Fayes Eltern, dafür wurde hier die Musik umso lauter gespielt. Außerdem gab es neben Bier auch Cocktails. Marleen musste zugeben, dass sich Fergus bei der Auswahl des Lokals Mühe gegeben hatte. Vor ihr stand ein Dry Martini, dem allerdings der Schuss Zitrone fehlte. Es würde wohl noch eine Weile dauern, bis es die exotischeren Früchte auf die irische Insel schafften.

Fergus schilderte ihr soeben mit weit ausholenden Gesten eine Anekdote aus seiner Polizeiausbildung. Bei einer gestellten Verfolgung hatten er und zwei Kollegen beinahe ein Auto geschrottet.

Seine Ausführungen waren so unterhaltsam, dass das junge Paar neben ihnen seit einigen Minuten schwieg, um ihm zuzuhören. Marleen hatte hingegen Schwierigkeiten, ihm zu folgen. Dennoch gelang es ihr, an den richtigen Stellen zu nicken und je nach Erfordernis zustimmende oder erstaunte Geräusche von sich zu geben.

Bei den unzähligen Wohltätigkeitsveranstaltungen hatte sie gelernt, Aufmerksamkeit vorzutäuschen, während sie sich gedanklich mit anderen Dingen beschäftigte. Erins jahrelanger Groll gegen Fiona ging ihr nicht aus dem Kopf. In gewisser Weise verstand sie die Haushälterin. Wenn ihr selbst ein Mann das Herz brach und sie später erfuhr, dass … Na schön, sie wäre wahrscheinlich niemals so weit gegangen wie Erin. Es gab alternative Wege, um seiner Wut Luft zu machen. Dafür musste man wirklich niemanden mit dem Hammer erschlagen und den Mord jemand anders unterschieben.

Fergus lachte auf. Seine Ohren leuchteten inzwischen rot vor Aufregung. »Wir sind aber mit einem blauen Auge davongekommen.« Er rieb sich den Hinterkopf und grinste. »Es kann auch von Vorteil sein, wenn der eigene Vater der Chief Superintendent ist.«

Bei dieser Bemerkung richtete sich Marleen interessiert auf. »Dein Vater ist Callahan Doyle?« Sie erinnerte sich daran, dass Doyle sich für Harold eingesetzt hatte, als dieser von Fitzgerald verhört worden war. Das erklärte, weshalb der Inspektor den jungen Polizisten nicht so einfach hatte suspendieren können, obwohl es ihn in den Fingern gejuckt hatte.

»Die meisten sind davon überrascht.« Fergus lächelte schief und wand sich peinlich berührt auf seinem Stuhl. »Wenn man meinen Vater kennt, käme man nie auf die Idee, dass wir verwandt sind.« Er schnappte sein Bierglas und trank einen langen Zug.

Wie sehr würde sie wohl ihren leiblichen Eltern ähneln? Die Frage ploppte unvermittelt in Marleens Kopf auf.

Fergus setzte sein Bier wieder ab und sah sie an, als erwarte er eine Antwort von ihr. Daraufhin machte sie eine beschwichtigende Geste. »Er ist bestimmt stolz darauf, dass du ebenfalls Polizist geworden bist.«

Ihre Worte verfehlten das Ziel. Fergus zuckte nämlich mit den Schultern und sah in sein Glas. Dann schüttelte er den Kopf und lächelte Marleen wieder an. »Du kommst aus Manchester, richtig? Ist auch ein Ding, dass ausgerechnet du über eine Leiche stolperst. Wie hast du das angestellt?«

Der Themenwechsel war ein netter Versuch. Allerdings brachte er Marleen damit unwissentlich in die Bredouille. Sie suchte nach einer Antwort, die ihn nicht dazu versuchte, weiter nachzuhaken. Sie wollte ihm nicht den Grund nennen, weshalb sie nach Clifden gekommen war. Diese Geschichte enthielt zu viel Persönliches, um sie mit jedermann zu teilen.

Eine Bewegung am Rande ihres Gesichtsfelds rettete sie aus der verzwickten Situation. Mrs. Delaney kam mit entschlossenen Schritten und weit ausgebreiteten Armen auf sie zu. Dafür scheute die ältere Dame auch nicht zurück, sich zwischen zwei Tischen hindurchzuzwängen, da die Gäste nicht schnell genug zur Seite rückten.

Marleen ignorierte den Impuls, hinter der Speisekarte in Deckung zu gehen, da die ältere Dame sie längst entdeckt hatte. Sie wollte sich nicht erneut über Fabelwesen und deren Eigenheiten unterhalten. Insbesondere dann nicht, wenn ihr Fergus gegenübersaß, der wahrscheinlich allzu bereitwillig in das Thema einsteigen würde.

Fergus begrüßte Mrs. Delaney mit einem breiten Lächeln und bot ihr einen Platz an ihrem Tisch an.

»Ich bin gleich wieder weg. Ich möchte die jungen Leute nicht stören.« Mrs. Delaney rückte ihren Topfhut zurecht, der ihr zugegebenermaßen ausgezeichnet stand.

»Nicht doch. Du störst nie«, erwiderte Fergus. »Setz dich zu uns.«

Die alte Dame wackelte mit dem Kopf, als würde sie darüber nachdenken, nahm dann jedoch innerhalb eines Wimpernschlags Platz. »Aber wirklich nur kurz.« Mrs. Delaney winkte einer Kellnerin, die wenige Schritte von ihnen einen Tisch abkassierte. »Beatrice, sei so lieb und bring mir einen Scotch, ja?« Sie hatte die Hand noch nicht gesenkt, da wandte sie sich bereits an Fergus. »Eine schlimme Geschichte mit Erin. Das hätte ich ihr niemals zugetraut.« Sie lehnte sich zu ihm hinüber und stupste ihn in einer vertrauten Geste an. »Andererseits, sie hat sich jedes Mal fürchterlich darüber geärgert, wenn sie beim Bridge verloren hat. Sie hat es zwar nie offen gezeigt, trotzdem stand es ihr ins Gesicht geschrieben. ›Wer beim Kartenspiel nicht verlieren kann, kann es auch nicht im richtigen Leben‹, sag ich immer.«

Seit Erins Verhaftung waren kaum vierundzwanzig Stunden vergangen, dennoch gab es kein anderes Gesprächsthema mehr. Es machte den Eindruck, als wäre die Festnahme sogar spannender als der Mord.

Unwillkürlich kam Marleen in den Sinn, wie Seamus blass geworden war, sobald Fitzgerald Erin nach hinten in seinen Wagen gesetzt hatte. Er litt wohl von allen Beteiligten am meisten, was ihr unendlich leidtat.

Fergus erwiderte etwas auf Mrs. Delaneys Bemerkung hin, aber da sah diese bereits zu Marleen hinüber.

Die alte Dame riss die Augen auf, als wäre ihr soeben etwas eingefallen. »Wir haben uns doch neulich unterhalten über das Paar, das in dem Haus gewohnt hat, wo inzwischen der Púca lebt.«

Es war eine Herausforderung, an einem Lächeln festzuhalten, obwohl man lieber schreiend davongelaufen wäre. In dieser Kunst war Marleen jedoch geübt. Sie machte sich innerlich auf einen weiteren Vortrag über irische Fabelwesen gefasst.

»Mir sind die Namen der beiden wieder eingefallen.«

Marleen fuhr so überrascht hoch, dass ihr Glas umkippte. Martini landete auf ihrem Rock. Sie sprang auf und tupfte Stoff mit einer Papierserviette ab.

»Ich hol dir noch eine Serviette.« Fergus stand auf und eilte auf den nächsten Kellner zu.

Der Rock war längst ruiniert. Darüber konnte Marleen jedoch hinwegsehen, da sich Fergus so für wenige Minuten außer Hörweite befand.

»Ach ja? Das ist wundervoll.« Marleen brachte die Worte nur stoßweise hervor, da ihr rasendes Herz beschlossen hatte, ihr die Luft abzuschnüren. Dabei knüllte sie die Serviette zusammen und klammerte sich mit einer Hand an der Stuhllehne fest.

In diesem Moment kam Beatrice, die Kellnerin, mit dem bestellten Scotch zurück. Sie warf einen flüchtigen Blick auf den Rock und öffnete den Mund, aber Marleen winkte ab. »Kein Problem. Ich wollte ohnehin gleich gehen.«

Mrs. Delaney trank genüsslich einen Schluck und schmatzte dabei wie bei einer Weinverkostung. Dann nickte sie Beatrice zufrieden zu. Sie setzte zu einer Bemerkung an und schien wohl auf einen kleinen

Plausch mit der Kellnerin aus zu sein. So lange konnte Marleen nicht warten. Sie räusperte sich hörbar, um wieder die Aufmerksamkeit der alten Dame auf sich zu lenken. Wie aufs Stichwort machte sich Beatrice aus dem Staub.

Offensichtlich hatte Mrs. Delaney sie tatsächlich für einen Augenblick vergessen, denn sie runzelte die Stirn. »Ich wollte dir gerade etwas sagen ... Es liegt mir auf der Zunge.«

»Das Paar ...«, begann Marleen ungeduldig, »Ihnen ist der Name der beiden wieder eingefallen.«

»Richtig.« Mrs. Delaney trank einen weiteren Schluck. »Claire und Aidan.« Sie sagte es in einem Tonfall, der nicht annähernd der Bedeutung gerecht wurde, die diese Information für Marleen hatte.

Langsam stieß Marleen die angehaltene Luft aus. Sie tastete nach dem Anhänger, der unter ihrer Bluse verborgen lag. Claire und Aidan. Die Namen riefen zwar keine Erinnerungen in ihr wach, dennoch fühlten sie sich an wie eine sanfte Umarmung. »Und weiter?«

Mrs. Delaney legte fragend den Kopf schief.

»Der Nachname?«

»Den haben sie mir nie gesagt. Waren aber sehr nette Leute.« Mrs. Delaney fuhr mit der Fingerspitze über den Rand ihres Glases. »Ich frage mich, was aus ihnen geworden ist.«

Für einen Moment geriet Marleen in Schockstarre. Dann ließ sie sich schwer zurück auf den Stuhl fallen. In ihren Ohren rauschte es so laut, dass sie von ihrer Umgebung nichts mehr mitbekam. Erst als sich eine Hand auf ihre Schulter legte, zuckte sie hoch.

»Alles in Ordnung bei dir? Du bist auf einmal so blass.« Fergus' Stimme drang nur gedämpft zu ihr durch.

Marleen nickte, obwohl sie nicht sicher war, ob sie die Frage richtig verstanden hatte. »Es geht mir gut«, fügte sie deswegen sicherheitshalber hinzu. Immerhin kamen nun ihre Gedanken wieder in Gang. Die beiden Namen hatten nicht viel zu bedeuten. Womöglich handelte es sich Claire und Aidan gar nicht um ihre Eltern. Es bestand durchaus die Möglichkeit, dass Mrs. Delaney die Dinge durcheinanderbrachte. Wenn sie etwas während ihrer Zeit in Clifden gelernt hatte, dann, dass handfeste Beweise das Einzige waren, worauf man sich verlassen konnte. Spekulationen führten meist in die Irre.

Und genau das war der Punkt, dem sie nachgehen musste. Mit einem Mal wusste sie, dass sie Clifden erst den Rücken kehren konnte, wenn sie eine weitere Sache erledigt hatte.

Entschlossen stemmte sie sich wieder hoch, stützte sich aber mit beiden Händen auf dem Tisch ab, da ihre Knie weiterhin wackelig waren. »Ich muss nach Hause«, sagte sie zu niemand Bestimmtes. Wo auch immer sich ihr Zuhause momentan befand. Zumindest in dieser Sekunde hatte sie eine Vorstellung davon.

»Wie du möchtest.« Fergus klang zwar enttäuscht, trotzdem schien er zu begreifen, dass er sie nicht umstimmen konnte. »Ich begleite dich zurück zum *O'Malleys*.«

Marleen lächelte ihn an. Sie hoffte, dass er bald eine Frau treffen würde, die seine Liebenswürdigkeit zu schätzen wusste. »Nicht nötig.« Sie deutete mit dem

Kopf auf die ältere Dame, die eifrig an ihrem Scotch nippte. »Leiste Mrs. Delaney doch etwas Gesellschaft. Es wäre unhöflich, sie allein sitzen zu lassen.« Marleen ging zwei Schritte, drehte sich dann aber noch einmal zu ihm um. »Vielen Dank für das Abendessen. Das nächste Mal bleibe ich bis zum Nachtisch.«

Bei diesem Versprechen leuchteten Fergus' Augen auf. »Das nächste Mal?«

Anstelle einer Antwort winkte Marleen zum Abschied und beeilte sich, den Pub zu verlassen.

Draußen sanken die Temperaturen bereits wieder, sodass die kühle Luft durch ihr Bolero-Jäckchen auf ihrer Haut zu spüren war. Mit sicheren Schritten ging sie die Straße hinunter, begleitet vom entfernten Blöken der Schafe und dem Zirpen der Grillen.

Kapitel 24

Die Ziege zupfte einige Halme aus einem Grasbüschel, dabei wedelte sie mit dem Schwanz zufrieden von einer Hinterbacke zur anderen. Sie blickte einmal kurz auf, als Marleen die Gartentür aufstieß und mit entschlossenen Schritten zum Haus marschierte. Davon ließ sich das Tier allerdings nicht aus der Ruhe bringen. Falls hinter der Ziege tatsächlich ein Púca steckte, schien dieser nicht so gefährlich zu sein, wie Mrs. Delaney behauptet hatte.

Marleen drückte sich vorsichtig gegen die Tür, um sie nicht erneut aus den Angeln zu heben. Sie musste das demnächst ordentlich reparieren lassen und gleich dazu ein neues Zylinderschloss in Auftrag geben. Abrupt hielt sie an der Türschwelle inne. Das würde bedeuten, dass sie … nein. Bevor sie diesen Plan weiterverfolgte, brauchte sie einen Beweis dafür, dass eine Spur zu ihren leiblichen Eltern existierte.

Im notdürftig gereinigten Flur blieb sie erneut stehen. Den gröbsten Schmutz hatten sie beseitigt, auch wenn es bei Weitem nicht so sauber war, wie sie es aus Manchester kannte und bislang für selbstverständlich gehalten hatte. Außerdem würde es noch viel mehr Arbeit erfordern, um den allgegenwärtigen Geruch nach Schimmel loszuwerden, der sich hartnäckig an allem festsetzte, was sich länger als zehn Minuten in dem Haus befand.

Eine Haushälterin wäre jedenfalls eine Bereicherung, solange diese sich nicht ebenfalls als Mörderin entpuppte. Vielleicht konnte sie Olivia …

»Konzentrier dich. Ein Schritt nach dem anderen«, ermahnte sie sich selbst. Dennoch klopfte ihr Herz vor Aufregung, als sie einen Fuß auf die erste Stufe setzte. Das Holz ächzte lautstark unter ihrem Gewicht, was sie beinahe als Beleidigung empfand. Sie hielt sich an dem Geländer fest und ertastete eine feine Staubschicht. Unwillkürlich rieb sie die Fingerspitzen aneinander. Marleen sah die Treppe hinauf. Was würde sie an deren Ende erwarten? »Reiß dich zusammen. Es ist nur das obere Stockwerk. Nichts weiter dabei.« Davon abgesehen, dass sich dort das Schlafzimmer ihrer Eltern befand … und womöglich auch ihr eigenes Zimmer.

Dann nahm sie endlich die nächste Stufe und die darauffolgende. Ein dicker Staubfusel hing an ihrem Rocksaum fest und kitzelte sie an ihren Knöchel, was sie konsequent ignorierte. Sie musste sich weiterhin darauf konzentrieren, einen Fuß vor den anderen zu setzen. Nach einigen Schritten wurde es einfacher, obwohl sich gleichzeitig ihr Puls mit jedem Atemzug in die Höhe schraubte. Ihre zittrigen Finger schwebten knapp über dem Geländer. Für den Fall, dass sie Halt benötigte, um die letzte Stufe zu überwinden.

Schließlich kam sie oben an und erreichte eine Galerie, die in einen weiteren Flur führte. Hier sammelte sich eine kleine Pfütze auf dem Boden. Sie sah zur Decke. Dort zog sich eine unregelmäßige Spur die Wand entlang nach unten, von wo aus sich Regenwasser einen Weg gebahnt hatte. Vermutlich war das Dach undicht.

Marleen öffnete die erste Tür auf der linken Seite. Dahinter befanden sich ein großes Bett und ein antiker Wandschrank. Das war zweifellos das Schlafzimmer ihrer leiblichen Eltern. Marleen schluckte mehrfach, trotzdem klebte ihr die Zunge am Gaumen.

Mit angehaltenem Atem, so als würde sie unter Wasser tauchen, betrat sie den Raum. Die Luft roch muffig und kratzte in Marleens Hals. Sie ging zum Fenster und öffnete es. Für einen Moment sah sie nach oben, wo das Abendrot den Himmel noch einmal erleuchtete. Aus irgendeinem Grund schenkte ihr dieser Anblick Zuversicht für ihre Mission, nach weiteren Hinweisen zu Claire und Aidan zu suchen.

Sie wandte sich wieder dem Zimmer zu und betrachtete das ordentliche Bett mit dem frischen Laken. Faye hatte hier sauber gemacht, als sie das Haus zusammen halbwegs in Schuss gesetzt hatten.

Es war seltsam, sich vorzustellen, dass ihre leiblichen Eltern hier geschlafen haben ... und sie womöglich zwischen ihnen. Dieses Bild überrumpelte sie. Deshalb ging sie schnurstracks zum Kleiderschrank und riss eine Tür auf, um sich davon abzulenken. Einige Motten kamen ihr entgegen und flatterten für einen Augenblick vor ihrem Gesicht herum. Sie wedelte wild mit den Armen, um die Tiere zu verscheuchen.

Die Hälfte des Schranks nahmen Kleidungsstücke aus den Zwanzigerjahren in Anspruch: Geradlinig geschnittene Kleider, knöchellange Röcke, Blusen mit

Schleifen sowie ein Stirnband mit einer Feder, die allerdings schlaff in ihrer Befestigung hing.

Zögerlich streckte Marleen die Hand aus und berührte den Stoff eines dunkelblauen Fransenkleides. Nicht so zart wie Seide, sondern schlichte Baumwolle. Sie zog das Kleid heraus und hielt es sich vor den Körper. An einigen Stellen wies es Löcher auf und teilweise war der Stoff so dünn, dass das verbleibende Sonnenlicht durchschimmerte.

Es gab keinen Spiegel, weshalb sie lediglich an sich hinunter sah und über den Stoff strich. Sie zupfte am Rock, um zu sehen, wie er sich bewegte. Ohne eine vernünftige Anprobe ließ es sich schwer einschätzen, aber das Kleid würde ihr vermutlich von der Größe her gut passen. Was gleichwohl nicht viel zu bedeuten hatte. Ihre Figur entsprach der einer durchschnittlichen Frau. Marleen hängte das Kleidungsstück zurück an seinen Platz.

Hinter der zweiten Schranktür kamen zwei Männerhosen, Hemden und ein Gürtel zum Vorschein. An diesen Kleidungsstücken hatten die Motten ebenfalls ihre Spuren hinterlassen. Im unteren Fach entdeckte sie ein Paar Herrenschuhe, deren Leder inzwischen stumpf wirkte. Nach einer ordentlichen Politur würden sie aber bestimmt wieder glänzen. Die Spitze des rechten Schuhs sah abgenutzt aus, so als wäre sie an dieser Stelle öfter über den Boden gestreift. Marleen strich darüber, ein seltsam wohliges Gefühl breitete sich in ihrer Brust aus. Davon irritiert, stellte sie die Schuhe wieder an ihren Platz.

Da bemerkte sie einen Hut, der heruntergefallen und neben den Schuhen gelandet war. Sie hob ihn auf und klopfte den Staub ab. Marleen stockte mit einem Mal. Ihr Blick huschte zu der braunen Anzugjacke, dann zurück zu den Kleidern. Dort hing ein dunkelgrünes A-linienförmiges Kleid, dessen Mitte weiter ausfiel als üblich. »Das sind die Sachen, die sie auf dem Foto tragen«, sagte Marleen zu sich selbst. Mit einem Mal fühlte sie sich Claire und Aidan enger verbunden.

Verstohlen wischte sie sich eine Träne aus den Augenwinkeln. Es war die richtige Entscheidung gewesen, hierher zu kommen, auch wenn sie keine weiteren Hinweise finden sollte. Ihre leiblichen Eltern hatten hier gelebt und sie hatte die Möglichkeit, mit ihnen auf diese Weise in Kontakt zu treten.

»Das war doch gar nicht so schwer«, murmelte sie zufrieden. Nur um die nächste Etappe hinauszuzögern, durchsuchte sie die Nachtschränkchen, allerdings waren deren Schubladen leer.

Für einen Moment blieb sie im Raum stehen und schlang die Arme um ihre Taille. Hier würde sie nichts mehr über die beiden erfahren, was noch nicht das Ende ihrer Nachforschungen bedeutete. Immerhin gab es einen weiteren Raum, den sie inspizieren musste.

»Zeitverschwendung ist sich selbst gegenüber unhöflich«, wiederholte Marleen eine Lektion, die man ihr als junge Dame beigebracht hatte. Damit überwand sie sich, zurück in den Flur zu gehen und die Tür des angrenzenden Raums zu öffnen.

Als Erstes entdeckte sie eine Wiege, die sich mitten im Zimmer befand. An einer Wand standen eine Wickelkommode sowie ein untersetzter Kleiderschrank. Die Luft war ähnlich staubig wie im Schlafzimmer daneben. Dennoch lehnte sich Marleen an den Türstock und ließ das Bild auf sich wirken. Es kam ihr so vor, als würde sie eine unsichtbare Grenze passieren, sobald sie einen Fuß über die Türschwelle setzte. Und sie hatte keine Ahnung, was sie dahinter erwarten würde.

Ihr Herzschlag hatte sich inzwischen beruhigt, was gut war, denn ansonsten hätte sie wohl längst einen Herzinfarkt erlitten. Stattdessen lief in unregelmäßigen Abständen ein Zittern durch ihren Körper. Sie wollte die Sache endlich hinter sich bringen. Also betrat sie schließlich das Zimmer mit vorsichtigen Schritten, so als müsste sie jeden Augenblick kehrtmachen und davonlaufen. Die Dielen unter ihren Sohlen knackten leise.

Marleen strich über die Wickelkommode und hinterließ dabei Streifen auf dem dunklen Holz. Sie versuchte sich vorzustellen, wie sie dort als Baby gelegen hatte. Aber wie bei so vielem, was mit ihrer Vergangenheit zu tun hatte, gelang ihr dies nicht.

Unterhalb der Liegefläche befand sich eine Schublade, die Marleen nun aufzog. Darin lagen drei Strampelanzüge, eine winzige Wollmütze und säuberlich gefaltete Stoffwindeln. Rasch schob Marleen die Lade wieder zu, sodass die Kommode wackelte. Es war ihr zu viel, sich die Kleidung genauer anzusehen, die sie getragen hatte.

Stattdessen tippte sie die Wiege an, die daraufhin sanft hin und her schaukelte. Ein staubüberzogener Teddy saß neben dem Kopfkissen und wippte beharrlich im Takt des Bettchens. Bei diesem Anblick musste Marleen lächeln, ohne zu wissen, weshalb.

Über der Wiege hing ein Mobile mit aus Holz geschnitzten Tierfiguren, deren Farben unter den Spinnweben kaum noch zu erkennen waren. Zwei Schafe, ein Pferd und eine Kuh tanzten mit Sternen und einem Halbmond im Kreis. Diese kleinen Details schienen beweisen zu wollen, dass Marleen von Claire und Aidan geliebt worden war. Warum hatten die beiden sie also weggegeben?

Sie ging zum Fenster und schob einen blassrosa Vorhang zur Seite. Dabei löste sich etwas Staub vom Stoff, der augenblicklich in ihrer Nase kitzelte.

Marleen betrachtete die vagen Umrisse ihres Spiegelbilds in der schmutzigen Fensterscheibe und seufzte enttäuscht auf. Immerhin war sie über ihren Schatten gesprungen und hatte die Schwelle zu ihrem alten Kinderzimmer übertreten. Dafür hätte sie sich allerdings mehr erwartet als eingestaubte Babysachen.

Sie lehnte sich gegen das Fensterbrett. Ein kühler Luftstrom kitzelte ihren Nacken und ließ sie frösteln. Die desolate Isolierung konnte dem Wind und den Temperaturen längst nicht mehr standhalten.

Sie sah sich in dem Raum um. Die Wiege war inzwischen zur Ruhe gekommen. Marleen zog den Herz-Anhänger unter ihrer Bluse hervor und spielte damit. Dann fiel ihr Blick erneut auf den Teddy. Sie neigte den Kopf. War es nicht seltsam, dass ihre Eltern ihr zwar die Halskette umgelegt hatten, aber das Stofftier zurückgeblieben war, das sie bis dahin begleitet hatte? Man würde doch denken, dass man einem Baby seinen Teddy dazulegen würde.

Außer es gab einen besonderen Grund, ihn hier zu lassen.

Marleen ging zu der Wiege und nahm den Bären heraus. Sie wischte ihm den Staub aus den Knopfaugen. »Wenn es etwas gibt, das du mir sagen solltest, dann wäre jetzt die Gelegenheit dafür.« Marleen betrachtete das Stofftier von allen Seiten und klopfte ihm den übrigen Staub ab, bis sie niesen musste.

Die Naht an der Rückseite kam ihr verdächtig vor. Der schwarze Faden passte nicht zu dem braunen Fell. Im Gegensatz zu den restlichen Nähten an Nase und Augen, die mit einem hellen Garn fixiert worden waren. Außerdem saß der Faden locker, so als hätte man die Stelle aufgetrennt und per Hand neu zusammengenäht. Sie drückte das Stofftier und fühlte neben der weichen Füllung etwas anderes, das im Inneren raschelte.

Nervös rieb Marleen die Lippen aneinander. Sie sah dem Teddy erneut in die Augen. »Okay, das wird uns beiden nicht gefallen, aber da müssen wir durch.«

Kapitel 25

Eigentlich hätte Marleen lieber weggesehen, als sie die Schere ansetzte, das hätte am Ende jedoch zu einem weitaus schlimmeren Malheur führen können. Stattdessen trennte sie vorsichtig den Faden am Rücken des Teddys auf und zog die offene Stelle auseinander. Sie hatte keine Ahnung vom Nähen, aber sie würde Faye bitten, den Teddy wieder zu reparieren. Immerhin gehörte er zu den wenigen Dingen, die sie mit ihrer Vergangenheit verbanden.

Watte quoll hervor, die Marleen sorgsam entfernte und auf die Küchenarbeitsplatte legte. Dann steckte sie zwei Finger in das Innere des Bären und fühlte die dicke Kante eines zusammengefalteten Stück Papiers. Mit angehaltenem Atem zog sie es heraus, woraufhin noch mehr Watte herausfiel. »Ich bring das wieder in Ordnung, versprochen«, sagte sie zu dem Teddy. Wenn das so weiterging, würde sie zu einer wunderlichen alten Frau werden, die unverständliches Zeug vor sich hin murmelte. Mit verfilzten Haaren, faltigem Gesicht und Löchern in den Schuhen. Bei dieser Vorstellung erschauderte sie. Soweit durfte es auf keinen Fall kommen.

Tatsächlich hielt sie ein liniertes Blatt Papier zwischen den Fingern. Marleen starrte es einen Augenblick lang an, unschlüssig, was sie tun sollte. In ihren Ohren rauschte es und sie hatte furchtbaren Durst.

Schließlich überwand sie sich und faltete den Zettel auseinander. Er war mit dunkler Tinte beschrieben worden, sodass die Buchstaben auf der Rückseite des Papiers durchschimmerten. Die Handschrift verlief spitz und neigte sich nach vorne, wie eine Person, die gegen einen Sturm anging.

In der oberen Ecke war ein Datum notiert: 19. Dezember 1929. Marleen stieß überrascht die Luft aus. Hugo Murphys Aufzeichnungen zufolge war sie am darauffolgenden Tag vor der Kirche abgelegt worden.

Ihr wurde schwindlig und die Buchstaben tanzten vor ihren Augen, weshalb es einige Sekunden dauerte, bis sie die Worte entziffern konnte.

An unsere Tochter, die wir mehr als alles andere lieben. Marleen, wenn du diesen Brief gefunden hast, bist du so klug, wie wir vermuten. Du kannst dir nicht vorstellen, wie sehr uns der Gedanke schmerzt, dich wegzugeben, aber es ist zu deinem eigenen Schutz. Wir vertrauen darauf, dass du bei Pfarrer Murphy in guten Händen bist und er einen gut behüteten Platz für dich findet.

In diesem Moment liegst du in der Wiege neben mir und schläfst, völlig ahnungslos von der Gefahr, in die wir dich gebracht haben. Es wäre verantwortungslos, dich dem weiter auszuliefern.

Wir müssen fort aus Clifden, an einen Ort, wo wir unerkannt leben können, bis sich alle Schwierigkeiten geklärt haben. Verzeih uns, dass wir dir nicht mehr darüber verraten, wohin wir gehen. Es könnte sein, dass dieser Brief in die falschen Hände gerät und erst recht zu uns führt.

Wir werden uns bei dir melden, sobald es sicher erscheint. Keine Sorge, wir werden dich finden. Bleib tapfer.

In aller erdenklichen Liebe, die zwei Menschen für ihr Kind aufbringen können,

Claire & Aidan

P. S.: Ich hoffe, du nimmst es uns nicht allzu übel, dass wir Brownie als unfreiwilligen Boten rekrutiert haben.

Tränen verschleierten Marleen die Sicht. Sie blinzelte und wischte sich mit dem Ärmel über die Augen, ohne darauf zu achten, ob ihr Lidstrich dadurch verschmierte. Sobald sie sich wieder im Griff hatte, las sie die Worte ein weiteres Mal und wendete das Papier in der Hoffnung, eine weitere Nachricht zu finden. Doch die Rückseite war leer.

Marleen drückte den Brief fest an ihre Brust. Endlich hatte sie einen Beweis dafür gefunden, dass ihre leiblichen Eltern hier gelebt haben. Die beiden liebten sie und hatten sie aus einem bestimmten Grund zurückgelassen.

Erneut wischte sie sich die Tränen aus dem Gesicht. Ihre Fingerspitzen waren schwarz von der verlaufenen Mascara.

Damit stand ihr Entschluss fest.

Wie sich herausstellte, könnte das *O'Malleys* jederzeit von der Gastronomie in die Bestatter-Branche wechseln. Nachdem der Mord an Fiona aufgeklärt worden war, hatte Fitzgerald die Leiche freigegeben und die Brennans hatten zusammen mit Seamus und Stanley die Beerdigung organisiert. Neben dem Sarg und dem Service, die Tote von der Pathologie in Galway zur Kirche zu transportieren, kümmerte sich Fayes Familie auch um das Essen nach der Trauerfeier.

Draußen fielen die Regentropfen so dicht vom Himmel, dass es niemand eilig hatte, die warme Gaststube frühzeitig zu verlassen. Ausnahmsweise sprachen die Gäste in gedämpften Tonfall miteinander. Die Geigen und Lauten spielten ebenfalls ruhiger als sonst. Allerdings vermutete Marleen, dass sich dies mit steigendem Alkoholpegel wieder ändern würde.

Der Großteil der überraschend zahlreichen Trauergäste setzte sich aus Fionas ehemaligen Kunden zusammen. Dennoch war Marleen nicht entgangen, dass im Pub eindeutig mehr Menschen eingetrudelt waren, als an der eigentlichen Beerdigung anwesend gewesen sind. Sie selbst hatte ebenfalls an der Trauerfeier teilgenommen, obwohl sie Fiona nicht persönlich gekannt hatte. Aus einem unbestimmten Gefühl heraus war es ihr richtig erschienen, sich von der Wahrsagerin zu verabschieden, die ihr womöglich mehr über ihre Eltern hätte verraten können.

Bei diesem Gedanken tastete Marleen in ihrer Handtasche nach dem Brief und Brownie, den sie bei Faye zur Reparatur geben wollte. Ihre Freundin war bislang jedoch damit beschäftigt, die Gäste zu versorgen. Sie und Conor eilten zwischen Küche und Gastraum hin und her, grinsten sich aber jedes Mal gegenseitig an, wenn sich ihre Wege kreuzten.

Stanley war der einzige Verwandte, der an diesem Nachmittag Fiona zum letzten Mal verabschiedete. Er saß eingekeilt von Mrs. Delaney und weiteren älteren Damen an einem Tisch und stellte sich ihren neugierigen Fragen. Gelegentlich kratzte er sich verlegen am Kopf, da es ihm wohl unangenehm war, im Mittelpunkt zu stehen. Ein-, zweimal hörte Marleen ihn dennoch auflachen.

»Er sieht seinem Vater wirklich sehr ähnlich«, sagte Seamus neben ihr. Sie teilten sich einen Tisch, etwas abseits der anderen Gäste. »Wahrscheinlich erkennen sie Barnes in Stanley wieder. Wenn ich mir vorstelle, dass sie ihn in jungen Jahren so belagert haben wie Stanley heute ...«

Marleen spießte ein Stück Apfelkuchen von ihrem Teller auf. »Da spricht doch nicht etwa der Neid aus Ihnen, Pfarrer Abernethy?« Beinahe hätte sie ihm kokett zugezwinkert, konnte sich aber gerade noch beherrschen.

Er wedelte abwehrend mit beiden Händen. »Wie kommst du darauf? Ich bin absolut zufrieden damit, wie es ist.«

Hitze prickelte in ihren Ohrenspitzen. Der neckische Tonfall, den sie angeschlagen hatte, war ihr auf einmal peinlich. »Entschuldige, ich wollte nicht andeuten ...«

Sie schob sich rasch den Kuchen in den Mund. »Fehlt es dir nicht manchmal, ein Journalist zu sein?« Marleen legte ihre Gabel beiseite. Um ihre Hände weiterhin zu beschäftigen, zupfte sie eifrig an ihrem Teebeutel und wrang ihn sorgfältig mit einem Löffel aus, um ihn dann auf der Untertasse zu platzieren, wie sie es gelernt hatte. Der Pfefferminztee duftete etwas zu intensiv, so als hätte sie ihn ein paar Minuten zu lange ziehen lassen. Dennoch nahm sie einen Schluck, um Seamus nicht dabei zu beobachten, wie er über ihre Frage nachdachte. Das gehörte sich wirklich nicht.

Schließlich zuckte Seamus mit den Schultern. »Ich bin ja nie ein richtiger Journalist gewesen. Ich habe das Studium nie beendet.«

»Wer sagt, dass man einen Hochschulabschluss dafür braucht?«, fragte Marleen über ihre Tasse hinweg.

»Es geht nicht nur um das, was ich mich möchte, sondern ...«

Weiter kam Seamus nicht, da Stanley an seiner Seite auftauchte und ihm eine Hand auf die Schulter legte. Er bedankte sich für die Abschiedszeremonie. »Und vielen Dank, dass meine Eltern nebeneinander unter der Eibe liegen dürfen.«

Soweit Marleen es mitbekommen hatte, war der Vorschlag, Fionas Grab neben das von Barnes zu legen, von Seamus gekommen. Sie wagte es nicht, Seamus darauf anzusprechen. Schließlich war die Beziehung zwischen den beiden alles andere als legitim gewesen. Falls Erin jemals davon erfahren sollte ... Aber sie befand sich bis zu ihrem Prozess in Haft und würde höchstwahrscheinlich im Anschluss an das Verfahren einige Jahre im Gefängnis verbringen. Allein bei dem Gedanken, dass Erin Seamus deswegen schaden könnte, überkam sie eine Gänsehaut.

Kurz darauf verabschiedete sich Stanley von ihnen. Marleen hing dabei zu sehr in ihren Überlegungen fest, weshalb sie ihm lediglich schwach zulächelte.

Nun wäre die Gelegenheit gewesen, Seamus dazu ermutigen, seinen Satz von vorhin zu beenden. Allerdings hatte sie das Gefühl, ihm damit womöglich zu nahe zu treten. Also öffnete sie stattdessen den Klappverschluss ihrer Handtasche und zog den Brief ihrer leiblichen Eltern hervor. Sie schob ihm das Papier wie eine geheime Information über den Tisch zu. Was es in gewisser Weise ja auch war. Immerhin hatte ihr Vater betont, dass die Nachricht in die falschen Hände geraten könnte.

Seamus hob die Augenbrauen. »Was ist das?«

Sie antwortete nicht sofort, da sie soeben ein viel zu großes Stück Kuchen in ihren Mund steckte. Das Gebäck war noch warm und der Zucker zerging wunderbar auf der Zunge. Anstelle einer Antwort deutete sie ihm mit einer Geste, das Papier auseinanderzufalten.

Daraufhin schob Seamus seinen eigenen Teller beiseite und kam der Aufforderung nach. Während er die ersten Zeilen las, wurden seine Augen immer größer. »Ist das ...«

Marleen nickte lediglich und stach ein weiteres Stück von ihrem Kuchen ab, den sie bereits zur Hälfte verschlungen hatte. Unruhig wippte sie mit einem Fuß auf und ab.

Zu den Klängen der Laute im Hintergrund gesellte sich eine Geige, die ein schnelleres Tempo vorgab und Marleens Nervosität verstärkte. Sie hörte, wie einige

Stühle zurückgeschoben wurden und kurz darauf
Schritte, die in rascher Abfolge über den Boden tanzten.
Jemand klatschte im Takt der Musik.

Nach einer gefühlten Ewigkeit atmete Seamus hörbar
aus und schob ihr den Brief wieder zu. »Immerhin
weißt du nun, dass sie dich schweren Herzens zurückgelassen haben.« Er sah erneut auf das Papier. »Es ist
allerdings seltsam, dass sie davon sprechen, dass du in
Gefahr wärst, solltest du weiterhin bei ihnen bleiben.«
Seamus runzelte die Stirn. »Was hat das zu bedeuten?«

»Das weiß ich auch nicht. Aber ich werde es herausfinden.« Sie tippte auf die Stelle im Brief, wo es hieß,
dass die beiden sie finden würden. »Wenn Aidan und
Claire ...«, sie hatte Schwierigkeiten damit, die zwei laut
als ihre Eltern zu bezeichnen. In ihrem Herzen würden
Walter und Abigail Glück für stets diese Position beibe-
halten, »... mit mir Kontakt aufnehmen wollen, dann
höchstwahrscheinlich über das Haus.«

»Das Haus?«

»Wo sollten sie mich sonst suchen, wenn nicht in Clifden?« Sie zeigte auf eine andere Stelle im Text. »Die beiden sind davon ausgegangen, dass ich eines Tages
Nachforschungen anstellen würde und ihre Botschaft
finde.« Zufrieden mit dieser Erkenntnis lehnte sich
Marleen in ihrem Stuhl zurück. »Das bedeutet, dass wir
unsere Recherchen fortsetzen werden.«

Seamus schnaubte amüsiert. »Du überschätzt meine
Fähigkeiten. Ich bin nur der Dorfpfarrer.«

»Du bist der vernünftigste Mensch in Clifden – okay,
vielleicht abgesehen von Faye – aber ohne deine Hilfe
hätte sich nie aufgeklärt, wer Fiona umgebracht hat.

Du bist großartig.« Die Worte sprudelten aus ihr heraus, bevor sie sich ihrer Bedeutung bewusst war. Jedoch begriff sie sehr schnell, was sie da gesagt hatte, woraufhin die Hitze in ihre Ohren zurückkehrte. Marleen räusperte sich. »Außerdem muss dir jemand bei der Suche nach einer neuen Haushälterin helfen. Und ich kenne mich mit Personal aus.«

»Ist das so?«

»Absolut«, bestätigte Marleen mit einem Kopfnicken. Sie war erleichtert darüber, das Gespräch in eine andere Richtung gelenkt zu haben, bevor sie sich auf ein Terrain begaben, das viel zu heikel war. Insbesondere einem Geistlichen gegenüber. Es war Marleen vollkommen bewusst, dass die Sympathie, die sie für Seamus empfand, weit über das gebührliche Maß hinausging.

»Miss Glück, wie schön, dass ich Sie noch vor Ihrer Abreise antreffe.«

Marleen und Seamus fuhren überrascht herum. Sie hatten nicht mitbekommen, wie Owen Fitzgerald sich ihrem Tisch genähert hatte. Rasch faltete Marleen das Blatt Papier wieder zusammen und verstaute es in ihrer Handtasche.

Der Inspektor bemerkte ihre Reaktion zwar, schien sich jedoch nicht weiter dafür zu interessieren. Er nahm seinen Hut ab und lächelte sie tatsächlich an. Diesen Gesichtsausdruck hatte Marleen bislang nicht bei ihm gesehen, was sie irritierte. »Ich wollte mich bei Ihnen bedanken ... für Ihre Hilfe, fragwürdige Hilfe, aber dennoch.« Fitzgerald streckte ihr die Hand entgegen. »Es war gut, dass Sie sich eingemischt haben.«

Marleen beschränkte sich darauf, in einer bescheidenen Geste den Kopf zu neigen, obwohl sie Lust gehabt hätte, den Inspektor breit anzugrinsen. Allerdings schickte sich das nicht für eine Dame. »Mit dem größten Vergnügen«, sagte sie deshalb und schüttelte die angebotene Hand. »Beim nächsten Fall arbeite ich liebend gern mit Ihnen zusammen.« Das hatte sie sich nicht verkneifen können.

Fitzgerald stockte und sein freundlicher Gesichtsausdruck verrutschte für einen Augenblick. »Nicht, dass wir uns falsch verstehen, Miss Glück ...«

»Nennen Sie mich ruhig Marleen.« Sie spießte ein weiteres Kuchenstück auf ihre Gabel. Der Nachtisch schmeckte mit jedem Bissen köstlicher.

»Wie dem auch sei. Ich wünsche Ihnen ... dir eine gute Heimreise.« Fitzgerald setzte seinen Hut wieder auf und deutete eine knappe Verbeugung an.

Auf diese Worte hatte sie gewartet. Zufrieden legte Marleen das Besteck zurück auf den Teller. »Wir müssen unseren Abschied leider verschieben.« Sie grinste ihn nun doch an. »Ich werde noch eine Weile in Clifden bleiben.«

Fitzgerald räusperte sich, ohne durchblicken zu lassen, was er von dieser Neuigkeit hielt. Stattdessen wünschte er ihr überraschenderweise »weiterhin einen schönen Aufenthalt« und verließ dann den Pub.

Kaum hatte sich der Inspektor umgedreht, kam Faye an ihren Tisch. Sie setzte sich neben Marleen. Ihre Wangen schimmerten rosa und ihre Augen glänzten vor Freude. Anscheinend hatte sie den letzten Teil ihres Gesprächs mitbekommen. »Wohnst du weiterhin bei uns?«

Zur Antwort wog Marleen den Kopf hin und her. »Ich möchte eigentlich das Haus renovieren lassen und dort bis auf Weiteres bleiben.« Innerlich notierte sie, dass sie ihren Vater darum bitten musste, die Kosten dafür zu übernehmen. Womöglich konnte sie ihn davon überzeugen, dass das Haus eine gute Investition wäre.

Faye verzog kurz enttäuscht den Mund, grinste aber gleich darauf wieder. »Dann übernachte ich einfach gelegentlich bei dir. Wir machen uns gemütliche Mädchen-Abende. Was hältst du davon?«

Bevor Marleen darauf antworten konnte, huschte Fayes Blick über ihre Schulter hinweg. Sie musste sich nicht umdrehen, um zu wissen, dass Conor seiner Schwester zuwinkte, damit sie weiterarbeitete.

Faye stand seufzend auf, tippte Marleen aber gegen den Oberarm. »Wir reden später weiter, okay?«

»Einverstanden.« Ihr gefiel der Gedanke, sich mit Faye zurückzuziehen und die ganze Nacht zu reden.

Sie wandte sich an Seamus. Zu ihrer Verwunderung röteten sich seine Ohrenspitzen, sobald sie ihn ansah. Er wich ihrem Blick aus.

»Es ist schön, dass du länger hierbleibst. Das freut mich. Wirklich.« Zwischen seinen Worten sickerte eine Bedeutung durch, die sie nicht gänzlich greifen konnte. Dennoch vermied sie es, ihn direkt anzusehen, da er ansonsten womöglich bemerkte, dass sich ihr Herzschlag soeben beschleunigt hatte.

Die Musik und das Gelächter um sie herum nahm zu, sodass es schwieriger wurde, sich in einer normalen Lautstärke zu unterhalten. Ihr schwirrte ein wenig der Kopf. Sie musste dringend an die frische Luft.

»Gut, dann werde ich mich mal auf den Weg machen.« Sie stand auf. »Ich muss meine Eltern anrufen und ihnen Bescheid sagen, dass ich länger bleibe.« Hoffentlich erlaubten ihr die beiden, länger in Clifden zu bleiben. Schließlich war ursprünglich nur von einer Woche die Rede gewesen. Aber wenn sie ihnen von dem versteckten Brief und dem Haus erzählte, würden sie hoffentlich Verständnis dafür zeigen.

Außerdem musste sie klären, ob Olivia zu ihr kommen konnte. Dem Mädchen würde es auf dem Land bestimmt gefallen. Davon abgesehen geriet sie nicht in Versuchung, sich wieder im Kleiderschrank ihrer Mutter zu vergreifen und womöglich doch noch ertappt zu werden.

Marleen wollte nach ihrem Mantel greifen, der über dem Stuhl neben ihr hing, aber da kam Seamus ihr zuvor und half ihr hinein. Sie kamen sich dabei ungewohnt nahe, wodurch sie seinen Duft nach Weihrauch und Papier einatmete, was sich eher vertraut als unangenehm anfühlte.

Bei diesem Gedanken biss sie sich auf die Innenseite ihrer Wange, um sich zur Vernunft zu bringen. Sie musste endlich damit aufhören, diese Nähe zwischen ihnen wahrzunehmen.

Er folgte ihr hinaus und zog die Tür hinter sich zu. Sofort verstummte der Lärm und wurde von sanftem Vogelgezwitscher ersetzt. Außerdem hing der Geruch von gemähtem Gras in der Luft, der das schwummrige Gefühl in ihrem Kopf milderte.

»Marleen?«

»Hm?« Sie wandte sich zu ihm um.

»Hättest du etwas dagegen, wenn ...«, er rieb sich über den Nacken. »Essen wir zusammen zu Abend? Bei dir im Haus ist ja noch kein Strom verlegt und ich könnte etwas Gesellschaft brauchen, nachdem Erin ... na ja, du weißt schon.«

In ihrem Magen flatterte etwas auf. Sie verknotete umständlich den Gürtel ihres Mantels, um sich mit der Antwort etwas Zeit zu verschaffen. Die Einladung war verlockend, aber auch richtig? Andererseits ging es nicht nur um sie, sondern auch um Seamus, der nun allein in seinem Haus lebte. Ebenso wie sie selbst, wenn man von den Tierchen einmal absah, die sich in ihrem Elternhaus eingenistet hatten.

Schließlich lächelte sie ihn an. »Sehr gerne.« Dann verzog sie verlegen den Mund. »Weißt du, wie man kocht? Ich bin etwas aus der Übung ... also eigentlich habe ich gar keine Übung.«

Daraufhin zwinkerte er ihr zu, was sie dazu brachte, nervös zu kichern. »Wir lassen uns etwas einfallen.«